# 全新

## 專為華人設計的韓語教材

# ［自學韓語

## 看完這本就能說！

40音＋筆順＋單字＋會話＋文法一次學會！

全MP3一次下載

http://booknews.com.tw/mp3/9786269756537.htm

全 MP3 一次下載為 zip 壓縮檔，
部分智慧型手機需安裝解壓縮程式方可開啟，iOS 系統請升級至 iOS 13 以上。
此為大型檔案，建議使用 WIFI 連線下載，以免占用流量，並確認連線狀況，以利下載順暢。

　　近年來韓國影視、韓國服飾、韓國料理等風靡全球，韓流盛行，使得人們學習韓語的熱潮持續不退。然而相較英語，韓語發音稍顯複雜，很多人因此望而卻步，視韓語學習為畏途。對此，本書運用心智圖的具體性、直觀性、清晰性、關聯性與內在邏輯性等特徵，對韓語音韻、語法、詞彙、會話四部分一一講解，力求打造一本適合韓語初學者、自學者輕鬆入門的韓語學習書。同時，本書也適合渴望擴充字彙量、提升口語能力、想要進行簡單韓語交流的商務人士。

　　《全新！自學韓語看完這本就能說》共分四章。「最簡單的韓語發音」注有每個字母的發音方法，並附上字母發音的發音器官圖、真人嘴型圖和音檔，運用心智圖使發音規則圖像化，便於歸類，真正做到快速入門。「最基礎的語法和句型」藉助心智圖、插圖及表格等，彙總最基礎的韓語語法與句型，講解由淺入深，符合學習規律。「最常用的場景詞彙」將日常生活場景中常用的詞彙予以歸納，並以心智圖呈現，實現字彙量的有效拓展和長期記憶。「最常用的日常會話」涵括最道地的韓語日常交際情境，在交際口語和對話後，設置「語法點播」和「文化常識」專欄，讓口語學習更加全面，且更具實際意義。

# 字母發音教學以羅馬拼音為主，注音符號為輔
# 讓你輕鬆學會韓語 40 音

## 01 韓語發音、筆順真的好簡單

韓語零基礎，也能學好 40 音

　　發音方法＋嘴型圖＋範例單字，最標準的韓語發音一學就會！

　　附贈韓語老師錄製的韓語發音、單字、短句和對話 MP3 音檔！QR 碼隨掃隨聽，邊聽邊學，搭配心智圖，更快更有效！

　　每個單字搭配羅馬音和中文翻譯，快速入門。

## 02 韓語單字輕鬆記

初學韓語，這些單字就夠了！

　　先詞法後句法，搭配經典例句＋要點提示，必學基礎語法一網打盡！

　　文字講解搭配概念式漫畫插圖，給你視覺化的學習體驗，印象更深刻。

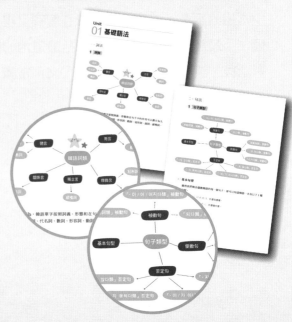

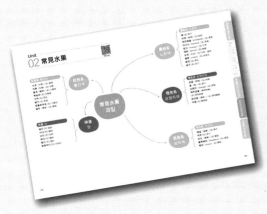

## 03　基礎文法體系徹底整理

**再多學一點，實力就從這裡開始！**

　　圖像式自由聯想＋衍生單字，發揮大腦無限潛能！

　　嚴選最生活化的 25 個主題，收錄 1000 多個常用單字，利用心智圖記憶法達到長期記憶的效果。

## 04　什麼狀況都能套用的常用短句

**從單句快速累積會話實力**

　　設置實際情境，列舉常用短句和情景對話，日常交流沒問題！

　　選取 16 個日常生活場景，交流短句＋補充講解＋2 組對話，讓你在任何場合下都能遊刃有餘地用韓語交流。

　　語法點播＋文化常識，給你更加真實的學習氛圍。

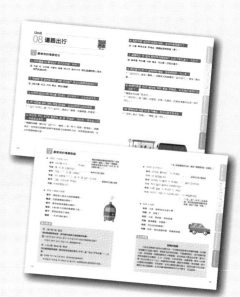

# Features
# 本書特色

◎ 內容全面，心智圖助力學習

本書設置韓語發音、基礎語法、常用單字、情境對話等章節，符合學習規律，結合心智圖理解記憶，發揮大腦無限潛能。適合初學者、自學者快速入門。

◎ 韓語教師朗讀音檔

聘請韓語教師錄製全書音檔，QR 碼隨掃隨學，輕鬆掌握最道地、最標準的韓語發音。

◎ 詞法 + 句法，基礎語法一學就會

語法講解依照先詞法後句法的順序，由淺入深，逐一詳解常見語法點。心智圖搭配漫畫圖解和實用例句，圖文並茂，告別枯燥的語法學習模式。

◎ 常用基礎單字場景式分類，集中記憶，發散擴展

嚴選最生活化的 25 個主題，收錄 1000 多個常用單字，利用心智圖自由聯想並展開記憶，達到長期記憶的效果。

◎ 設置實際情境，列舉常用短句和情境對話，日常交流沒問題

選取 16 個韓語日常生活場景，提供該場景下使用最頻繁的交流短句及其同義句、反義句、問句等相關擴展句。每個場景另設 2 組對話，讓您在任何場合下都能遊刃有餘地用韓語交流。

# 目　錄

## 第一章
## 最簡單的韓語發音

## 第二章
## 最基礎的語法和句型

## 第三章
## 最常用的場景詞彙

# 第四章
## 最常用的日常會話

現在就自己動手
來作筆記吧！

# 最簡單的
# 韓語發音

# Unit
## 01 韓語簡介

　　韓語，又稱韓國語，是韓國的官方語言，也是朝鮮半島的本土語言。據聯合國統計，世界上使用韓語的人口大約有 8 000 萬，除朝鮮半島的韓國人和朝鮮人之外，還有大陸的朝鮮族、在日韓國僑民以及居住在俄羅斯的高麗人等。標記韓語的文字叫作韓文，我們這本書要介紹的是關於韓語和韓文的知識。

### 1 韓文的歷史

　　韓文是標記韓語的文字，它的出現遠遠晚於韓語這門語言。在公元 15 世紀以前，朝鮮半島只有語言沒有文字，人們借用漢字音訓作為表達工具。但在當時，只有受過教育的貴族和文人才能夠看懂漢字。對一般百姓來說，不僅很難學會漢字，更是沒有學習漢字的機會。

　　公元 15 世紀中葉，朝鮮王朝的第四代國王世宗大王深感一個民族擁有自己文字的重要性，主張創造屬於他們自己的文字，以便於所有的百姓學習識字走出愚昧，從而促進朝鮮王朝長遠發展。他召集了一批學士共同努力研究，最終在 1443 年創製了韓文，也就是「訓民正音」。

　　「訓民正音」創製以後沒有立即頒佈，直到 1446 年才正式頒佈。「訓民正音」頒佈以後，朝鮮半島的普通百姓也能夠掌握自己國家的語言和文字，這大大推動了朝鮮半島經濟和文化的發展。因此，世宗大王也成為備受朝鮮民族後世愛戴和敬仰的偉人。現在，世宗大王的銅像巍峨矗立在韓國首爾的世宗廣場，非常壯觀。

## 2 韓文的造字原理

世宗大王創製韓文的目的，是希望百姓能夠更加容易地掌握語言。韓文的字母分為母音和子音，各自根據不同的原理創製而成。

母音字母是以古代的天地人思想為基礎創製的，天地人思想指的是「天圓（也就是天空圓形的樣子）」、「地平（也就是大地平坦的樣子）」和「人直（也就是人站立的樣子）」。世宗大王模仿「天圓」創製了母音「・」，模仿「地平」創製了母音「一」，模仿「人直」創製了母音「｜」。其他母音是在這 3 個母音的基礎上相互組合發展而來的。

子音字母主要是模仿人體的發音器官創製而成的，包括 5 個基本子音，即「ㄱ，ㄴ，ㅁ，ㅅ，ㅇ」。「ㄱ」是模仿舌根抵住硬顎的樣子創製的，「ㄴ」是模仿舌尖抵住硬顎的樣子創製的，「ㅁ」是模仿嘴唇的樣子創製的，「ㅅ」是模仿牙齒側面的樣子創製的，「ㅇ」是模仿喉嚨的樣子創製的。其他子音是在這 5 個子音的基礎上以添加筆畫或者雙拼的方法發展而來的。

## 3 韓文的字母和發音

《訓民正音》一書中記載了 28 個韓文字母，而現代韓語中使用的一共有 24 個，有 4 個已經不再使用。24 個基礎字母相互結合形成了現代韓語的 40 個字母，其中包括 21 個母音和 19 個子音。

母音包括 10 個單母音和 11 個雙母音，子音包括 14 個單子音和 5 個雙子音。子音構成了韓語音節的初聲和終聲，終聲一共有 27 個，但是在實際發音中，終聲只發 7 個代表音的音。具體內容可以參照下面的表 1。

最簡單的韓語發音

韓語簡介

母音・中聲

子音・初聲

子音・終聲

變音

最基礎的語法和句型

最常用的場景詞彙

最常用的日常會話

表1 韓文字母

| 母音 | | 子音 | | 終聲 |
|---|---|---|---|---|
| 單母音 | 雙母音 | 單字音 | 雙子音 | 代表音※ |
| ㅏ | ㅑ | ㄱ | ㄲ | ㄱ（ㄱ／ㄲ／ㅋ／ㄳ／**ㄺ**） |
| ㅓ | ㅕ | ㄴ | ㄸ | ㄴ（ㄴ／ㄵ／ㄶ） |
| ㅗ | ㅛ | ㄷ | ㅃ | ㄷ（ㄷ／ㅅ／ㅈ／ㅊ／ㅌ／ㅎ／ㅆ） |
| ㅜ | ㅠ | ㄹ | ㅆ | ㄹ（ㄹ／**ㄺ**／**ㄼ**／ㄽ／ㄾ／ㅀ） |
| ㅡ | ㅒ | ㅁ | ㅉ | ㅁ（ㅁ／ㄻ） |
| ㅣ | ㅖ | ㅂ | | ㅂ（ㅂ／ㅍ／**ㄼ**／ㅄ／ㄿ） |
| ㅐ | ㅘ | ㅅ | | ㅇ（ㅇ） |
| ㅔ | ㅙ | ㅇ | | |
| ㅚ | ㅝ | ㅈ | | |
| ㅟ | ㅞ | ㅊ | | |
| | ㅢ | ㅋ | | |
| | | ㅌ | | |
| | | ㅍ | | |
| | | ㅎ | | |

※ 注意終聲「ㄺ」和終聲「ㄼ」各有兩個代表音

　　上面表1中的每一個字母都有自己的發音，我們只要準確掌握了這些字母的發音，就能順利地閱讀所有的韓文。但是，在實際說話的時候，語音不是一個個獨立的個體，而是連在一起的。在連續發音的過程中，會出現一些發音的變化，也就是音變。

## 4 韓文和羅馬拼音

　　羅馬拼音由拉丁字母構成，有一套規範的讀音標註體系，可以用來標記韓文的發音，這與英文中用音標來標記單字的發音類似。韓文發音和羅馬拼音的對應情況請參照下面的表2。

最簡單的韓語發音

韓語簡介

母音·中聲

子音·初聲

子音·終聲

變音

最基礎的語法和句型

最常用的場景詞彙

最常用的日常會話

表 2　韓文發音與羅馬拼音的對照表

| 母音 | 羅馬拼音 | 子音 | 羅馬拼音 | 終聲 | 羅馬拼音 |
|---|---|---|---|---|---|
| ㅏ | a | ㄱ | g | ㄱ<br>（ㄱ／ㅋ／ㄲ／ㄳ／ㄺ） | k |
| ㅓ | eo | ㄴ | n | ㄴ<br>（ㄴ／ㄵ／ㄶ） | n |
| ㅗ | o | ㄷ | d | ㄷ<br>（ㄷ／ㅅ／ㅈ／ㅊ／ㅌ／ㅎ／ㅆ） | t |
| ㅜ | u | ㄹ | r | ㄹ<br>（ㄹ／ㄺ／ㄼ／ㄽ／ㄾ／ㅀ） | l |
| ㅡ | eu | ㅁ | m | ㅁ（ㅁ／ㄻ） | m |
| ㅣ | i | ㅂ | b | ㅂ<br>（ㅂ／ㅍ／ㄼ／ㅄ／ㄿ） | p |
| ㅐ | ae | ㅅ | s | ㅇ（ㅇ） | ng |
| ㅔ | e | ㅇ | ø | | |
| ㅚ | oe | ㅈ | j | | |
| ㅟ | wi | ㅊ | ch | | |
| ㅑ | ya | ㅋ | k | | |
| ㅕ | yeo | ㅌ | t | | |
| ㅛ | yo | ㅍ | p | | |
| ㅠ | yu | ㅎ | h | | |
| ㅒ | yae | ㄲ | kk | | |
| ㅖ | ye | ㄸ | tt | | |
| ㅘ | wa | ㅃ | pp | | |
| ㅝ | wo | ㅆ | ss | | |
| ㅙ | wae | ㅉ | jj | | |
| ㅞ | we | | | | |
| ㅢ | ui | | | | |
| | | | | | |

　　學習韓文的羅馬拼音，可以幫助我們更加準確且快速地掌握韓語的發音。

## 5 韓文的音節結構

韓文主要有四種音節書寫結構，具體地說，由韓文字母構成的音節主要有四種結構，即上下結構、左右結構、上中下結構和左右下結構。請看下面的例子。

**範例單字**

| 上下結構 | 우 | 오 | 두 |
|---|---|---|---|
| 左右結構 | 아 | 가 | 사 |
| 上中下結構 | 울 | 귤 | 놀 |
| 左右下結構 | 갈 | 밤 | 알 |

雖然在由「ㅇ＋母音」構成的上下結構和左右結構的音節中，以及在由「ㅇ＋母音＋終聲」構成的上中下結構和左右下結構的音節中，「ㅇ」並不發音，但是不會影響其在構成韓文音節時起到的結構上的作用。這時，「ㅇ」可以使韓文的結構平衡且美觀。

## 6 韓文的詞彙

從語源的角度看，韓文（韓語）的詞彙主要有四類，即固有語、漢字語、外來語和混種語。固有語是韓語的本土詞彙，漢字語是具有對應漢字的詞彙，外來語是從漢語以外的外語中借鑑而來的詞彙，而混種語是由不同語言混合構成的詞彙。請看下面的例子。

**範例單字**

| | | | | |
|---|---|---|---|---|
| 固有語 | 나라 | 國家 | 나이 | 年齡 |
| | 삶 | 人生；生活 | 나 | 我 |
| 漢字語 | 국가（國家） | 國家 | 연령（年齡） | 年齡 |
| | 생활（生活） | 生活 | 중국（中國） | 中國 |
| 外來語 | 커피（coffee） | 咖啡 | 알코올（alcohol） | 酒精 |
| | 컵（cup） | 杯子 | 스트레스（stress） | 壓力 |
| 混種語 | 물티슈（-tissue） | 濕紙巾 | 헬스장（health場） | 健身房 |
| | 샤프심（sharp心） | 自動鉛筆筆芯 | 건강하다（健康하다） | 健康 |

最簡單的韓語發音

韓語
簡介

母音．
中聲

子音．
初聲

子音．
終聲

變音

最基礎的語法和句型

最常用的場景詞彙

最常用的日常會話

其中，漢字語約占韓語詞彙的 70%，這對同屬漢字文化圈的學習者來說是一個非常有利的條件，我們應該善於利用我們的優勢。此外，固有語約占韓語詞彙的 20%，外來語和混種語約占韓語詞彙的 10%。

## 7　韓文的詞序

提到韓語的詞序，是因為它與漢語的詞序不同。漢語的詞序是「主詞＋動詞＋目的語」，而韓語的詞序是「主詞＋目的語＋動詞」。請看下面的例句。

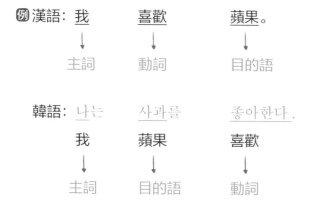

詞序的差異是韓語和漢語最大的不同之一，剛開始學習的時候可能會不適應。掌握韓語與漢語詞序的不同，對韓語學習會有很大的幫助。另外，我們可以看到在上面的韓語句子中除了主詞、目的語和動詞之外，還有像「는」和「를」這樣的要素，這些要素是助詞。

通過上面的介紹，我們已經對韓語和韓文有了初步的認識。接下來我們要從發音、詞彙、語法和會話等方面更加具體地學習有關韓語和韓文的知識。

# Unit
## 02 母音・中聲

001.mp3

[a]/[Y]

## Step 1 發音方法

**發音方法**〉發音和注音符號「**Y**」相似。發音時，嘴巴自然張開，注意嘴唇不要成圓形。

| 發音器官圖 | 真人嘴型圖 | 形象代言 |
|---|---|---|
|  | | |
| （張口低舌母音） | | **아이** 孩子 |

## Step 2 跟著筆順寫寫看

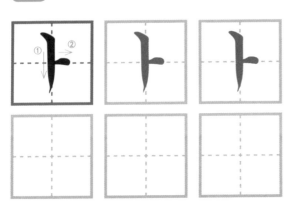

### 書寫小竅門

❶ 豎的上端要有一點彎。

❷ 橫要寫在豎的中間。

018

最簡單的韓語發音

韓語簡介

母音・中聲

子音・初聲

子音・終聲

變音

最基礎的語法和句型

最常用的場景詞彙

最常用的日常會話

## Step 3 讀單字練發音

| 孩子 | 아 | 이 |
|---|---|---|
| 羅馬拼音 | a | i |

| 大海 | 바 | 다 |
|---|---|---|
| 羅馬拼音 | ba | da |

| 爸爸 | 아 | 빠 |
|---|---|---|
| 羅馬拼音 | a | ppa |

| 亞洲 | 아 | 시 | 아 |
|---|---|---|---|
| 羅馬拼音 | a | si | a |

| 商店 | 가 | 게 |
|---|---|---|
| 羅馬拼音 | ga | ge |

| 叔叔 | 아 | 저 | 씨 |
|---|---|---|---|
| 羅馬拼音 | a | jeo | ssi |

| 年齡 | 나 | 이 |
|---|---|---|
| 羅馬拼音 | na | i |

| 汽水 | 사 | 이 | 다 |
|---|---|---|---|
| 羅馬拼音 | sa | i | da |

| 橋樑 | 다 | 리 |
|---|---|---|
| 羅馬拼音 | da | ri |

| 收音機 | 라 | 디 | 오 |
|---|---|---|---|
| 羅馬拼音 | ra | di | o |

# ㅓ
## [eo]/[ㄛ]

002.mp3

**發音方法**〉發音和注音符號「ㄛ」相似。發音時，口自然張開，注意開口不要大於「ㅏ」。

| 發音器官圖 | 真人嘴型圖 | 形象代言 |
|---|---|---|

**햄버거** 漢堡

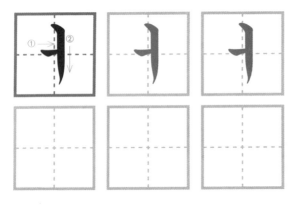

**書寫小竅門**

❶ 豎的上端要有一點彎。

❷ 橫要寫在豎的中間。

## Step 3 讀單字練發音

韓語
簡介

**母音・
中聲**

子音・
初聲

子音・
終聲

變音

最基礎的語法和句型

最常用的場景詞彙

最常用的日常會話

| 哪裡 | 어 | 디 | |
|---|---|---|---|
| 羅馬拼音 | eo | di | |

| 父親 | 아 | 버 | 지 |
|---|---|---|---|
| 羅馬拼音 | a | beo | ji |

| 趕快 | 어 | 서 | |
|---|---|---|---|
| 羅馬拼音 | eo | seo | |

| 封面 | 커 | 버 | |
|---|---|---|---|
| 羅馬拼音 | keo | beo | |

| 那裡 | 거 | 기 | |
|---|---|---|---|
| 羅馬拼音 | geo | gi | |

| 母親 | 어 | 머 | 니 |
|---|---|---|---|
| 羅馬拼音 | eo | meo | ni |

| 公車 | 버 | 스 | |
|---|---|---|---|
| 羅馬拼音 | beo | seu | |

| 俄羅斯 | 러 | 시 | 아 |
|---|---|---|---|
| 羅馬拼音 | reo | si | a |

| 非常 | 너 | 무 | |
|---|---|---|---|
| 羅馬拼音 | neo | mu | |

| 漢堡 | 햄 | 버 | 거 |
|---|---|---|---|
| 羅馬拼音 | haem | beo | geo |

# ㅗ

[o]/[ㄛ]

003.mp3

## Step 1　發音方法

**發音方法**〉發音和注音符號「ㄛ」相似。發音時，嘴巴稍微張開，上下唇向前凸出併攏成圓形，舌頭向後縮，注意開口不能比「ㅓ」大。

| 發音器官圖 | 真人嘴型圖 | 形象代言 |
|---|---|---|
| （圓唇） | | 오리　鴨子 |

## Step 2　跟著筆順寫寫看

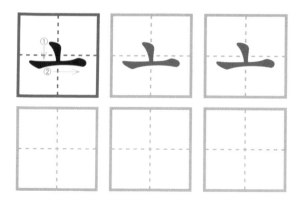

**書寫小竅門**

❶ 豎的上端要有一點彎。

❷ 豎要寫在橫的中間位置。

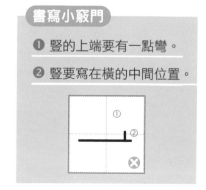

022

最簡單的韓語發音

韓語簡介

母音・中聲

子音・初聲

子音・終聲

變音

最基礎的語法和句型

最常用的場景詞彙

最常用的日常會話

## Step 3 讀單字練發音

| 鴨子 | 오 | 리 |
|---|---|---|
| 羅馬拼音 | o | ri |

| 道理 | 도 | 리 |
|---|---|---|
| 羅馬拼音 | do | ri |

| 姑姑 | 고 | 모 |
|---|---|---|
| 羅馬拼音 | go | mo |

| 阿姨 | 이 | 모 |
|---|---|---|
| 羅馬拼音 | i | mo |

| 哥哥（女稱） | 오 | 빠 |
|---|---|---|
| 羅馬拼音 | o | ppa |

| 蚊子 | 모 | 기 |
|---|---|---|
| 羅馬拼音 | mo | gi |

| 小不點 | 꼬 | 마 |
|---|---|---|
| 羅馬拼音 | kko | ma |

| 樂透 | 로 | 또 |
|---|---|---|
| 羅馬拼音 | ro | tto |

※ 로도的非標準語。

| 小黃瓜 | 오 | 이 |
|---|---|---|
| 羅馬拼音 | o | i |

| 報導 | 보 | 도 |
|---|---|---|
| 羅馬拼音 | bo | do |

# ㅜ
## [u]/[ㄨ]

004.mp3

**Step 1 發音方法**

**發音方法〉**發音和注音符號「**ㄨ**」相似。發音時，上下唇向前凸出併攏成圓形，舌面不要抬起，從後面發聲，注意開口不能比「ㅗ」大。

| 發音器官圖 | 真人嘴型圖 | 形象代言 |
| --- | --- | --- |
| （圓唇低舌） | | 두부　豆腐 |

**Step 2 跟著筆順寫寫看**

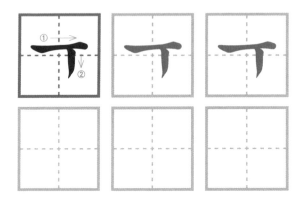

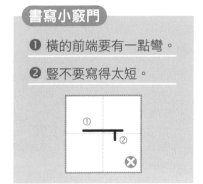

**書寫小竅門**

❶ 橫的前端要有一點彎。

❷ 豎不要寫得太短。

| 宇宙 | 우 | 주 |
|---|---|---|
| 羅馬拼音 | u | ju |

| 富人 | 부 | 자 |
|---|---|---|
| 羅馬拼音 | bu | ja |

| 優秀 | 우 | 수 |
|---|---|---|
| 羅馬拼音 | u | su |

| 豆腐 | 두 | 부 |
|---|---|---|
| 羅馬拼音 | du | bu |

| 我們 | 우 | 리 |
|---|---|---|
| 羅馬拼音 | u | ri |

| 碼頭 | 부 | 두 |
|---|---|---|
| 羅馬拼音 | bu | du |

| 燒烤 | 구 | 이 |
|---|---|---|
| 羅馬拼音 | gu | i |

| 漁夫 | 어 | 부 |
|---|---|---|
| 羅馬拼音 | eo | bu |

| 姐姐（男稱） | 누 | 나 |
|---|---|---|
| 羅馬拼音 | nu | na |

| 隨時 | 수 | 시 |
|---|---|---|
| 羅馬拼音 | su | si |

最簡單的韓語發音

韓語簡介

母音・中聲

子音・初聲

子音・終聲

變音

最基礎的語法和句型

最常用的場景詞彙

最常用的日常會話

# ㅡ

005.mp3

## [eu]/[さ]

### Step 1 發音方法

**發音方法**〉發音和注音符號「**さ**」相似。發音時，上下唇稍微張開，嘴角向兩側拉伸，氣流從舌頭與上顎之間的空隙間流出。

| 發音器官圖 | 真人嘴型圖 | 形象代言 |
| --- | --- | --- |
| | （扁唇） | 에그　雞蛋 |

### Step 2 跟著筆順寫寫看

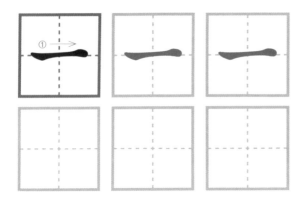

**書寫小竅門**

❶ 橫的前端要有一點彎。

026

## Step 3 讀單字練發音

韓語簡介

母音・中聲

子音・初聲

子音・終聲

變音

最基礎的語法和句型

最常用的場景詞彙

最常用的日常會話

| 電視劇 | 드 | 라 | 마 | 妻子 | 와 | 이 | 프 |
|---|---|---|---|---|---|---|---|
| 羅馬拼音 | deu | ra | ma | 羅馬拼音 | wa | i | peu |

| 終於 | 드 | 디 | 어 | 流淌 | 흐 | 르 | 다 |
|---|---|---|---|---|---|---|---|
| 羅馬拼音 | deu | di | eo | 羅馬拼音 | heu | reu | da |

| 忙 | 바 | 쁘 | 다 | 法國 | 프 | 랑 | 스 |
|---|---|---|---|---|---|---|---|
| 羅馬拼音 | ba | ppeu | da | 羅馬拼音 | peu | rang | seu |

| 報告 | 리 | 포 | 트 |
|---|---|---|---|
| 羅馬拼音 | ri | po | teu |

| 雞蛋 | 에 | 그 |
|---|---|---|
| 羅馬拼音 | e | geu |

| 起司 | 치 | 즈 |
|---|---|---|
| 羅馬拼音 | chi | jeu |

| 壓力 | 스 | 트 | 레 | 스 |
|---|---|---|---|---|
| 羅馬拼音 | seu | teu | re | seu |

## [i]/[ㅣ]

006.mp3

###  Step 1　發音方法

**發音方法**〉發音和注音符號「ㄧ」相似。發音時，上下唇稍微張開，嘴角自然向兩側拉伸。

| 發音器官圖 | 真人嘴型圖 | 形象代言 |
|---|---|---|
| （高舌） | （露齒） | **피자** 比薩 |

### Step 2　跟著筆順寫寫看

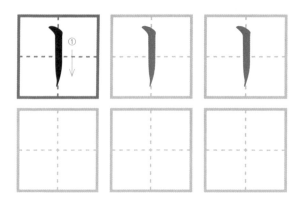

**書寫小竅門**

❶ 豎的前端要有一點彎。

❷ 要寫在方格的中間位置。

028

最簡單的韓語發音

韓語簡介

母音・中聲

子音・初聲

子音・終聲

變音

最基礎的語法和句型

最常用的場景詞彙

最常用的日常會話

## Step 3 讀單字練發音

| 螞蟻 | 개 | 미 |
|---|---|---|
| 羅馬拼音 | gae | mi |

| 褲子 | 바 | 지 |
|---|---|---|
| 羅馬拼音 | ba | ji |

| 已經 | 이 | 미 |
|---|---|---|
| 羅馬拼音 | i | mi |

| 聲音 | 소 | 리 |
|---|---|---|
| 羅馬拼音 | so | ri |

| 披薩 | 피 | 자 |
|---|---|---|
| 羅馬拼音 | pi | ja |

| 鐘錶 | 시 | 계 |
|---|---|---|
| 羅馬拼音 | si | ge |

| 裙子 | 치 | 마 |
|---|---|---|
| 羅馬拼音 | chi | ma |

| 微笑 | 미 | 소 |
|---|---|---|
| 羅馬拼音 | mi | so |

| 肥皂 | 비 | 누 |
|---|---|---|
| 羅馬拼音 | bi | nu |

| 設計 | 디 | 자 | 인 |
|---|---|---|---|
| 羅馬拼音 | di | ja | in |

# ㅐ

## [ae]/[ㄝ]

007.mp3

### Step 1 發音方法

**發音方法**〉發音和注音符號「ㄝ」相似。發音時，嘴巴自然張開，開口程度比「ㅏ」稍微小一點，形成扁的橢圓。

| 發音器官圖 | 真人嘴型圖 | 形象代言 |
|---|---|---|
| | | 애플 蘋果 |

### Step 2 跟著筆順寫寫看

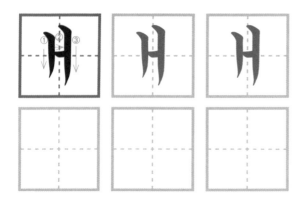

**書寫小竅門**

❶ 豎的前端要有一點彎。

❷ 第一筆豎寫得不要過長。

最簡單的韓語發音

韓語簡介

母音·中聲

子音·初聲

子音·終聲

變音

最基礎的語法和句型

最常用的場景詞彙

最常用的日常會話

## Step 3 讀單字練發音

| 愛國 | 애 | 국 |
|------|------|------|
| 羅馬拼音 | ae | guk |

| 每天 | 매 | 일 |
|------|------|------|
| 羅馬拼音 | mae | il |

| 蘋果 | 애 | 플 |
|------|------|------|
| 羅馬拼音 | ae | peul |

| 代理 | 대 | 리 |
|------|------|------|
| 羅馬拼音 | dae | ri |

| 開學 | 개 | 학 |
|------|------|------|
| 羅馬拼音 | gae | hak |

| 未來 | 미 | 래 |
|------|------|------|
| 羅馬拼音 | mi | rae |

| 改革 | 개 | 혁 |
|------|------|------|
| 羅馬拼音 | gae | hyeok |

| 顏色 | 색 | 깔 |
|------|------|------|
| 羅馬拼音 | saek | kkal |

| 明天 | 내 | 일 |
|------|------|------|
| 羅馬拼音 | nae | il |

| 肩膀 | 어 | 깨 |
|------|------|------|
| 羅馬拼音 | eo | kkae |

# ㅔ

## [e]/[ㄟ]

008.mp3

**Step 1** 發音方法

**發音方法**〉發音和注音符號「ㄟ」相似。發音時，嘴巴自然張開，舌位比「ㅐ」高，而且開口程度比「ㅐ」小。

| 發音器官圖 | 真人嘴型圖 | 形象代言 |
| --- | --- | --- |

게 螃蟹

**Step 2** 跟著筆順寫寫看

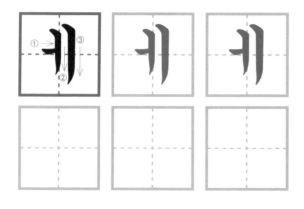

**書寫小竅門**

❶ 橫的前端要有一點彎。

❷ 左邊的豎要比右邊的稍

短一點。

032

| 螃蟹 | 게 | | |
|---|---|---|---|
| 羅馬拼音 | ge | | |

| 花蟹 | 꽃 | 게 | |
|---|---|---|---|
| 羅馬拼音 | kkot | kke | |

| 打折 | 세 | 일 | |
|---|---|---|---|
| 羅馬拼音 | se | il | |

| 番茄醬 | 케 | 첩 | |
|---|---|---|---|
| 羅馬拼音 | ke | cheop | |

| 世界 | 세 | 계 | |
|---|---|---|---|
| 羅馬拼音 | se | gye | |

| 濟州島 | 제 | 주 | 도 |
|---|---|---|---|
| 羅馬拼音 | je | ju | do |

| 日常 | 데 | 일 | 리 |
|---|---|---|---|
| 羅馬拼音 | de | il | ri |

| 最好 | 베 | 스 | 트 |
|---|---|---|---|
| 羅馬拼音 | be | seu | teu |

| 最 | 제 | 일 | |
|---|---|---|---|
| 羅馬拼音 | je | il | |

| 美甲 | 네 | 일 | |
|---|---|---|---|
| 羅馬拼音 | ne | il | |

最簡單的韓語發音

韓語簡介

母音・中聲

子音・初聲

子音・終聲

變音

最基礎的語法和句型

最常用的場景詞彙

最常用的日常會話

# ㅚ

## [oe]/[ㄨㄟ]

009.mp3

**發音方法**

**發音方法**〉發音與注音符號「ㄨㄟ」相似。發音時，上下唇向前攏成圓形，舌位比「ㅔ」低一些，氣流從雙唇間的縫隙自然流出。

| 發音器官圖 | 真人嘴型圖 | 形象代言 |
| --- | --- | --- |
| | | ㅚ 大腦 |

**跟著筆順寫寫看**

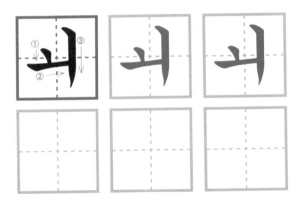

**書寫小竅門**

❶ 橫的後端要往上提。

❷ 豎的前端要有點彎。

最簡單的韓語發音

韓語簡介

母音・中聲

子音・初聲

子音・終聲

變音

最基礎的語法和句型

最常用的場景詞彙

最常用的日常會話

## Step 3 讀單字練發音

| 怪物 | 괴 | 물 |
|---|---|---|
| 羅馬拼音 | goe | mul |

| 裝病 | 꾀 | 병 |
|---|---|---|
| 羅馬拼音 | kkoe | byeong |

| 外貌 | 외 | 모 |
|---|---|---|
| 羅馬拼音 | oe | mo |

| 左邊 | 왼 | 쪽 |
|---|---|---|
| 羅馬拼音 | oen | jjok |

| 外科 | 외 | 과 |
|---|---|---|
| 羅馬拼音 | oet | gwa |

| 會議 | 회 | 의 |
|---|---|---|
| 羅馬拼音 | hoe | i |

| 大腦 | 뇌 |
|---|---|
| 羅馬拼音 | noe |

| 牛肉 | 쇠 | 고 | 기 |
|---|---|---|---|
| 羅馬拼音 | soe | go | gi |

| 大醬 | 된 | 장 |
|---|---|---|
| 羅馬拼音 | doen | jang |

| 黃鶯 | 꾀 | 꼬 | 리 |
|---|---|---|---|
| 羅馬拼音 | kkoe | kko | ri |

# ㅟ
## [wi]/[ㄨㄧ]

010.mp3

---

## 發音方法

**發音方法**〉發音與注音符號「ㄨㄧ」相似。發音時，雙唇向前攏成圓形，舌位與「ㅣ」相似。

| 發音器官圖 | 真人嘴型圖 | 形象代言 |
| --- | --- | --- |
| | | 위 胃 |

---

## 跟著筆順寫寫看

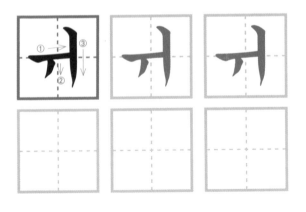

**書寫小竅門**

❶ 「ㅜ」的頭部在「ㅣ」的中間。

❷ 左邊的「ㅜ」不要寫得太大。

最簡單的韓語發音

韓語
簡介

母音・
中聲

子音・
初聲

子音・
終聲

變音

最基礎的語法和句型

最常用的場景詞彙

最常用的日常會話

## Step 3 讀單字練發音

| 胃 | 위 |
|---|---|
| 羅馬拼音 | wi |

| 危機 | 위 | 기 |
|---|---|---|
| 羅馬拼音 | wi | gi |

| 耳朵 | 귀 |
|---|---|
| 羅馬拼音 | gwi |

| 珍貴 | 희 | 귀 |
|---|---|---|
| 羅馬拼音 | hui | gwi |

| 後面 | 뒤 |
|---|---|
| 羅馬拼音 | dwi |

| 愛好 | 취 | 미 |
|---|---|---|
| 羅馬拼音 | chwi | mi |

| 休息 | 쉬 | 다 |
|---|---|---|
| 羅馬拼音 | swi | da |

| 老鼠 | 쥐 |
|---|---|
| 羅馬拼音 | jwi |

| 耳環 | 귀 | 걸 | 이 |
|---|---|---|---|
| 羅馬拼音 | gwi | geo | ri |

| 語感 | 뉘 | 앙 | 스 |
|---|---|---|---|
| 羅馬拼音 | nwi | ang | seu |

※ 風格韻味。

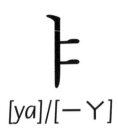

# ㅑ

[ya]/[ㄧㄚ]

011.mp3

## Step 1　發音方法

**發音方法**〉發音和注音符號「ㄧㄚ」相似。發音時,先發「ㅣ」音,隨即快速滑向「ㅏ」音,中間不能有停頓。注意「ㅏ」音要比「ㅣ」音長且重。

| 發音器官圖 | 真人嘴型圖 | 形象代言 |
| --- | --- | --- |

야구 棒球

## Step 2　跟著筆順寫寫看

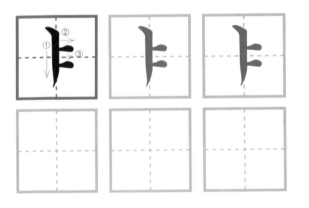

**書寫小竅門**

❶ 豎的上端要有一點彎。

❷ 兩橫不要太靠下。

| 棒球 | 야 | 구 |
|---|---|---|
| 羅馬拼音 | ya | gu |

| 郊遊 | 야 | 유 | 회 |
|---|---|---|---|
| 羅馬拼音 | ya | yu | hoe |

| 視野 | 시 | 야 |
|---|---|---|
| 羅馬拼音 | si | ya |

| 故事 | 이 | 야 | 기 |
|---|---|---|---|
| 羅馬拼音 | i | ya | gi |

| 約定 | 약 | 속 |
|---|---|---|
| 羅馬拼音 | yak | ssok |

| 藥店 | 약 | 국 |
|---|---|---|
| 羅馬拼音 | yak | kkuk |

| 在野黨 | 야 | 당 |
|---|---|---|
| 羅馬拼音 | ya | dang |

| 椰子 | 야 | 자 |
|---|---|---|
| 羅馬拼音 | ya | ja |

| 蔬菜 | 야 | 채 |
|---|---|---|
| 羅馬拼音 | ya | chae |

| 涮涮鍋 | 샤 | 브 | 샤 | 브 |
|---|---|---|---|---|
| 羅馬拼音 | sya | beu | sya | beu |

最簡單的韓語發音

韓語簡介

母音・中聲

子音・初聲

子音・終聲

變音

最基礎的語法和句型

最常用的場景詞彙

最常用的日常會話

# ㅕ
## [yeo]/[一ㄛ]

012.mp3

## Step 1 發音方法

**發音方法** 發音和注音符號「一ㄛ」相似。發音時，先發「ㅣ」音，隨即快速滑向「ㅓ」音，中間不能有停頓。注意「ㅓ」音要比「ㅣ」音長且重。

| 發音器官圖 | 真人嘴型圖 | 形象代言 |

겨울 冬天

## Step 2 跟著筆順寫寫看

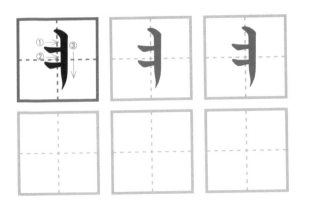

### 書寫小竅門

❶ 豎的上端要有一點彎。

❷ 兩橫不要太靠下。

| 夏天 | 여 | 름 |
|---|---|---|
| 羅馬拼音 | yeo | reum |

| 舌頭 | 혀 |
|---|---|
| 羅馬拼音 | hyeo |

| 麗水 | 여 | 수 |
|---|---|---|
| 羅馬拼音 | yeo | su |

※ 地名。

| 襯衫 | 셔 | 츠 |
|---|---|---|
| 羅馬拼音 | syeo | cheu |

| 勉強 | 겨 | 우 |
|---|---|---|
| 羅馬拼音 | gyeo | u |

| 高句麗 | 고 | 구 | 려 |
|---|---|---|---|
| 羅馬拼音 | go | gu | ryeo |

| 小子 | 녀 | 석 |
|---|---|---|
| 羅馬拼音 | nyeo | seok |

| 冬天 | 겨 | 울 |
|---|---|---|
| 羅馬拼音 | gyeo | ul |

| 接駁巴士 | 셔 | 틀 |
|---|---|---|
| 羅馬拼音 | syeo | teul |

| 點燃 | 켜 | 다 |
|---|---|---|
| 羅馬拼音 | kyeo | da |

最簡單的韓語發音

韓語簡介

母音・中聲

子音・初聲

子音・終聲

變音

最基礎的語法和句型

最常用的場景詞彙

最常用的日常會話

# ㅛ

[yo]/[ㅣㆁ]

013.mp3

## Step 1 發音方法

**發音方法**〉發音和注音符號「ㅣㆁ」相似。發音時，先發「ㅣ」音，隨即快速滑向「ㆁ」音，中間不能有停頓。注意「ㆁ」音要比「ㅣ」音長且重。

| 發音器官圖 | 真人嘴型圖 | 形象代言 |
|---|---|---|

요리 烹飪

## Step 2 跟著筆順寫寫看

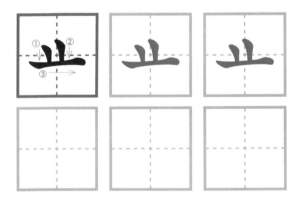

### 書寫小竅門

❶ 豎不要寫得太長。

❷ 橫不要寫得太短。

| 烹飪 | 요 | 리 |
|------|----|----|
| 羅馬拼音 | yo | ri |

| 代表 | 대 | 표 |
|------|----|----|
| 羅馬拼音 | dae | pyo |

| 最近 | 요 | 즘 |
|------|----|------|
| 羅馬拼音 | yo | jeum |

| 學校 | 학 | 교 |
|------|----|-----|
| 羅馬拼音 | hak | kkyo |

| 發表 | 발 | 표 |
|------|----|-----|
| 羅馬拼音 | bal | pyo |

| 東京 | 도 | 쿄 |
|------|----|-----|
| 羅馬拼音 | do | kyo |

| 餃子 | 교 | 자 |
|------|----|----|
| 羅馬拼音 | gyo | ja |

| 打擊 | 쇼 | 크 |
|------|----|-----|
| 羅馬拼音 | syo | keu |

| 絕技 | 묘 | 기 |
|------|-----|----|
| 羅馬拼音 | myo | gi |

| 歌謠 | 가 | 요 |
|------|----|----|
| 羅馬拼音 | ga | yo |

最簡單的韓語發音

韓語簡介

母音・中聲

子音・初聲

子音・終聲

變音

最基礎的語法和句型

最常用的場票詞彙

最常用的日常會話

# ㅠ

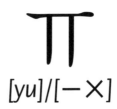

[yu]/[ㄧㄨ]

014.mp3

---

## Step 1 發音方法

**發音方法**〉發音和注音符號「ㄧㄨ」相似。發音時，先發「ㅣ」音，隨即快速滑向「ㅜ」音，中間不能有停頓。注意相對「ㅣ」音，「ㅜ」音稍微長且重。

| 發音器官圖 | 真人嘴型圖 | 形象代言 |
|---|---|---|

유자 柚子

---

## Step 2 跟著筆順寫寫看

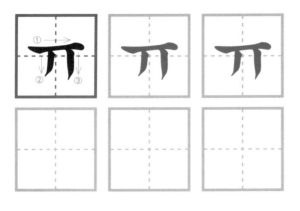

**書寫小竅門**

❶ 橫寫得不要太短。

❷ 兩豎不要寫得太長。

最簡單的韓語發音

韓語簡介

母音・中聲

子音・初聲

子音・終聲

變音

最基礎的語法和句型

最常用的場景詞彙

最常用的日常會話

## Step 3 讀單字練發音

| 柚子 | 유 | 자 |
|---|---|---|
| 羅馬拼音 | yu | ja |

| 豆漿 | 두 | 유 |
|---|---|---|
| 羅馬拼音 | du | yu |

| 紀律 | 규 | 율 |
|---|---|---|
| 羅馬拼音 | gyu | yul |

| 新聞 | 뉴 | 스 |
|---|---|---|
| 羅馬拼音 | nyu | seu |

| 牛奶 | 우 | 유 |
|---|---|---|
| 羅馬拼音 | u | yu |

| 紐約 | 뉴 | 욕 |
|---|---|---|
| 羅馬拼音 | nyu | yok |

| 議題 | 이 | 슈 |
|---|---|---|
| 羅馬拼音 | i | syu |

| 菜單 | 메 | 뉴 |
|---|---|---|
| 羅馬拼音 | me | nyu |

| 繆斯 | 뮤 | 스 |
|---|---|---|
| 羅馬拼音 | myu | seu |

| 休假 | 휴 | 가 |
|---|---|---|
| 羅馬拼音 | hyu | ga |

[yae]/[ㄧㄝ]

015.mp3

發音方法

**發音方法**〉發音和注音符號「ㄧㄝ」相似。發音時，先發「ㅣ」音，隨即快速滑向「ㅐ」音，中間不能有停頓。注意相對「ㅣ」音，「ㅐ」音稍微長且重。此音可構成的單字較少。

| 發音器官圖 | 真人嘴型圖 | 形象代言 |
| --- | --- | --- |

애 孩子

Step 2 跟著筆順寫寫看

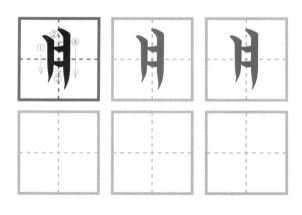

**書寫小竅門**

❶ 左邊的豎寫得稍短。

❷ 注意整個字母在田字格裡的合理佈局。

韓語
簡介

**母音・中聲**

子音・
初聲

子音・
終聲

變音

最基礎的語法和句型

最常用的場景詞彙

最常用的日常會話

## Step 3　讀單字練發音

| 影子 | 새 | 도 | 우 |
|------|-----|-----|-----|
| 羅馬拼音 | syae | do | |

※ 口語中眼影也會直接講새도우。

| 談話 | 애 | 기 |
|------|-----|-----|
| 羅馬拼音 | yae | gi |

| 孩子 | 애 |
|------|-----|
| 羅馬拼音 | yae |

※ 이아이的縮寫。

| 眼影 | 아 | 이 | 새 | 도 |
|------|-----|-----|-----|-----|
| 羅馬拼音 | a | i | syae | do |

| 談話 | 애 | 기 | 하 | 다 |
|------|-----|-----|-----|-----|
| 羅馬拼音 | yae | gi | ha | da |

| 那個孩子 | 걔 |
|------|-----|
| 羅馬拼音 | gyae |

※ 그아이的縮寫。

# ㅖ
## [ye]/[ㄧㄟ]

016.mp3

## Step 1 發音方法

**發音方法**〉發音和注音符號「ㄧㄟ」相似。發音時,先發「ㅣ」音,隨即快速滑向「ㅔ」音,中間不能有停頓。注意相對「ㅣ」音,「ㅔ」音稍微長且重。當「ㅖ」與子音結合時,多發為「ㅔ」音。

| 發音器官圖 | 真人嘴型圖 | 形象代言 |
|---|---|---|
| | | 셰프 大廚 |

## Step 2 跟著筆順寫寫看

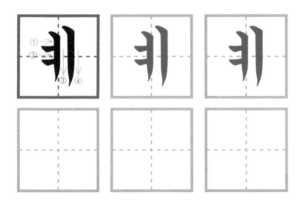

**書寫小竅門**

❶ 上邊的橫寫得不要太長。

❷ 左邊的豎寫得不要太長。

❸ 注意整個字母在田字格裡的合理分佈。

## Step 3 讀單字練發音

| 藝術 | 예 | 술 |
|---|---|---|
| 羅馬拼音 | ye | sul |

| 禮節 | 예 | 절 |
|---|---|---|
| 羅馬拼音 | ye | jeol |

| 預算 | 예 | 산 |
|---|---|---|
| 羅馬拼音 | ye | san |

| 預報 | 예 | 보 |
|---|---|---|
| 羅馬拼音 | ye | bo |

| 優惠 | 혜 | 택 |
|---|---|---|
| 羅馬拼音 | he | taek |

| 大廚 | 셰 | 프 |
|---|---|---|
| 羅馬拼音 | sye | peu |

| 預定 | 예 | 정 |
|---|---|---|
| 羅馬拼音 | ye | jeong |

| 計算 | 계 | 산 |
|---|---|---|
| 羅馬拼音 | ge | san |

| 預告 | 예 | 고 |
|---|---|---|
| 羅馬拼音 | ye | go |

| 步驟 | 단 | 계 |
|---|---|---|
| 羅馬拼音 | dan | ge |

最簡單的韓語發音

韓語簡介

母音・中聲

子音・初聲

子音・終聲

變音

最基礎的語法和句型

最常用的場景詞彙

最常用的日常會話

# 와

[wa]/[ㄨㄚ]

017.mp3

## 發音方法

**發音方法**〉發音和注音符號「ㄨㄚ」相似。發音時，先發「ㅗ」音，隨即快速滑向「ㅏ」音，中間不能有停頓。注意「ㅏ」音要比「ㅗ」音長且重。

| 發音器官圖 | 真人嘴型圖 | 形象代言 |
|---|---|---|

와인 紅酒

Step
2
## 跟著筆順寫寫看

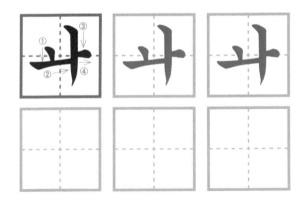

**書寫小竅門**

❶ 「ㅗ」寫得不要太大。

❷ 注意整個字母在田字格裡的合理佈局。

| 畫家 | 화 | 가 |
|---|---|---|
| 羅馬拼音 | hwa | ga |

| 紅酒 | 와 | 인 |
|---|---|---|
| 羅馬拼音 | wa | in |

| 華爾茲 | 왈 | 츠 |
|---|---|---|
| 羅馬拼音 | wal | cheu |

| 蘋果 | 사 | 과 |
|---|---|---|
| 羅馬拼音 | sa | gwa |

| 水果 | 과 | 일 |
|---|---|---|
| 羅馬拼音 | gwa | il |

| 梅花 | 매 | 화 |
|---|---|---|
| 羅馬拼音 | mae | hwa |

| 家教 | 과 | 외 |
|---|---|---|
| 羅馬拼音 | gwa | oe |

| 榅桲 | 모 | 과 |
|---|---|---|
| 羅馬拼音 | mo | gwa |

| 點心 | 과 | 자 |
|---|---|---|
| 羅馬拼音 | gwa | ja |

| 完美 | 완 | 벽 |
|---|---|---|
| 羅馬拼音 | wan | byeok |

最簡單的韓語發音

韓語簡介

母音‧中聲

子音‧初聲

子音‧終聲

變音

最基礎的語法和句型

最常用的場景詞彙

最常用的日常會話

# 궈

[weo]/[ㄨㄛ]

018.mp3

## Step 1 發音方法

**發音方法〉**發音和注音符號「ㄨㄛ」相似。發音時，先發「ㄨ」音，隨即快速滑向「ㄛ」音，中間不能有停頓。注意「ㄛ」音要比「ㄨ」音長且重。

| 發音器官圖 | 真人嘴型圖 | 形象代言 |
|---|---|---|

원피스 連身裙

## Step 2 跟著筆順寫寫看

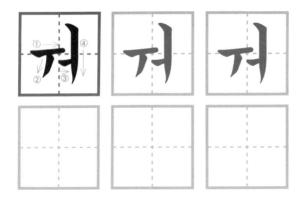

**書寫小竅門**

❶ 注意「ㅓ」要放在「ㅜ」的下面。

052

最簡單的韓語發音

韓語簡介

母音・中聲

子音・初聲

子音・終聲

變音

最基礎的語法和句型

最常用的場景詞彙

最常用的日常會話

## Step 3 讀單字練發音

| 權限 | 권 | 한 |
|---|---|---|
| 羅馬拼音 | gwon | han |

| 源頭 | 원 | 천 |
|---|---|---|
| 羅馬拼音 | won | cheon |

| 遠程 | 원 | 격 |
|---|---|---|
| 羅馬拼音 | won | gyeok |

| 車票 | 승 | 차 | 권 |
|---|---|---|---|
| 羅馬拼音 | seung | cha | gwon |

| 原因 | 원 | 인 |
|---|---|---|
| 羅馬拼音 | wo | nin |

| 資源 | 자 | 원 |
|---|---|---|
| 羅馬拼音 | ja | won |

| 公園 | 공 | 원 |
|---|---|---|
| 羅馬拼音 | gong | won |

| 連身裙 | 원 | 피 | 스 |
|---|---|---|---|
| 羅馬拼音 | won | pi | seu |

| 韓幣 | 원 |
|---|---|
| 羅馬拼音 | won |

| 護照 | 여 | 권 |
|---|---|---|
| 羅馬拼音 | yeo | gwon |

# 괘

[wae]/[ㄨㄝ]

019.mp3

---

## Step 1 發音方法

**發音方法**〉發音和注音符號「ㄨㄝ」相似。發音時,先發「ㄛ」音,隨即快速滑向「ㄝ」音,中間不能有停頓。注意「ㄝ」音要比「ㄛ」音長且重。

| 發音器官圖 | 真人嘴型圖 | 形象代言 |
|---|---|---|

돼지 豬

---

## Step 2 跟著筆順寫寫看

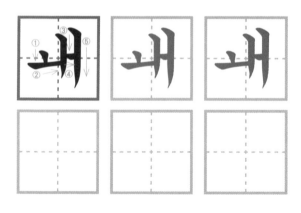

**書寫小竅門**

❶ 左邊「ㅗ」的一橫要往右上斜一點。

❷「ㅐ」不要寫得太靠下。

# Step 3 讀單字練發音

| 為什麼 | 왜 |
|---|---|
| 羅馬拼音 | wae |

| 愉快 | 유 | 쾌 |
|---|---|---|
| 羅馬拼音 | yu | kwae |

| 豬 | 돼 | 지 |
|---|---|---|
| 羅馬拼音 | dwae | ji |

| 快樂 | 쾌 | 락 |
|---|---|---|
| 羅馬拼音 | kwae | rak |

| 鎖骨 | 쇄 | 골 |
|---|---|---|
| 羅馬拼音 | swae | gol |

| 封鎖 | 폐 | 쇄 |
|---|---|---|
| 羅馬拼音 | pye | swae |

| 印刷 | 인 | 쇄 |
|---|---|---|
| 羅馬拼音 | in | swae |

| 快感 | 쾌 | 감 |
|---|---|---|
| 羅馬拼音 | kwae | gam |

| 痊癒 | 쾌 | 유 |
|---|---|---|
| 羅馬拼音 | kwae | yu |

| 火炬 | 횃 | 불 |
|---|---|---|
| 羅馬拼音 | hwaet | ppul |

最簡單的韓語發音

韓語簡介

母音・中聲

子音・初聲

子音・終聲

變音

最基礎的語法和句型

最常用的場景詞彙

最常用的日常會話

# 궤
[we]/[ㄨㄟ]

020.mp3

## Step 1 發音方法

**發音方法**〉發音和注音符號「ㄨㄟ」相似。發音時,先發「ㅜ」音,隨即迅速滑向「ㅔ」音,中間不能有停頓。注意「ㅔ」音要比「ㅜ」音長且重。

| 發音器官圖 | 真人嘴型圖 | 形象代言 |
|---|---|---|
| | | 궤 櫃子 |

## Step 2 跟著筆順寫寫看

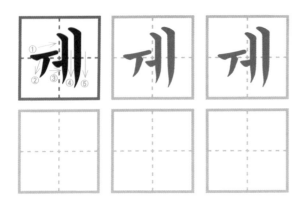

**書寫小竅門**

❶「ㅜ」的橫要稍微往右上偏一點。

❷「ㅔ」的橫要放在「ㅜ」的橫的下面。

最簡單的韓語發音

韓語簡介

母音・中聲

子音初聲

子音終聲

變音

最基礎的語法和句型

最常用的場景詞彙

最常用的日常會話

## Step 3 讀單字練發音

| 櫃子 | 궤 |
|---|---|
| 羅馬拼音 | gwe |

| 網路小說 | 웹 | 소 | 설 |
|---|---|---|---|
| 羅馬拼音 | wep | sso | seol |

| 保險箱 | 금 | 궤 |
|---|---|---|
| 羅馬拼音 | geum | gwe |

| 潰瘍 | 궤 | 양 |
|---|---|---|
| 羅馬拼音 | gwe | yang |

| 網路 | 웹 |
|---|---|
| 羅馬拼音 | wep |

| 服務生 | 웨 | 이 | 터 |
|---|---|---|---|
| 羅馬拼音 | we | i | teo |

| 婚禮 | 웨 | 딩 |
|---|---|---|
| 羅馬拼音 | we | ding |

| 雪佛蘭 | 쉐 | 보 | 레 |
|---|---|---|---|
| 羅馬拼音 | swe | bo | re |

| 軌道 | 궤 | 도 |
|---|---|---|
| 羅馬拼音 | gwe | do |

| 網路漫畫 | 웹 | 툰 |
|---|---|---|
| 羅馬拼音 | wep | tun |

# ㅓ
## [ui]/[ㄜㄧ]

021.mp3

**發音方法** 〉發音和注音符號「ㄜㄧ」相似。發音時，先發「ㅡ」音，隨即迅速滑向「ㅣ」音，中間不能有停頓。在口語中，「ㅓ」共有三種發音。第一，當「ㅓ」位於單字的字首時，發正常的「ㅓ」音；第二，當「ㅓ」位於單字的非字首時，發「ㅣ」音；第三，當「ㅓ」以「의」的形式出現並做助詞「的」使用時，發「ㅔ」音。

| 發音器官圖 | 真人嘴型圖 | 形象代言 |
|---|---|---|

의학　醫學

**Step 2** 跟著筆順寫寫看

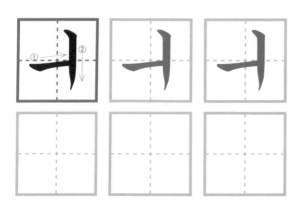

**書寫小竅門**

❶ 橫不要寫得超過右邊的「ㅣ」。

❷ 堅不要寫得太短。

最簡單的韓語發音

韓語簡介

母音・中聲

子音・初聲

子音・終聲

變音

最基礎的語法和句型

最常用的場景詞彙

最常用的日常會話

## Step 3 讀單字練發音

| 意外 | 의 | 외 |
|---|---|---|
| 羅馬拼音 | ui | oe |

| 醫學 | 의 | 학 |
|---|---|---|
| 羅馬拼音 | ui | hak |

| 意識 | 의 | 식 |
|---|---|---|
| 羅馬拼音 | ui | sik |

| 義務 | 의 | 무 |
|---|---|---|
| 羅馬拼音 | ui | mu |

| 意見 | 의 | 견 |
|---|---|---|
| 羅馬拼音 | ui | gyeon |

| 意義 | 의 | 의 |
|---|---|---|
| 羅馬拼音 | ui | i |

| 醫療 | 의 | 료 |
|---|---|---|
| 羅馬拼音 | ui | ryo |

| 花紋 | 무 | 늬 |
|---|---|---|
| 羅馬拼音 | mu | ni |

| 我的夢想 | 나 | 의 | 꿈 |
|---|---|---|---|
| 羅馬拼音 | na | e | kkum |

| 他的書 | 그 | 의 | 책 |
|---|---|---|---|
| 羅馬拼音 | geu | e | chaek |

022.mp3

# ㄱ

## [k]/[g]；[ㄎ]/[ㄍ]

**Step 1** 發音方法

**發音方法**〉發音與注音符號「ㄎ」／「ㄍ」很像。發音時，舌根先貼住上顎，然後鬆開，氣流衝出，發出聲音。注意聲帶沒有振動，沒有強氣流，不送氣。

| 發音器官圖 | 真人嘴型圖 | 形象代言 |
|---|---|---|
| | | |

가수 歌手

**Step 2** 跟著筆順寫寫看

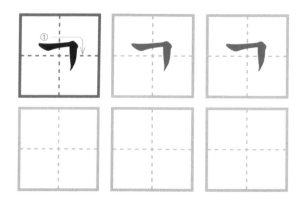

**書寫小竅門**

「ㄱ」放在母音左邊和母音上面時，書寫方法稍有差別，請看下面的兩個田字格。

가 고

最簡單的韓語發音
韓語簡介
母音·中聲
子音·初聲
子音·終聲
變音
最基礎的語法和句型
最常用的場景詞彙
最常用的日常會話

## Step 3 讀單字練發音

| 歌手 | 가 | 수 |
|---|---|---|
| 羅馬拼音 | ga | su |

| 乞丐 | 거 | 지 |
|---|---|---|
| 羅馬拼音 | geo | ji |

| 秋天 | 가 | 을 |
|---|---|---|
| 羅馬拼音 | ga | eul |

| 地球 | 지 | 구 |
|---|---|---|
| 羅馬拼音 | ji | gu |

| 距離 | 거 | 리 |
|---|---|---|
| 羅馬拼音 | geo | ri |

| 溪谷 | 계 | 곡 |
|---|---|---|
| 羅馬拼音 | ge | gok |

| 商店 | 가 | 게 |
|---|---|---|
| 羅馬拼音 | ga | ge |

| 中國 | 중 | 국 |
|---|---|---|
| 羅馬拼音 | jung | guk |

| google | 구 | 글 |
|---|---|---|
| 羅馬拼音 | gu | geul |

| 籃球 | 농 | 구 |
|---|---|---|
| 羅馬拼音 | nong | gu |

# [n]/[ㄋ]

023.mp3

## Step 1 發音方法

**發音方法〉**發音與注音符號「ㄋ」很像。發音時,舌尖貼住上齒齦,氣流在鼻腔共鳴流出,聲帶振動發出聲音。

| 發音器官圖 | 真人嘴型圖 | 形象代言 |
| --- | --- | --- |
| | | 나비 蝴蝶 |

## Step 2 跟著筆順寫寫看

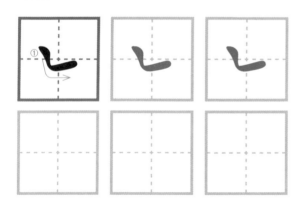

**書寫小竅門**

❶ 起筆的豎稍短。

❷ 橫稍長。

| 國家 | 나 | 라 |
|---|---|---|
| 羅馬拼音 | na | ra |

| 誰 | 누 | 구 |
|---|---|---|
| 羅馬拼音 | nu | gu |

| 蝴蝶 | 나 | 비 |
|---|---|---|
| 羅馬拼音 | na | bi |

| 明年 | 내 | 년 |
|---|---|---|
| 羅馬拼音 | nae | nyeon |

| 太 | 너 | 무 |
|---|---|---|
| 羅馬拼音 | neo | mu |

| 筆記型電腦 | 노 | 트 | 북 |
|---|---|---|---|
| 羅馬拼音 | no | teu | buk |

| 樹木 | 나 | 무 |
|---|---|---|
| 羅馬拼音 | na | mu |

| 天氣 | 날 | 씨 |
|---|---|---|
| 羅馬拼音 | nal | ssi |

| 老人 | 노 | 인 |
|---|---|---|
| 羅馬拼音 | no | in |

| 鞦韆 | 그 | 네 |
|---|---|---|
| 羅馬拼音 | geu | ne |

最簡單的韓語發音

韓語簡介

母音‧中聲

子音‧初聲

子音‧終聲

變音

最基礎的語法和句型

最常用的場景詞彙

最常用的日常會話

# ㄷ

## [t]/[d]；[ㄊ]/[ㄉ]

024.mp3

### Step 1 發音方法

**發音方法**〉發音與注音符號「ㄊ」／「ㄉ」很像。發音時，舌尖先貼住上齒齦，然後快速離開，氣流爆破衝出成音。

| 發音器官圖 | 真人嘴型圖 | 形象代言 |
| --- | --- | --- |

태권도  跆拳道

### Step 2 跟著筆順寫寫看

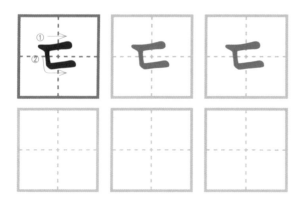

**書寫小竅門**

「ㄷ」放在母音左邊和母音上面時，書寫方法稍有差別，請看下面的兩個田字格。

다　도

| 再次 | 다 | 시 |
|---|---|---|
| 羅馬拼音 | da | si |

| 跆拳道 | 태 | 권 | 도 |
|---|---|---|---|
| 羅馬拼音 | tae | gwon | do |

| 下次 | 다 | 음 |
|---|---|---|
| 羅馬拼音 | da | eum |

| 鬼怪 | 도 | 깨 | 비 |
|---|---|---|---|
| 羅馬拼音 | do | kkae | bi |

| 甜 | 달 | 다 |
|---|---|---|
| 羅馬拼音 | dal | da |

| 週歲宴 | 돌 | 잔 | 치 |
|---|---|---|---|
| 羅馬拼音 | dol | jan | chi |

| 等待 | 대 | 기 |
|---|---|---|
| 羅馬拼音 | dae | gi |

| 對話 | 대 | 화 |
|---|---|---|
| 羅馬拼音 | dae | hwa |

| 更加 | 더 | 욱 |
|---|---|---|
| 羅馬拼音 | deo | uk |

| 皮鞋 | 구 | 두 |
|---|---|---|
| 羅馬拼音 | gu | du |

最簡單的韓語發音

韓語簡介

母音・中聲

子音・初聲

子音・終聲

變音

最基礎的語法和句型

最常用的場景詞彙

最常用的日常會話

# ㄹ

025.mp3

[l]/[r]；[ㅁ]/[ㄷ]

---

## Step 1　發音方法

**發音方法**〉發音時，先用舌尖接近上齒齦，然後舌尖輕輕顫動一下，氣流從口腔經過發出聲音。注意這時聲帶會振動。

| 發音器官圖 | 真人嘴型圖 | 形象代言 |
| --- | --- | --- |

레몬　檸檬

## Step 2　跟著筆順寫寫看

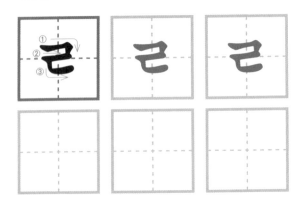

**書寫小竅門**

注意「ㄹ」下面沒有勾，
不要寫成漢語「已」。

已

066

| 沙子 | 모 | 래 |
|---|---|---|
| 羅馬拼音 | mo | rae |

| 後天 | 모 | 레 |
|---|---|---|
| 羅馬拼音 | mo | re |

| 漂白水 | 락 | 스 |
|---|---|---|
| 羅馬拼音 | rak | sseu |

| 粉末 | 가 | 루 |
|---|---|---|
| 羅馬拼音 | ga | ru |

| 糖漿 | 시 | 럽 |
|---|---|---|
| 羅馬拼音 | si | reop |

| 紅色 | 레 | 드 |
|---|---|---|
| 羅馬拼音 | re | deu |

| 檸檬 | 레 | 몬 |
|---|---|---|
| 羅馬拼音 | re | mon |

| 未來 | 미 | 래 |
|---|---|---|
| 羅馬拼音 | mi | rae |

| 記錄 | 기 | 록 |
|---|---|---|
| 羅馬拼音 | gi | rok |

| Running Man | 런 | 닝 | 맨 |
|---|---|---|---|
| 羅馬拼音 | reon | ning | maen |

※ 韓國綜藝節目名稱。

最簡單的韓語發音

韓語簡介

母音・中聲

子音・初聲

子音・終聲

變音

最基礎的語法和句型

最常用的場景詞彙

最常用的日常會話

# [m]/[ㅁ]

026.mp3

## Step 1 發音方法

**發音方法**〉發音與注音符號「ㄇ」很像。發音時，閉緊雙唇，然後氣流在鼻腔共鳴發出聲音。注意同時聲帶振動。

| 發音器官圖 | 真人嘴型圖 | 形象代言 |
|---|---|---|
| （氣流由鼻腔出） | （閉嘴唇） | 메모　便條紙 |

## Step 2 跟著筆順寫寫看

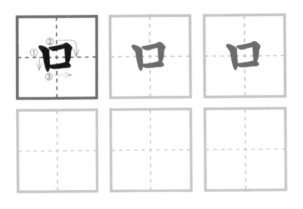

**書寫小竅門**

不要寫成漢語「口」。

| 心、內心 | 마 | 음 |
| --- | --- | --- |
| 羅馬拼音 | ma | eum |

| 美貌 | 미 | 모 |
| --- | --- | --- |
| 羅馬拼音 | mi | mo |

| 太、很 | 너 | 무 |
| --- | --- | --- |
| 羅馬拼音 | neo | mu |

| 醬麴豆餅 | 메 | 주 |
| --- | --- | --- |
| 羅馬拼音 | me | ju |

| 頭 | 머 | 리 |
| --- | --- | --- |
| 羅馬拼音 | meo | ri |

| 美女 | 미 | 녀 |
| --- | --- | --- |
| 羅馬拼音 | mi | nyeo |

| 灰塵 | 먼 | 지 |
| --- | --- | --- |
| 羅馬拼音 | meon | ji |

| 村莊 | 마 | 을 |
| --- | --- | --- |
| 羅馬拼音 | ma | eul |

| 很、非常 | 매 | 우 |
| --- | --- | --- |
| 羅馬拼音 | mae | u |

| 便條紙 | 메 | 모 |
| --- | --- | --- |
| 羅馬拼音 | me | mo |

最簡單的韓語發音

韓語簡介

母音・中聲

子音・初聲

子音・終聲

變音

最基礎的語法和句型

最常用的場景詞彙

最常用的日常會話

# ㅂ

[p]/[b]；[ㄆ]/[ㄅ]

027.mp3

---

## Step 1　發音方法

**發音方法**〉發音與注音符號「ㄆ」／「ㄅ」很像。發音時，閉緊雙唇，然後用阻住的氣流將雙唇衝開，從而發出爆破聲音。

| 發音器官圖 | 真人嘴型圖 | 形象代言 |

바늘 針

---

## Step 2　跟著筆順寫寫看

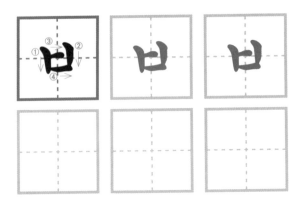

**書寫小竅門**

❶ 第1筆豎不要寫得太長。

❷ 第4筆橫不要寫得太長。

---

| 針 | 바 | 늘 |
|---|---|---|
| 羅馬拼音 | ba | neul |

| 大麥 | 보 | 리 |
|---|---|---|
| 羅馬拼音 | bo | ri |

| 風 | 바 | 람 |
|---|---|---|
| 羅馬拼音 | ba | ram |

| 部隊 | 부 | 대 |
|---|---|---|
| 羅馬拼音 | bu | dae |

| 釜山 | 부 | 산 |
|---|---|---|
| 羅馬拼音 | bu | san |

| 飛機 | 비 | 행 | 기 |
|---|---|---|---|
| 羅馬拼音 | bi | haeng | gi |

| 傻瓜 | 바 | 보 |
|---|---|---|
| 羅馬拼音 | ba | bo |

| 拌、搓 | 비 | 비 | 다 |
|---|---|---|---|
| 羅馬拼音 | bi | bi | da |

| 方法 | 방 | 법 |
|---|---|---|
| 羅馬拼音 | bang | beop |

| 拌飯 | 비 | 빔 | 밥 |
|---|---|---|---|
| 羅馬拼音 | bi | bim | ppap |

最簡單的韓語發音

韓語簡介

母音・中聲

子音・初聲

子音・終聲

變音

最基礎的語法和句型

最常用的場景詞彙

最常用的日常會話

# ㅅ

[s]/[ㄙ]

028.mp3

## Step 1 發音方法

**發音方法**〉發音與注音符號「[ㄙ」很像。發音時，上下齒基本閉合，舌面抬起靠近上顎，注意不要貼上，這時舌面與上顎之間形成一個窄小的縫隙，氣流從這個縫隙摩擦而出，發出聲音。

| 發音器官圖 | 真人嘴型圖 | 形象代言 |
|---|---|---|

사람 人

## Step 2 跟著筆順寫寫看

| | | |
|---|---|---|
| ㅅ | ㅅ | ㅅ |
| | | |

### 書寫小竅門

「ㅅ」放在母音左邊和母音上邊時，書寫方法稍有差別，請看下面的兩個田字格。

| 사 | 소 |
|---|---|

最簡單的韓語發音

韓語簡介

母音·中聲

子音·初聲

子音·終聲

變音

最基礎的語法和句型

最常用的場景詞彙

最常用的日常會話

## Step 3 讀單字練發音

| 愛 | 사 | 랑 |
|---|---|---|
| 羅馬拼音 | sa | rang |

| 獅子 | 사 | 자 |
|---|---|---|
| 羅馬拼音 | sa | ja |

| 人 | 사 | 람 |
|---|---|---|
| 羅馬拼音 | sa | ram |

| 新年 | 새 | 해 |
|---|---|---|
| 羅馬拼音 | sae | hae |

| 首爾 | 서 | 울 |
|---|---|---|
| 羅馬拼音 | seo | ul |

| 老師 | 스 | 승 |
|---|---|---|
| 羅馬拼音 | seu | seung |

| 霜、寒霜 | 서 | 리 |
|---|---|---|
| 羅馬拼音 | seo | ri |

| 時間 | 시 | 간 |
|---|---|---|
| 羅馬拼音 | si | gan |

| 小說 | 소 | 설 |
|---|---|---|
| 羅馬拼音 | so | seol |

| 沙拉 | 샐 | 러 | 드 |
|---|---|---|---|
| 羅馬拼音 | sael | reo | deu |

[ø]

029.mp3

**發音方法**〉書寫時位於母音前面或上面，只填空用，不發音。

形象代言

因為「ㅇ」作字頭音時不發音，故沒有嘴型圖。

악수 握手

의사 醫生

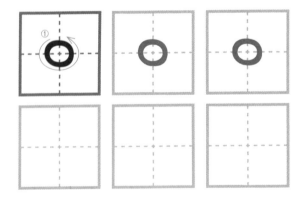

**書寫小竅門**

寫在田字格的中間位置，不要偏上或偏下。

最簡單的韓語發音

韓語簡介

母音·中聲

子音·初聲

子音·終聲

變音

最基礎的語法和句型

最常用的場景詞彙

最常用的日常會話

## Step 3 讀單字練發音

| 握手 | 악 | 수 |
|---|---|---|
| 羅馬拼音 | ak | ssu |

| 危機 | 위 | 기 |
|---|---|---|
| 羅馬拼音 | wi | gi |

| 知道 | 알 | 다 |
|---|---|---|
| 羅馬拼音 | al | da |

| 小狗 | 강 | 아 | 지 |
|---|---|---|---|
| 羅馬拼音 | gang | a | ji |

| 鄰居 | 이 | 웃 |
|---|---|---|
| 羅馬拼音 | i | ut |

| 醫師 | 의 | 사 |
|---|---|---|
| 羅馬拼音 | ui | sa |

| 露水 | 이 | 슬 |
|---|---|---|
| 羅馬拼音 | i | seul |

| 英語 | 영 | 어 |
|---|---|---|
| 羅馬拼音 | yeong | eo |

| 今天 | 오 | 늘 |
|---|---|---|
| 羅馬拼音 | o | neul |

| 英雄 | 영 | 웅 |
|---|---|---|
| 羅馬拼音 | yeong | ung |

# ㅈ

030.mp3

[ch]/[j]；[ㄐ]/[ㄗ]

發音方法

發音方法〉發音與注音符號「ㄐ」／「ㄗ」很像。發音時，先用舌尖抵住下齒內側，然後舌面抬起碰觸硬顎後立即收回，氣流從舌面和硬顎之間摩擦衝出，從而發出聲音。

| 發音器官圖 | 真人嘴型圖 | 形象代言 |
| --- | --- | --- |

주식 股票

跟著筆順寫寫看

**書寫小竅門**

「ㅈ」放在母音左邊和母音上邊時，書寫方法稍有差別，請看下面的兩個田字格。

자　주

| 經常 | 자 | 주 |
|---|---|---|
| 羅馬拼音 | ja | ju |

| 週末 | 주 | 말 |
|---|---|---|
| 羅馬拼音 | ju | mal |

| 朝鮮 | 조 | 선 |
|---|---|---|
| 羅馬拼音 | jo | seon |

| 蛤蜊 | 조 | 개 |
|---|---|---|
| 羅馬拼音 | jo | gae |

| 脾氣 | 성 | 질 |
|---|---|---|
| 羅馬拼音 | seong | jil |

| 股票 | 주 | 식 |
|---|---|---|
| 羅馬拼音 | ju | sik |

| 葡萄柚 | 자 | 몽 |
|---|---|---|
| 羅馬拼音 | ja | mong |

| 生薑 | 진 | 저 |
|---|---|---|
| 羅馬拼音 | jin | jeo |

| 知識 | 지 | 식 |
|---|---|---|
| 羅馬拼音 | ji | sik |

| 秤 | 저 | 울 |
|---|---|---|
| 羅馬拼音 | jeo | ul |

最簡單的韓語發音

韓語簡介

母音·中聲

子音·初聲

子音·終聲

變音

最基礎的語法和句型

最常用的場景詞彙

最常用的日常會話

# ㅊ

031.mp3

[ch]/[く]

## 發音方法

**發音方法**〉發音與注音符號「く」很像。發音時，發音部位與「ㅈ」基本一樣，但是氣流較「ㅈ」更強，並且送氣。

| 發音器官圖 | 真人嘴型圖 | 形象代言 |

차 茶

Step 2

## 跟著筆順寫寫看

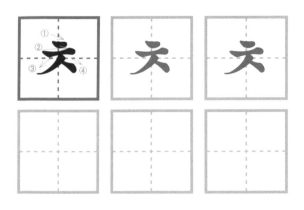

**書寫小竅門**

❶ 第 1 筆是點，不要寫成橫。

❷ 第 3 筆不要寫得太長。

078

最簡單的韓語發音

韓語簡介

母音‧中聲

**子音‧初聲**

子音‧終聲

變音

最基礎的語法和句型

最常用的場景詞彙

最常用的日常會話

## Step 3 讀單字練發音

| 茶 | 차 |
|---|---|
| 羅馬拼音 | cha |

| 體重 | 체 | 중 |
|---|---|---|
| 羅馬拼音 | che | jung |

| 綠茶 | 녹 | 차 |
|---|---|---|
| 羅馬拼音 | nok | cha |

| 頻道 | 채 | 널 |
|---|---|---|
| 羅馬拼音 | chae | neol |

| 初次 | 처 | 음 |
|---|---|---|
| 羅馬拼音 | cheo | eum |

| 冷 | 춥 | 다 |
|---|---|---|
| 羅馬拼音 | chup | tta |

| 足球 | 축 | 구 |
|---|---|---|
| 羅馬拼音 | chuk | kku |

| 火車 | 기 | 차 |
|---|---|---|
| 羅馬拼音 | gi | cha |

| 體溫 | 체 | 온 |
|---|---|---|
| 羅馬拼音 | che | on |

| 巧克力 | 초 | 콜 | 릿 |
|---|---|---|---|
| 羅馬拼音 | cho | kol | rit |

# ㅋ

032.mp3

## [k]/[ㄎ]

## Step 1 發音方法

**發音方法〉**發音與注音符號「ㄎ」很像。發音時，發音部位與「ㄱ」基本一樣，但是氣流較「ㄱ」更強，並且送氣。

| 發音器官圖 | 真人嘴型圖 | 形象代言 |
| --- | --- | --- |
| 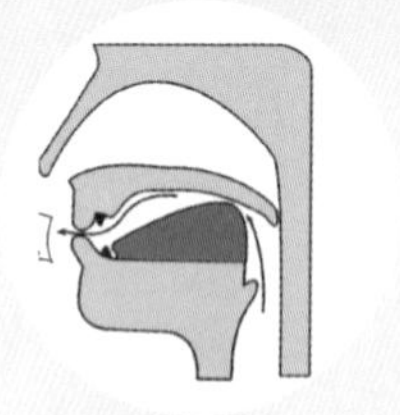 | 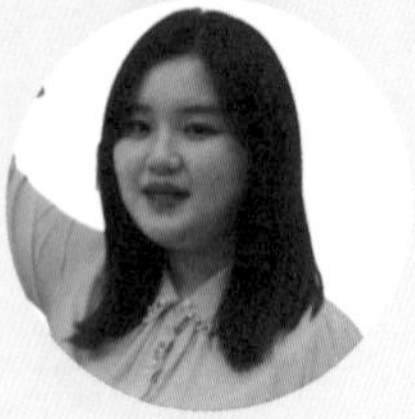 | 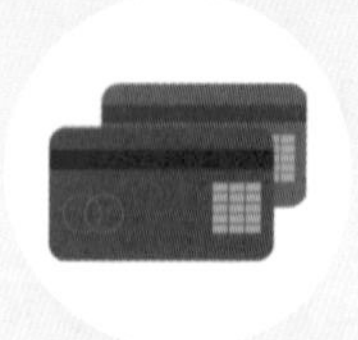 카드 卡片 |

## Step 2 跟著筆順寫寫看

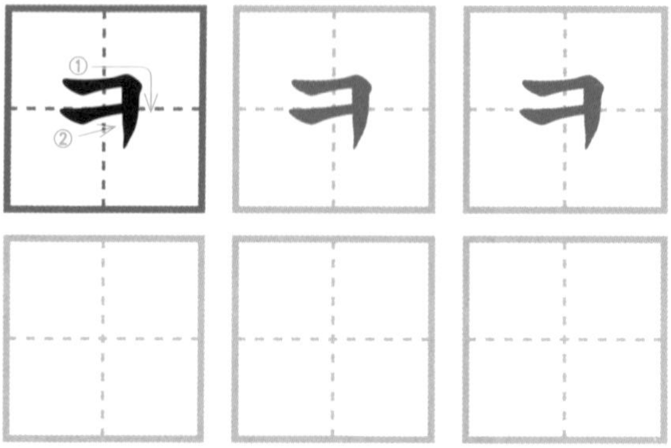


**書寫小竅門**

「ㅋ」放在母音左邊和母音上面時，書寫方法稍有差別，請看下面的兩個田字格。

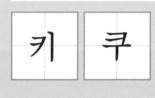

키 쿠

| 卡、卡片 | 카 | 드 |
|---|---|---|
| 羅馬拼音 | ka | deu |

| 窗簾 | 커 | 튼 |
|---|---|---|
| 羅馬拼音 | keo | teun |

| 幸運的 | 럭 | 키 |
|---|---|---|
| 羅馬拼音 | reok | ki |

| 鼻子 | 코 |
|---|---|
| 羅馬拼音 | ko |

| 外套 | 코 | 트 |
|---|---|---|
| 羅馬拼音 | ko | teu |

| 刀 | 칼 |
|---|---|
| 羅馬拼音 | kal |

| 敲門 | 노 | 크 |
|---|---|---|
| 羅馬拼音 | no | keu |

| 卡路里 | 칼 | 로 | 리 |
|---|---|---|---|
| 羅馬拼音 | kal | ro | ri |

| 奶油 | 크 | 림 |
|---|---|---|
| 羅馬拼音 | keu | rim |

| 空調 | 에 | 어 | 컨 |
|---|---|---|---|
| 羅馬拼音 | e | eo | keon |

最簡單的韓語發音

韓語簡介

母音·中聲

子音·初聲

子音·終聲

變音

最基礎的語法和句型

最常用的場景詞彙

最常用的日常會話

# ㅌ

## [t]/[ㄊ]

033.mp3

### Step 1 發音方法

**發音方法》** 發音與注音符號「ㄊ」很像。發音時,發音部位與「ㄷ」基本一樣,但是氣流較「ㄷ」更強,而且送氣。

| 發音器官圖 | 真人嘴型圖 | 形象代言 |
| --- | --- | --- |
| | | 타임 時間 |

### Step 2 跟著筆順寫寫看

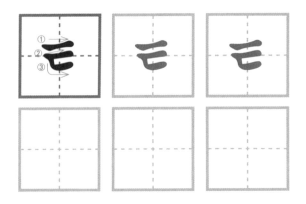

**書寫小竅門**

整體構架要偏扁,不要像大寫英文字母「E」那樣。

E ⊗

082

| 桌球 | 탁 | 구 | | 越南 | 베 | 트 | 남 |
|---|---|---|---|---|---|---|---|
| 羅馬拼音 | tak | kku | | 羅馬拼音 | be | teu | nam |

| 時間 | 타 | 임 | | 橡子 | 도 | 토 | 리 |
|---|---|---|---|---|---|---|---|
| 羅馬拼音 | ta | im | | 羅馬拼音 | do | to | ri |

| 泰國 | 태 | 국 | | 電腦 | 컴 | 퓨 | 터 |
|---|---|---|---|---|---|---|---|
| 羅馬拼音 | tae | guk | | 羅馬拼音 | keom | pyu | teo |

| 兔子 | 토 | 끼 | | 航廈 | 터 | 미 | 널 |
|---|---|---|---|---|---|---|---|
| 羅馬拼音 | to | kki | | 羅馬拼音 | teo | mi | neol |

| 蕃茄 | 토 | 마 | 토 |
|---|---|---|---|
| 羅馬拼音 | to | ma | to |

| 電視 | 텔 | 레 | 비 | 전 |
|---|---|---|---|---|
| 羅馬拼音 | tel | re | bi | jeon |

最簡單的韓語發音

韓語簡介

母音・中聲

**子音・初聲**

子音・終聲

變音

最基礎的語法和句型

最常用的場景詞彙

最常用的日常會話

# ㅍ

034.mp3

[p]/[ㄆ]

## 發音方法

**發音方法**〉發音與注音符號「ㄆ」很像。發音時，發音部位與「ㅂ」基本一樣，但是氣流較「ㅂ」更強，而且送氣。

| 發音器官圖 | 真人嘴型圖 | 形象代言 |
| --- | --- | --- |
| | | 파 蔥 |

Step
2
## 跟著筆順寫寫看

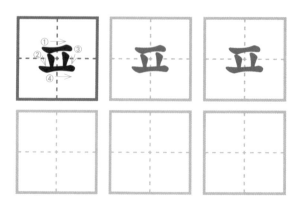

### 書寫小竅門

「ㅍ」放在母音左邊和母音上面時，書寫方法稍有差別，請看下面的兩個田字格。

| 파 | 프 |
| --- | --- |

| 蔥 | 파 |
|---|---|
| 羅馬拼音 | pa |

| 編輯 | 편 | 집 |
|---|---|---|
| 羅馬拼音 | pyeon | jip |

| 手臂 | 팔 |
|---|---|
| 羅馬拼音 | pal |

| 標準 | 표 | 준 |
|---|---|---|
| 羅馬拼音 | pyo | jun |

| 波浪 | 파 | 도 |
|---|---|---|
| 羅馬拼音 | pa | do |

| 笛子 | 피 | 리 |
|---|---|---|
| 羅馬拼音 | pi | ri |

| 蒼蠅 | 파 | 리 |
|---|---|---|
| 羅馬拼音 | pa | ri |

| 食譜 | 레 | 시 | 피 |
|---|---|---|---|
| 羅馬拼音 | re | si | pi |

| 葡萄 | 포 | 도 |
|---|---|---|
| 羅馬拼音 | po | do |

| 西班牙 | 스 | 페 | 인 |
|---|---|---|---|
| 羅馬拼音 | seu | pe | in |

最簡單的韓語發音

韓語簡介

母音・中聲

子音・初聲

子音・終聲

變音

最基礎的語法和句型

最常用的場景詞彙

最常用的日常會話

# ㅎ

# [h]/[ㄏ]

035.mp3

## Step 1　發音方法

**發音方法**〉發音與注音符號「ㄏ」很像。發音時，氣流從喉嚨擠出，摩擦發出聲音。注意這時聲帶不振動。

| 發音器官圖 | 真人嘴型圖 | 形象代言 |
|---|---|---|
| | | 하트 心 |

## Step 2　跟著筆順寫寫看

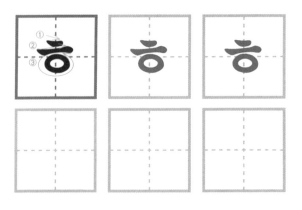

**書寫小竅門**

❶ 第一筆點不要寫得太大。

❷ 圓圈寫在點的正下方。

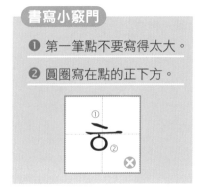

韓語簡介

母音・中聲

子音・初聲

子音・終聲

變音

最基礎的語法和句型

最常用的場景詞彙

最常用的日常會話

## Step 3 讀單字練發音

| 天空 | 하 | 늘 |
|---|---|---|
| 羅馬拼音 | ha | neul |

| 萬一、如果、或許、或是 | 혹 | 시 |
|---|---|---|
| 羅馬拼音 | hok | ssi |

| 心 | 하 | 트 |
|---|---|---|
| 羅馬拼音 | ha | teu |

| 數學 | 수 | 학 |
|---|---|---|
| 羅馬拼音 | su | hak |

| 腰 | 허 | 리 |
|---|---|---|
| 羅馬拼音 | heo | ri |

| 幸福的 | 해 | 피 |
|---|---|---|
| 羅馬拼音 | hae | pi |

| 呵欠 | 하 | 품 |
|---|---|---|
| 羅馬拼音 | ha | pum |

| 奶奶 | 할 | 머 | 니 |
|---|---|---|---|
| 羅馬拼音 | hal | meo | ni |

| 香草 | 허 | 브 |
|---|---|---|
| 羅馬拼音 | heo | beu |

| 爺爺 | 할 | 아 | 버 | 지 |
|---|---|---|---|---|
| 羅馬拼音 | ha | ra | beo | ji |

# ㄲ

[kk]/[ㄍ]

036.mp3

## Step 1 發音方法

**發音方法**〉發音時，發音部位與「ㄍ」基本一樣，但是聲帶要更加緊繃，舌頭的後面也要更加緊張，從而使氣流衝破聲門爆發而出。

| 發音器官圖 | 真人嘴型圖 | 形象代言 |
| --- | --- | --- |

까치 喜鵲

## Step 2 跟著筆順寫寫看

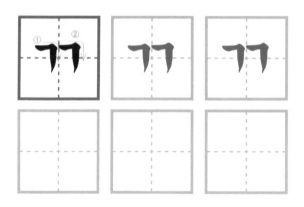

### 書寫小竅門

「ㄲ」放在母音左邊和母音上面時，書寫方法稍有差別，請看下面的兩個田字格。

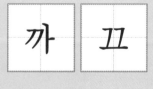

까　꼬

| 喜鵲 | 까 | 치 |
|---|---|---|
| 羅馬拼音 | kka | chi |

| 肩膀 | 어 | 깨 |
|---|---|---|
| 羅馬拼音 | eo | kkae |

| 鳥蛤 | 꼬 | 막 |
|---|---|---|
| 羅馬拼音 | kko | mak |

| 大象 | 코 | 끼 | 리 |
|---|---|---|---|
| 羅馬拼音 | ko | kki | ri |

| 花 | 꽃 |
|---|---|
| 羅馬拼音 | kkot |

| 烏鴉 | 까 | 마 | 귀 |
|---|---|---|---|
| 羅馬拼音 | kka | ma | gwi |

| 夢、夢想 | 꿈 |
|---|---|
| 羅馬拼音 | kkum |

| 裝飾、打扮 | 꾸 | 미 | 다 |
|---|---|---|---|
| 羅馬拼音 | kku | mi | da |

| 蜜 | 꿀 |
|---|---|
| 羅馬拼音 | kkul |

| 麻花 | 꽈 | 배 | 기 |
|---|---|---|---|
| 羅馬拼音 | kkwa | bae | gi |

最簡單的韓語發音

韓語簡介

母音中聲

子音初聲

子音終聲

變音

最基礎的語法和句型

最常用的場景詞彙

最常用的日常會話

# ㄸ

037.mp3

[ㄸ]/[ㄅ]

## 發音方法

**發音方法**〉發音時，發音部位與「ㄷ」基本一樣，但是聲帶要更加緊繃，舌尖也要更加用力，從而使氣流衝破聲門爆發而出。

| 發音器官圖 | 真人嘴型圖 | 形象代言 |
| --- | --- | --- |
| | | 딸기　草莓 |

## 跟著筆順寫寫看

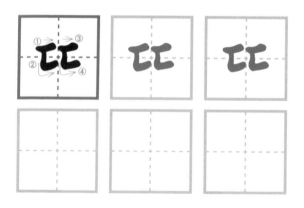

### 書寫小竅門

「ㄸ」放在母音左邊和母音上面時，書寫方法稍有差別，請看下面的兩個田字格。

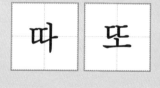

| 따 | 또 |
| --- | --- |

最簡單的韓語發音

韓語簡介

母音·中聲

子音·初聲

子音·終聲

變音

最基礎的語法和句型

最常用的場景詞彙

最常用的日常會話

## Step 3　讀單字練發音

| 花生 | 땅 | 콩 |
|---|---|---|
| 羅馬拼音 | ttang | kong |

| 生肖 | 띠 |
|---|---|
| 羅馬拼音 | tti |

| 草莓 | 딸 | 기 |
|---|---|---|
| 羅馬拼音 | ttal | gi |

| 女兒 | 딸 |
|---|---|
| 羅馬拼音 | ttal |

| 標籤 | 딱 | 지 |
|---|---|---|
| 羅馬拼音 | ttak | jji |

| 意思 | 뜻 |
|---|---|
| 羅馬拼音 | tteut |

| 同齡人 | 또 | 래 |
|---|---|---|
| 羅馬拼音 | tto | rae |

| 又、再 | 또 |
|---|---|
| 羅馬拼音 | tto |

| 時候 | 때 |
|---|---|
| 羅馬拼音 | ttae |

| 糕餅 | 떡 |
|---|---|
| 羅馬拼音 | tteok |

# ㅃ

038.mp3

[pp]/[ㄅ]

## Step 1　發音方法

**發音方法**〉發音時，發音部位與「ㅂ」基本一樣，但是聲帶要更加緊繃，雙唇也要更加緊張，從而使氣流衝破聲門爆發而出。

| 發音器官圖 | 真人嘴型圖 | 形象代言 |
|---|---|---|

빵 麵包

## Step 2　跟著筆順寫寫看

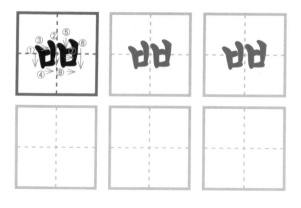

**書寫小竅門**

兩邊的「ㅂ」應該是一樣大的。

092

最簡單的韓語發音

韓語簡介

母音·中聲

**子音·初聲**

子音·終聲

變音

最基礎的語法和句型

最常用的場景詞彙

最常用的日常會話

# Step 3 讀單字練發音

| 快 | 빠 | 르 | 다 |
|---|---|---|---|
| 羅馬拼音 | ppa | reu | da |

| 吸管 | 빨 | 대 |
|---|---|---|
| 羅馬拼音 | ppal | dae |

| 掉進 | 빠 | 지 | 다 |
|---|---|---|---|
| 羅馬拼音 | ppa | ji | da |

| 快 | 빨 | 리 |
|---|---|---|
| 羅馬拼音 | ppal | ri |

| 灑、撒 | 뿌 | 리 | 다 |
|---|---|---|---|
| 羅馬拼音 | ppu | ri | da |

| 洗衣服 | 빨 | 래 |
|---|---|---|
| 羅馬拼音 | ppal | rae |

| 漂亮 | 예 | 쁘 | 다 |
|---|---|---|---|
| 羅馬拼音 | ye | ppeu | da |

| 角 | 뿔 |
|---|---|
| 羅馬拼音 | ppul |

| 親親 | 뽀 | 뽀 |
|---|---|---|
| 羅馬拼音 | ppo | ppo |

| 麵包 | 빵 |
|---|---|
| 羅馬拼音 | ppang |

# ㅆ

[ss]/[ㅅ]

## Step 1　發音方法

**發音方法〉**發音時，發音部位與「ㅅ」基本一樣，但是聲帶要更加緊繃，舌面也要更加緊張，氣流從聲門摩擦而出。

| 發音器官圖 | 真人嘴型圖 | 形象代言 |
|---|---|---|

쌀 米

## Step 2　跟著筆順寫寫看

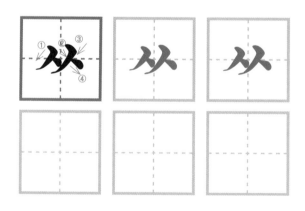

### 書寫小竅門

「ㅆ」放在母音左邊和母音上面時，書寫方法稍有差別，請看下面的兩個田字格。

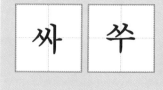

쌰　쑈

## Step 3 讀單字練發音

| 便宜的 | 싸 | 다 |
|---|---|---|
| 羅馬拼音 | ssa | da |

| 打架 | 싸 | 움 |
|---|---|---|
| 羅馬拼音 | ssa | um |

| 包飯醬 | 쌈 | 장 |
|---|---|---|
| 羅馬拼音 | ssam | jang |

| 艾草 | 쑥 |
|---|---|
| 羅馬拼音 | ssuk |

| 使用 | 쓰 | 다 |
|---|---|---|
| 羅馬拼音 | sseu | da |

| 米 | 쌀 |
|---|---|
| 羅馬拼音 | ssal |

| 種子 | 씨 | 앗 |
|---|---|---|
| 羅馬拼音 | ssi | at |

| 鬥雞 | 닭 | 싸 | 움 |
|---|---|---|---|
| 羅馬拼音 | dak | ssa | um |

| 新芽 | 새 | 싹 |
|---|---|---|
| 羅馬拼音 | sae | ssak |

| 打雪仗 | 눈 | 싸 | 움 |
|---|---|---|---|
| 羅馬拼音 | nun | ssa | um |

韓語簡介

母音・中聲

子音・初聲

子音・終聲

變音

最基礎的語法和句型

最常用的場景詞彙

最常用的日常會話

# ㅉ

## [jj]/[ㄐ]

040.mp3

**發音方法**

**發音方法**〉發音時，發音部位與「ㅈ」基本一樣，但是聲帶要更加緊繃，舌尖要更加用力，舌面也要更加緊張，從而使氣流衝破聲門爆發而出。

| 發音器官圖 | 真人嘴型圖 | 形象代言 |
|---|---|---|
| | | 김치찌개 辛奇鍋 |

**Step 2** 跟著筆順寫寫看

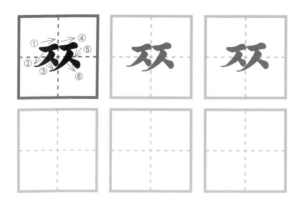

**書寫小竅門**

「ㅉ」放在母音左邊和母音上邊時，書寫方法稍有差別，請看下面的兩個田字格。

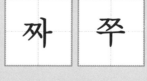

짜　쫀

| 蒸 | 찌 | 다 |
|---|---|---|
| 羅馬拼音 | jji | da |

| 假的 | 가 | 짜 |
|---|---|---|
| 羅馬拼音 | ga | jja |

| 鹹的 | 짜 | 다 |
|---|---|---|
| 羅馬拼音 | jja | da |

| 真的 | 진 | 짜 |
|---|---|---|
| 羅馬拼音 | jin | jja |

| 厭煩 | 짜 | 증 |
|---|---|---|
| 羅馬拼音 | jja | jeung |

| 筋麵 | 쫄 | 면 |
|---|---|---|
| 羅馬拼音 | jjol | myeon |

| 假貨、仿冒品 | 짝 | 퉁 |
|---|---|---|
| 羅馬拼音 | jjak | tung |

| 死黨、最好的朋友 | 짝 | 꿍 |
|---|---|---|
| 羅馬拼音 | jjak | kkung |

| 辛奇鍋 | 김 | 치 | 찌 | 개 |
|---|---|---|---|---|
| 羅馬拼音 | gim | qi | jji | gae |

| 有嚼勁 | 쫄 | 깃 | 쫄 | 깃 |
|---|---|---|---|---|
| 羅馬拼音 | jjol | git | jjol | git |

最簡單的韓語發音

韓語簡介

母音·中聲

子音·初聲

子音·終聲

變音

最基礎的語法和句型

最常用的場景詞彙

最常用的日常會話

Unit

# 04 子音・終聲

041.mp3

# ㄱ

[k]/[ㄎ]

## Step 1 發音方法

**發音方法〉** 發音時，舌根緊緊貼住軟顎，堵住氣流，注意不要爆破發出聲音。與子音「ㄱ」相比，終聲「ㄱ」不會因氣流衝出而發出聲音。「ㅋ、ㄲ、ㄳ、ㄺ」也發終聲「ㄱ」的音。

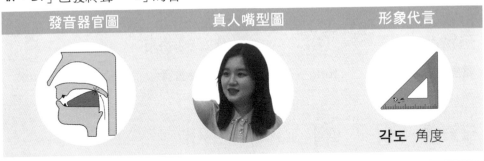

| 發音器官圖 | 真人嘴型圖 | 形象代言 |
| --- | --- | --- |
| 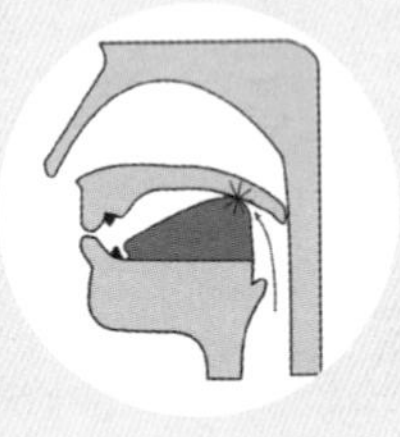 | 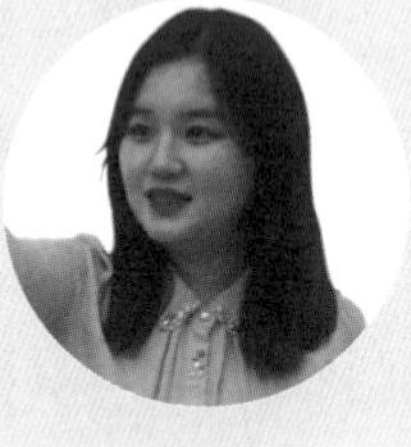 | 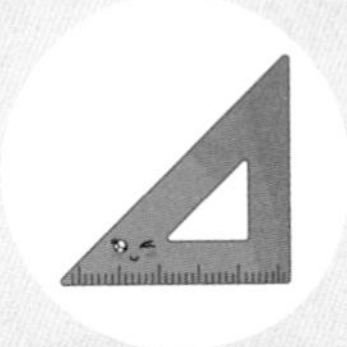 각도 角度 |

## Step 2 跟著筆順寫寫看

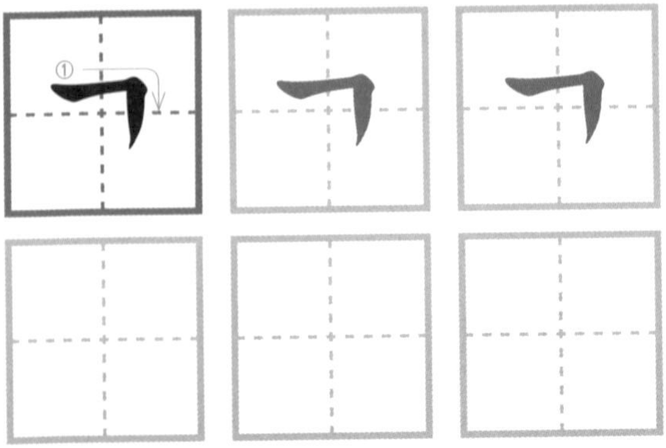


**書寫小竅門**

書寫方法與前面學過的子音「ㄱ」一致，不過終聲與母音相遇時，要寫在母音的下面。

最簡單的韓語發音

韓語簡介

母音・中聲

子音・初聲

子音・終聲

變音

最基礎的語法和句型

最常用的場景詞彙

最常用的日常會話

## Step 3 讀單字練發音

| 價格 | 가 | 격 |
|---|---|---|
| 羅馬拼音 | ga | gyeok |

| 角度 | 각 | 도 |
|---|---|---|
| 羅馬拼音 | gak | tto |

| 時刻 | 시 | 각 |
|---|---|---|
| 羅馬拼音 | si | gak |

| 年糕湯 | 떡 | 국 |
|---|---|---|
| 羅馬拼音 | tteok | kkuk |

| 國會 | 국 | 회 |
|---|---|---|
| 羅馬拼音 | gu | koe |

| 刪除 | 삭 | 제 |
|---|---|---|
| 羅馬拼音 | sak | jje |

| 讀 | 읽 | 다 |
|---|---|---|
| 羅馬拼音 | ik | tta |

| 捆、綁 | 묶 | 다 |
|---|---|---|
| 羅馬拼音 | muk | tta |

| 廚房 | 부 | 엌 |
|---|---|---|
| 羅馬拼音 | bu | eok |

| 份額 | 몫 | |
|---|---|---|
| 羅馬拼音 | mok | |

※ 雖然所有子音都可以當終聲，但終聲總共只會發 7 個代表音，也就是 Unit 4 介紹的這 7 個終聲發音。

※ 終聲的 -ㄱ、-ㄷ、-ㅂ 發音如漢語 -k、-t、-p 入聲字。

# ㄴ

## [n]/[ㄋ]

042.mp3

**Step 1** 發音方法

**發音方法〉**發音時，舌尖抵住上齒齦，氣流通過鼻腔發出聲音。與發子音「ㄴ」時舌尖要離開上齒齦不同，發終聲「ㄴ」時舌尖抵住上齒齦不動。「ㄌㄨ、ㄌㆤ」也發終聲「ㄴ」的音。

| 發音器官圖 | 真人嘴型圖 | 形象代言 |
| --- | --- | --- |
| | | 간장 醬油 |

**Step 2** 跟著筆順寫寫看

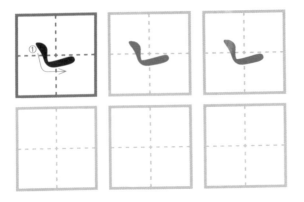

**書寫小竅門**

書寫方法與前面學過的子音「ㄴ」一致，不過終聲與母音相遇時，要寫在母音的下面。

| 零食 | 간 | 식 |
|---|---|---|
| 羅馬拼音 | gan | sik |

| 多 | 많 | 다 |
|---|---|---|
| 羅馬拼音 | man | ta |

| 醬油 | 간 | 장 |
|---|---|---|
| 羅馬拼音 | gan | jang |

| 囉唆、嘮叨 | 잔 | 소 | 리 |
|---|---|---|---|
| 羅馬拼音 | jan | so | ri |

| 坐 | 앉 | 다 |
|---|---|---|
| 羅馬拼音 | an | tta |

| 山茱萸 | 산 | 수 | 유 |
|---|---|---|---|
| 羅馬拼音 | san | su | yu |

| 小菜 | 반 | 찬 |
|---|---|---|
| 羅馬拼音 | ban | chan |

| 海鮮 | 해 | 산 | 물 |
|---|---|---|---|
| 羅馬拼音 | hae | san | mul |

| 班長 | 반 | 장 |
|---|---|---|
| 羅馬拼音 | ban | jang |

| 蛋白質 | 단 | 백 | 질 |
|---|---|---|---|
| 羅馬拼音 | dan | baek | jjil |

最簡單的韓語發音

韓語簡介

母音・中聲

子音・初聲

子音・終聲

變音

最基礎的語法和句型

最常用的場景詞彙

最常用的日常會話

# ㄷ

[t]/[ㄷ]

043.mp3

## Step 1　發音方法

**發音方法**〉發音時，舌尖抵住上齒齦，堵住氣流。與發子音「ㄷ」時舌尖要離開上齒齦爆破成音不同，發終聲「ㄷ」時舌尖抵住上齒齦不爆破。「ㅅ、ㅈ、ㅊ、ㅌ、ㅎ、ㅆ」也發終聲「ㄷ」的音。

| 發音器官圖 | 真人嘴型圖 | 形象代言 |
|---|---|---|
| | | 吳 釘子 |

## Step 2　跟著筆順寫寫看

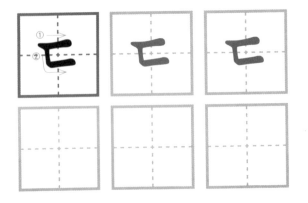

### 書寫小竅門

書寫方法與前面學過的子音「ㄷ」一致，不過終聲與母音相遇時，要寫在母音的下面。

| 關、關閉 | 닫 | 다 |
|---|---|---|
| 羅馬拼音 | dat | tta |

| 一樣 | 같 | 다 |
|---|---|---|
| 羅馬拼音 | gat | tta |

| 收到、接收 | 받 | 다 |
|---|---|---|
| 羅馬拼音 | bat | tta |

| 追趕 | 쫓 | 다 |
|---|---|---|
| 羅馬拼音 | jjot | tta |

| 終聲 | 받 | 침 |
|---|---|---|
| 羅馬拼音 | bat | chim |

| 釘子 | 못 |
|---|---|
| 羅馬拼音 | mot |

| 走、走路 | 걷 | 다 |
|---|---|---|
| 羅馬拼音 | geot | tta |

| 有、存在 | 있 | 다 |
|---|---|---|
| 羅馬拼音 | it | tta |

| 叫、吠 | 짖 | 다 |
|---|---|---|
| 羅馬拼音 | jit | tta |

| 裝載 | 싣 | 다 |
|---|---|---|
| 羅馬拼音 | sit | tta |

最簡單的韓語發音

韓語簡介

母音・中聲

子音・初聲

子音・終聲

變音

最基礎的語法和句型

最常用的場景詞彙

最常用的日常會話

# ㄹ

044.mp3

[ㅣ]/[ㅁ]

## Step 1 發音方法

**發音方法**〉發音時，舌面捲起，舌尖抵住上齒齦，氣流從舌頭兩側摩擦成音。與發子音「ㄹ」時氣流通過舌尖流出不同，發終聲「ㄹ」時氣流通過舌頭的兩側流出。「ㄹㄱ、ㄹㅂ、ㄹㅅ、ㄹㅌ、ㄹㅎ」也發終聲「ㄹ」的音。

| 發音器官圖 | 真人嘴型圖 | 形象代言 |
|---|---|---|
| | | 갈치 帶魚 |

## Step 2 跟著筆順寫寫看

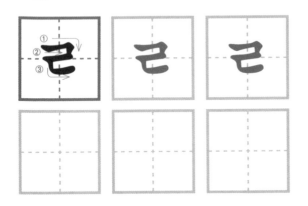

### 書寫小竅門

書寫方法與前面學過的子音「ㄹ」一致，不過終聲與母音相遇時，要寫在母音的下面。

| 飛 | 날 | 다 |
|---|---|---|
| 羅馬拼音 | nal | da |

| 道路、方向 | 곬 | |
|---|---|---|
| 羅馬拼音 | gol | |

| 帶魚 | 갈 | 치 |
|---|---|---|
| 羅馬拼音 | gal | chi |

| 月曆 | 달 | 력 |
|---|---|---|
| 羅馬拼音 | dal | ryeok |

| 讀 | 읽 | 기 |
|---|---|---|
| 羅馬拼音 | il | kki |

| 寬、寬敞 | 넓 | 다 |
|---|---|---|
| 羅馬拼音 | neol | tta |

| 捋、瀏覽 | 훑 | 다 |
|---|---|---|
| 羅馬拼音 | hul | tta |

| 蕎麥 | 메 | 밀 |
|---|---|---|
| 羅馬拼音 | me | mil |

| 對、正確 | 옳 | 다 |
|---|---|---|
| 羅馬拼音 | ol | ta |

| 月亮 | 달 | |
|---|---|---|
| 羅馬拼音 | dal | |

最簡單的韓語發音

韓語簡介

母音中聲

子音初聲

子音終聲

變音

最基礎的語法和句型

最常用的場景詞彙

最常用的日常會話

25

# ㅁ

045.mp3

[m]/[ㅁ]

## Step 1 發音方法

**發音方法**〉發音時，閉緊雙唇，氣流在雙唇內通過鼻腔發出聲音。相比之下，發子音「ㅁ」時氣流衝破雙唇衝出，而發終聲「ㅁ」時氣流被堵塞在雙唇內。「20」也發代表終聲「ㅁ」的音。

| 發音器官圖 | 真人嘴型圖 | 形象代言 |
| --- | --- | --- |
| | | 감 柿子 |

## Step 2 跟著筆順寫寫看

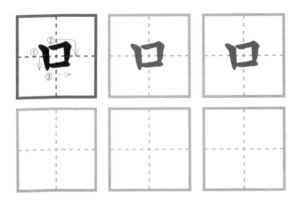

### 書寫小竅門

書寫方法與前面學過的子音「ㅁ」一致，不過終聲與母音相遇時，要寫在母音的下面。

最簡單的韓語發音

韓語簡介

母音中聲

子音初聲

子音終聲

變音

最基礎的語法和句型

最常用的場景詞彙

最常用的日常會話

## Step 3 讀單字練發音

| 柿子 | 감 |
|---|---|
| 羅馬拼音 | gam |

| 睡覺 | 잠 |
|---|---|
| 羅馬拼音 | jam |

| 春天 | 봄 |
|---|---|
| 羅馬拼音 | bom |

| 栗子 | 밤 |
|---|---|
| 羅馬拼音 | bam |

| 熊 | 곰 |
|---|---|
| 羅馬拼音 | gom |

| 口香糖 | 껌 |
|---|---|
| 羅馬拼音 | kkeom |

| 厭惡 | 미 | 움 |
|---|---|---|
| 羅馬拼音 | mi | um |

| 相像 | 닮 | 다 |
|---|---|---|
| 羅馬拼音 | dam | tta |

| 信任 | 믿 | 음 |
|---|---|---|
| 羅馬拼音 | mi | deum |

| 鹿 | 사 | 슴 |
|---|---|---|
| 羅馬拼音 | sa | seum |

# ㅂ

046.mp3

[p]/[ㄆ]

**發音方法**〉發音時，閉緊雙唇，氣流完全被堵塞在雙唇內，不發出聲音，注意與發子音「ㅂ」時氣流要爆破發出聲音不同。「ㅍ、ㄼ、ㅄ、ㄿ」也發終聲「ㅂ」的音。

| 發音器官圖 | 真人嘴型圖 | 形象代言 |
| --- | --- | --- |

값 價格

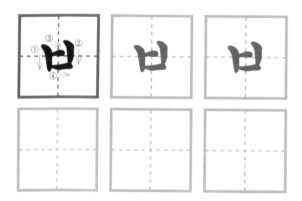

**書寫小竅門**

書寫方法與前面學過的子音「ㅂ」一致，不過終聲與母音相遇時，要寫在母音的下面。

最簡單的韓語發音

韓語簡介

母音·中聲

子音·初聲

子音·終聲

變音

最基礎的語法和句型

最常用的場景詞彙

最常用的日常會話

## Step 3 讀單字練發音

| 錢包 | 지 | 갑 |
|---|---|---|
| 羅馬拼音 | ji | jab |

| 簡單 | 쉽 | 다 |
|---|---|---|
| 羅馬拼音 | swip | tta |

| 價格 | 값 |
|---|---|
| 羅馬拼音 | gap |

| 回答 | 대 | 답 |
|---|---|---|
| 羅馬拼音 | dae | dap |

| 沒有 | 없 | 다 |
|---|---|---|
| 羅馬拼音 | eop | tta |

| 入境 | 입 | 국 |
|---|---|---|
| 羅馬拼音 | ip | kkuk |

| 償還 | 갚 | 다 |
|---|---|---|
| 羅馬拼音 | gap | tta |

| 難 | 어 | 렵 | 다 |
|---|---|---|---|
| 羅馬拼音 | eo | ryeop | tta |

| 吟唱、吟詠 | 읊 | 다 |
|---|---|---|
| 羅馬拼音 | eup | tta |

| 手套 | 장 | 갑 |
|---|---|---|
| 羅馬拼音 | jang | gap |

[ng]/[ㄴ]

047.mp3

**發音方法**

**發音方法**〉發音時，舌根貼住軟顎，從而將氣流堵塞在舌根與軟顎之間，氣流在鼻腔發出共鳴聲音。

| 發音器官圖 | 真人嘴型圖 | 形象代言 |
| --- | --- | --- |

강당 禮堂

**Step 2 跟著筆順寫寫看**

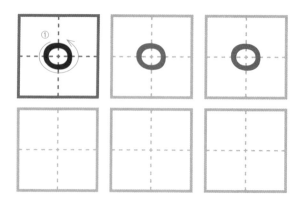

**書寫小竅門**

書寫方法與前面學過的子音「ㅇ」一致，不過終聲與子音相遇時，要寫在子音的下面。

最簡單的韓語發音

韓語簡介

母音·中聲

子音·初聲

**子音·終聲**

變音

最基礎的語法和句型

最常用的場景詞彙

最常用的日常會話

## Step 3　讀單字練發音

| 禮堂 | 강 | 당 |
|---|---|---|
| 羅馬拼音 | gang | dang |

| 工廠 | 공 | 장 |
|---|---|---|
| 羅馬拼音 | gong | jang |

| 浪費 | 낭 | 비 |
|---|---|---|
| 羅馬拼音 | nang | bi |

| 生薑 | 생 | 강 |
|---|---|---|
| 羅馬拼音 | saeng | gang |

| 剛剛 | 방 | 금 |
|---|---|---|
| 羅馬拼音 | bang | geum |

| 肯定 | 긍 | 정 |
|---|---|---|
| 羅馬拼音 | geung | jeong |

| 胡蘿蔔 | 당 | 근 |
|---|---|---|
| 羅馬拼音 | dang | geun |

| 命令 | 명 | 령 |
|---|---|---|
| 羅馬拼音 | myeong | nyeong |

| 情況 | 상 | 황 |
|---|---|---|
| 羅馬拼音 | sang | hwang |

| 電影 | 영 | 화 |
|---|---|---|
| 羅馬拼音 | yeong | hwa |

# Unit
## 05 變音

　　在韓語的音素構成音節、音節組成單字、單字又組成句子的過程中，部分字母的發音會發生一些變化，也就是我們所說的變音。變音不是隨意的，而是具有一定的音韻規則的。下面我們來看一下韓語中具體的變音情況。

### 1 連音

　　所謂連音，是指前一個音節的終聲移到後一個音節的母音上構成一個新的發音的現象。注意，這時前面音節的終聲是「ㅇ」和「ㅎ」以外的音，而後面音節的第一個音一定是母音。連音可以發生在單字內部，也可以發生在單字與助詞、語尾或者字尾之間。

範例單字

| 한국어 [한구거] | 韓語 | 중국어 [중구거] | 漢語 |
|---|---|---|---|
| 맛있다 [마싣따] | 好吃 | 맛없다 [마덥따] | 不好吃 |
| 이것이 [이거시] | 這個 | 그것은 [그거슨] | 那個 |
| 안으로 [아느로] | 向裡面 | 멀어요 [머러요] | 遠 |
| 믿어요 [미더요] | 相信 | 막아요 [마가요] | 堵住 |

### 2 硬音化

　　韓語的子音中有平音和硬音，平音包括「ㄱ、ㄷ、ㅂ、ㅅ、ㅈ」，硬音包括「ㄲ、ㄸ、ㅃ、ㅆ、ㅉ」。所謂硬音化，是指受前面音節終聲的影響，後面音節的子音由平音變為硬音的現象。主要有以下幾種情況。

最簡單的韓語發音

韓語簡介

母音·中聲

子音·初聲

子音·終聲

**變音**

最基礎的語法和句型

最常用的場景詞彙

最常用的日常會話

▶ 受前面音節的終聲「ㄱ（ㅋ、ㄲ、ㄳ、ㄺ）」、「ㄷ（ㅅ、ㅈ、ㅊ、ㅌ、ㅆ）」或者「ㅂ（ㅍ、ㄼ、ㅄ、ㄿ）」的影響，後面音節的平音「ㄱ、ㄷ、ㅂ、ㅅ、ㅈ」的發音分別變為硬音「ㄲ、ㄸ、ㅃ、ㅆ、ㅉ」。

**範例單字**

| 학교 [학꾜] | 學校 | 깎다 [깍따] | 削 |
|---|---|---|---|
| 읽다 [익따] | 讀 | 닫다 [닫따] | 關 |
| 잊다 [읻따] | 忘記 | 낯가리다 [낟까리다] | 認生、怕生 |
| 몹시 [몹씨] | 非常 | 읊다 [읍따] | 吟唱 |
| 갚다 [갑따] | 還、歸還 | 밟다 [밥따] | 踩、踏 |

▶ 受前面音節的終聲「ㄴ（ㄵ）」或者「ㅁ（ㄻ）」的影響，後面音節的平音「ㄱ、ㄷ、ㅅ、ㅈ」的發音分別變為硬音「ㄲ、ㄸ、ㅆ、ㅉ」。

**範例單字**

| 안다（擁抱）+ -고（連結語尾）→ 안고 [안꼬] |
|---|
| 심다（種、種植）+ -소（終結語尾）→ 심소 [심쏘] |
| 젊다（年輕）+ -지（終結語尾）→ 젊지 [점찌] |
| 앉다 [안따] 坐、坐下 |

▶ 受前面音節終聲「ㄹ」的影響，後面音節的平音「ㄱ、ㄷ、ㅂ、ㅅ、ㅈ」的發音分別變為硬音「ㄲ、ㄸ、ㅃ、ㅆ、ㅉ」。注意這一規則僅適用於部分漢字語，並不具有普遍性。

**範例單字**

| 갈등 [갈뜽] | 矛盾 | 물질 [물찔] | 物質 |
|---|---|---|---|
| 밀접 [밀쩝] | 密切 | 발전 [발쩐] | 發展 |
| 일상 [일쌍] | 日常 | 일절 [일쩔] | 完全、絕對 |
| 절대 [절때] | 絕對 | | |

▶ 如果前面音節的終聲是冠形形語尾「-ㄹ/을」，後面音節的子音是平音「ㄱ、ㄷ、ㅂ、ㅅ、ㅈ」，則平音的發音分別變為硬音「ㄲ、ㄸ、ㅃ、ㅆ、ㅉ」。

範例單字

가다（去）+ ㄹ（冠形形語尾）+ 데（地方）+ 없다（沒有）→ 갈 데 없다 [갈떼업따] 沒地方去

하다（做）+ ㄹ（冠形形語尾）+ 수（依存名詞，做某事的能力、可能性）+ 있다（有）→ 할 수 있다 [할쑤읻따] 能做、會做

## 3 激音化

韓語的子音中有 4 個激音，即「ㅋ、ㅌ、ㅍ、ㅊ」。激音化是指子音「ㄱ、ㄷ、ㅂ、ㅈ」和「ㅎ」相遇時，「ㄱ、ㄷ、ㅂ、ㅈ」的發音分別變為激音「ㅋ、ㅌ、ㅍ、ㅊ」的現象。主要有以下兩種情況。

▶ 受前面音節的終聲「ㅎ（ㄶ、ㅀ）」的影響，後面音節的子音「ㄱ、ㄷ、ㅈ」的發音分別變為激音「ㅋ、ㅌ、ㅊ」。

範例單字

좋다（好）+ -고（連結語尾）→ 좋고 [조코] 好

옳다（正確）+ -지（終結語尾）→ 옳지 [올치] 對，正確

많다 [만타] 多

▶ 如果前面音節的終聲是「ㄱ（ㄺ）」、「ㅅ」、「ㅂ（ㄼ）」，後面音節的子音是「ㅎ」，那麼前面音節的終聲與「ㅎ」連讀，發音變為激音「ㅋ、ㅌ、ㅍ」。

最簡單的韓語發音

韓語簡介

母音中聲

子音初聲

子音終聲

變音

最基礎的語法和句型

最常用的場景詞彙

最常用的日常會話

### 範例單字

| | | | |
|---|---|---|---|
| 축하하다 [추카하다] | 祝賀 | 얽히다 [얼키다] | 糾纏 |
| 못하다 [모타다] | 不能 | 급하다 [그파다] | 急、著急 |
| 밟히다 [발피다] | 被踩、被踏 | | |

## 4 子音同化

前面我們提到過，韓語的終聲由子音構成。所謂子音同化，是指前一音節終聲的子音和後一音節的子音連讀時相互影響，兩個不同或者不相似的發變音成相同或者相似發音的現象。主要有以下幾種情況。

### ① 鼻音化

▶ 前一音節的終聲「ㄱ(ㅋ、ㄲ、ㄳ、ㄺ)」、「ㄷ(ㅅ、ㅈ、ㅊ、ㅌ、ㅎ、ㅆ)」、「ㅂ(ㅍ、ㄼ、ㅄ、ㄿ)」和後一音節的子音「ㄴ、ㅁ」連讀時，前後兩個子音相互影響，「ㄱ」、「ㄷ」、「ㅂ」的發音分別變為「ㅇ」、「ㄴ」、「ㅁ」。

### 範例單字

| | | | |
|---|---|---|---|
| 학문 [항문] | 學問 | 작년 [장년] | 去年 |
| 겉문 [건문] | 外門 | 못나다 [몬나다] | 長得醜 |
| 앞날 [암날] | 前途、前程 | 맛없는 [마덥는] | 不好吃的 |

▶ 前一音節的終聲「ㅁ」或者「ㅇ」和後一音節的子音「ㄹ」連讀時，前後兩個子音相互影響，「ㄹ」的發變音為「ㄴ」。

### 範例單字

| | | | |
|---|---|---|---|
| 심리 [심니] | 心理 | 장래 [장내] | 將來 |
| 종류 [종뉴] | 種類 | 강릉 [강능] | 江陵 |
| 생략 [생냑] | 省略 | | |

▶前一音節的終聲「ㄱ（ㅋ、ㄲ、ㄳ、ㄺ）」、「ㄷ（ㅅ、ㅈ、ㅊ、ㅌ、ㅎ、ㅆ）」、「ㅂ（ㅍ、ㄼ、ㅄ、ㄿ）」和後一音節的子音「ㄹ」連讀時，前後兩個子音相互影響，發音分別變為「ㅇ＋ㄴ」、「ㄴ＋ㄴ」、「ㅁ＋ㄴ」。

| 範例單字 | |
|---|---|
| 독립 [동닙] | 獨立 |
| 윷놀이 [윤노리] | 擲柶遊戲（韓國的傳統遊戲） |
| 십리 [심니] | 十里 |
| 협력 [혐녁] | 合作、協力 |

## ② 流音化

▶前一音節的終聲「ㄴ」和後一音節的子音「ㄹ」連讀時，或者前一音節的終聲「ㄹ」和後一音節的子音「ㄴ」連讀時，前後兩個子音相互影響，有時「ㄴ」的發音變成「ㄹ」，有時「ㄹ」的發音變成「ㄴ」。

| 範例單字 | | | |
|---|---|---|---|
| 천리 [철리] | 千里 | 신라 [실라] | 新羅 |
| 칼날 [칼랄] | 刀刃 | 설날 [설랄] | 春節 |
| 결단력 [결딴녁] | 決斷力 | | |

※ 결단력為例外的變音，不屬於流音化。

## ③ 口蓋音化

▶前一音節的終聲「ㄷ」和後一音節的子音「ㅎ」相遇時，兩個子音相互影響，連音後發變音為「ㅊ」。此外，前一音節的終聲「ㄷ、ㅌ」和「이」相遇時，連音後發音分別變為「지」和「치」。

| 範例單字 | | | |
|---|---|---|---|
| 닫히다 [다치다] | 被關 | 묻히다 [무치다] | 被掩埋 |
| 해돋이 [해도지] | 日出 | 굳이 [구지] | 執意、非要 |
| 같이 [가치] | 一起 | | |

## 5 子音脫落

所謂子音脫落，是指前一音節的終聲受其後面音節的影響而不發音的現象。主要有以下幾種情況。

### ① ㅎ脫落

▶ 前一音節的終聲「ㅎ（ㄶ、ㅀ）」和後面的母音相遇時，終聲「ㅎ（ㄶ、ㅀ）」不發音。注意，這時「ㅎ（ㄶ、ㅀ）」雖然默音化不發音，但是在書寫時還是要寫出來。

**範例單字**

좋다（好）+ -아요（終結語尾）→ 좋아요 [조아요] 好

싫다（討厭）+ -어요（終結語尾）→ 싫어요 [시러요] 討厭、不要

### ② ㄹ脫落

▶ 前一音節的終聲「ㄹ」和後一音節的子音「ㅅ、ㄴ」或者母音相遇時，「ㄹ」脫落。注意，這時「ㄹ」不僅不發音，而且在書寫時也脫落不寫。

**範例單字**

알다（知道）+ -시（表示尊敬的語尾）+ -ㄴ다（終結語尾）→ 아신다 [아신다] 知道

들다（提）+ -습니다（終結語尾）→ 듭니다 [듬니다] 提

딸（女兒）+ 님（人稱尊稱）→ 따님 [따님] 女兒

놀다（玩）+ -읍시다（終結語尾）→ 놉시다 [놉씨다] 玩吧

### ③ ㅅ脫落

▶ 韓語中有一些終聲為「ㅅ」的單字，在這些單字中有的終聲「ㅅ」和母音相遇時會脫落。注意，這時終聲「ㅅ」不發音，並且在書寫時也不寫。

**範例單字**

낫다（更好）+ -아요（終結語尾）→ 나아요 [나아요] 更好

붓다（腫）+ -어요（終結語尾）→ 부어요 [부어요] 腫

最簡單的韓語發音

韓語簡介

母音・中聲

子音・初聲

子音・終聲

變音

最基礎的語法和句型

最常用的場景詞彙

最常用的日常會話

## 6 添加音

添加音主要發生在合成詞中，添加在構成合成詞的詞素之間。主要有以下幾種情況。

▶ 如果構成合成詞的前一個詞素的最後一個音節有終聲，後一個詞素的第一個音是母音「이、야、여、요、유」，在發音時要在兩個詞素之間添加「ㄴ」音。

| 範例單字 | | | |
|---|---|---|---|
| 꽃잎 [꼰닙] | 花瓣 | 큰일 [큰닐] | 大事 |

▶ 如果構成合成詞的前一個詞素的最後一個音節的終聲是「ㄹ」，後一個詞素的第一個音是「이，야，여，요、유」，在發音時要在兩個詞素之間添加「ㄹ」音。

| 範例單字 | | | |
|---|---|---|---|
| 서울역 [서울력] | 首爾站 | 불여우 [불려우] | 狐狸精 |

▶ 如果構成合成詞的前一個詞素，最後一個音節沒有終聲，那麼在其與後面的詞素構成合成詞時，會在其最後一個音節添加終聲「ㅅ」。注意，此時不僅添加「ㅅ」的發音，而且在書寫時也要添加「ㅅ」。

| 範例單字 |
|---|
| 깨（芝麻）+ 잎（葉子）→ 깨 + ㅅ + 잎 → 깻잎 [깬닙] 芝麻葉 |
| 아래（下面）+ 이（牙）→ 아래 + ㅅ + 이 → 아랫니 [아랜니] 下排牙齒 |

最簡單的韓語發音

韓語簡介

母音·中聲

子音·初聲

子音·終聲

變音

最基礎的語法和句型

最常用的場景詞彙

最常用的日常會話

**7** 母音的同音省略和縮略

　　上面提到的變音現象都與子音或者終聲有關，而韓語的母音和母音之間也會發生變音。學習母音的變音，首先要知道韓語的母音有陽性母音和陰性母音之分。陽性母音有兩個，即「ㅏ」和「ㅗ」，其餘母音都是陰性母音。母音和母音結合時，一般情況下陽性母音和陽性母音結合，陰性母音和陰性母音結合。但是注意有一個例外，「하다」的語幹「하-」的母音雖然是陽性母音「ㅏ」，但是它卻與陰性母音「ㅕ」結合。

## 1〉**母音的同音省略**

　　母音的同音省略是指兩個相同母音相遇時，其中一個母音省略的現象。

### ① ㅏ + ㅏ → ㅏ

範例單字

가다 (去) + -아요 (終結語尾) → 가아요 → 가요 去

사다 (買) + -아요 (終結語尾) → 사아요 → 사요 買

### ② ㅓ + ㅓ → ㅓ

範例單字

서다 (站) + -어요 (終結語尾) → 서어요 → 서요 站

건너다 (過、穿過) + -어요 (終結語尾) → 건너어요 → 건너요 過、穿過

### ③ ㅡ + ㅓ → ㅓ

　　「ㅡ」前面音節的母音是陰性母音時，後接「ㅓ」，「ㅡ」省略，子音與「ㅓ」相拼合。

예쁘다（漂亮）＋ -어요（終結語尾）→ 예쁘어요 → 예뻐요 漂亮

기쁘다（開心）＋ -어요（終結語尾）→ 기쁘어요 → 기뻐요 開心

④ ㅡ + ㅏ → ㅏ

「ㅡ」前面音節的母音是陽性母音時，後接「ㅏ」，「ㅡ」脫落，子音與「ㅏ」相拚合。

아프다（生病）＋ -아요（終結語尾）→ 아프아요 → 아파요 生病

바쁘다（忙）＋ -아요（終結語尾）→ 바빠아요 → 바빠요 忙

## 2〉母音的縮略

母音的縮略是指兩個母音相遇時，合併為一個母音的現象。

① ㅗ + ㅏ → ㅘ

보다（看）＋ -아요（終結語尾）→ 보아요 → 봐요 看

오다（來）＋ -아요（終結語尾）→ 오아요 → 와요 來

② ㅜ + ㅓ → ㅝ

꾸다（做夢）＋ -어요（終結語尾）→ 꾸어요 → 꿔요 做夢

③ ㅣ + ㅓ → 여

비비다（拌）＋ -어요（終結語尾）→ 비비어요 → 비벼요 拌

남기다（留、留下）＋ -어요（終結語尾）→ 남기어요 → 남겨요 留、留下

④ ㅐ + ㅓ → ㅐ

範例單字

보내다（送、發送）+ -어요（終結語尾）→ 보내어요 → 보내요 送、發送

지내다（度日、生活）+ -어요（終結語尾）→ 지내어요 → 지내요 度日、生活

⑤ ㅚ + ㅓ → ㅙ

範例單字

괴다（支、支撐）+ -어요（終結語尾）→ 괴어요 → 괘요 支、支撐

되다（成為）+ -어요（終結語尾）→ 되어요 → 돼요 成為

⑥ 하 + ㅓ → 해

範例單字

좋아하다（喜歡）+ -여요（終結語尾）→ 좋아하여요 → 좋아해요 喜歡

사랑하다（愛）+ -여요（終結語尾）→ 사랑하여요 → 사랑해요 愛

## 3〉母音的脫落

範例單字

푸다（舀、盛）+ -어요（終結語尾）→ 퍼요 舀、盛

※ 日常生活中，韓國人習慣使用錯誤的퍼다而不是標準語푸다。如果查字典，會發現查不到퍼다這個字。當푸다後面接子音，語幹會維持푸；當푸다後面接母音，語幹的우會脫落然後直接跟母音語尾連結。是活用「우不規則變化」的單字。

## 8 不規則變音

所謂不規則變音，是指沒有規則可循的變音現象。這種現象不多，我們可以通過反覆記憶的方法來掌握。常見的有以下幾種情況。

▶ 終聲「ㄷ」和母音相遇時，有時終聲「ㄷ」變為終聲「ㄹ」。

範例單字

듣다（聽）＋－어요（終結語尾）→ 들어요 聽

묻다（問）＋－어요（終結語尾）→ 물어요 問

▶ 終聲「ㅂ」和母音相遇時，有時終聲「ㅂ」會變為母音「ㅗ」或者「ㅜ」。當遇到的母音是陽性母音「ㅏ」時，「ㅂ」變成「ㅗ」；當遇到的母音是陰性母音「ㅓ」時，「ㅂ」變成「ㅜ」。

範例單字

곱다（美麗）＋－아요（終結語尾）→ 고와요 美麗

밉다（厭惡）＋－어요（終結語尾）→ 미워요 厭惡

▶「르」遇到母音「ㅏ」或者「ㅓ」時，有時分別合寫為「라」或者「러」，同時在「르」的前一個音節上添加終聲「ㄹ」。「르」是與「ㅏ」還是「ㅓ」結合，取決於「르」前面音節的母音是陽性母音還是陰性母音。如果是陽性母音，則合寫為「라」；如果是陰性母音，則合寫為「러」。

範例單字

다르다（不同）＋－아서（連結語尾）→ 달라서 不同

흐르다（流、流動）＋－어서（連結語尾）→ 흘러서 流、流動

以上我們介紹了韓語的發音，韓文是表音文字，掌握了發音就可以閱讀所有的韓語文字。同時，發音也是我們學習韓語語法、詞彙和會話的基礎。

# 2

## 最基礎的
## 語法和句型

# Unit 01 基礎語法

## 一、詞法

### 1 詞類

　　一般認為，韓語單字按照詞義、形態和在句子中的作用可以劃分為九類，分別為名詞、代名詞、數詞、形容詞、動詞、冠形詞、副詞、感嘆詞、助詞。

最簡單的韓語發音

韓語簡介

母音‧中聲

子音‧初聲

子音‧終聲

變音

最基礎的語法和句型

最常用的場景詞彙

最常用的日常會話

其中，名詞、代名詞和數詞統稱為體言，在句子中可以充當除敘述語以外的所有成分。形容詞和動詞統稱為用言，在句子中主要充當敘述語成分。冠形詞和副詞統稱為修飾言，是句子中的附屬成分，起修飾的作用。感嘆詞也叫獨立言，獨立於句子，不做句子成分。助詞又叫關係言，在句子中表示一定的語法關係或者某種特殊意義。

## 1〉體言

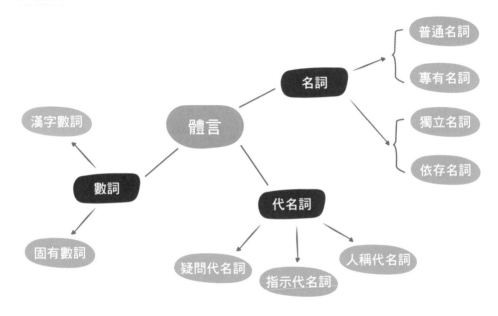

體言包括名詞、代名詞和數詞。

### ① 名詞

名詞是表示事物名稱的單字。

例 지은은 시를 좋아한다. 智恩喜歡詩。

例句中「지은（智恩）」和「시（詩）」表示事物的名稱，因此屬於名詞。

名詞數量龐大，占據單字的一大部分。按照不同的標準，名詞的分類也不盡相同。首先，按照使用範圍，名詞可以分為普通名詞和專有名詞。

▶ 普通名詞：表示具體事物。

**範例單字**

| 사과 | sa gwa | 蘋果 | 딸기 | ttal gi | 草莓 |
|------|--------|------|------|---------|------|
| 책상 | chaek ssang | 書桌 | 의자 | ui ja | 椅子 |
| 코트 | ko teu | 大衣 | 신발 | sin bal | 鞋子 |
| 벚꽃 | beot kkot | 櫻花 | 나무 | na mu | 樹 |
| 창문 | chang mun | 窗戶 | 침대 | chim dae | 床 |

▶ 專有名詞：表示人名、地名、公司、機構或者品牌等的名稱。

**範例單字**

| | 철수 | cheol su | 哲秀 |
|------|------|----------|------|
| 人名 | 영희 | yeong hui | 英熙 |
| | 세종대왕 | se jong dae wang | 世宗大王 |
| | 서울 | seo ul | 首爾 |
| 地名 | 부산 | bu san | 釜山 |
| | 제주도 | je ju do | 濟州島 |
| 公司 | 삼성 | sam seong | 三星 |
| | 현대 | hyeon dae | 現代 |
| 機關 | 법무부 | beom mu bu | 法務部 |
| | 교육부 | gyo yuk ppu | 教育部 |
| | 풍년제과 | pung nyeon je gwa | 豐年製菓 |
| 品牌 | 설화수 | seol hwa su | 雪花秀 |
| | 샤넬 | sya nel | 香奈兒 |

另外，按照是否能夠獨立使用，名詞可以分為獨立名詞和依存名詞。

▶ 獨立名詞：能夠獨立使用的名詞。

**範例單字**

| 컴퓨터 | keom pyu teo | 電腦 | 마우스 | ma u seu | 游標 |
|--------|--------------|------|--------|----------|------|
| 키보드 | ki bo deu | 鍵盤 | 커피 | keo pi | 咖啡 |
| 밀크티 | mil keu ti | 奶茶 | 스무디 | seu mu di | 奶昔 |

▶ 依存名詞：不能獨立使用的名詞。

**範例單字**

| 동안 | dong an | 期間 | 중 | jung | 中 |
|------|---------|------|-----|------|-----|
| 나위 | na wi | 餘地 | 개 | gae | 個 |
| 칸 | kan | 間 | 권 | gwon | 本 |

## ② 代名詞

代名詞是代指事物名稱的單字。

例 A: 철수는 노래를 잘합니다.　　哲秀很會唱歌。

　　B: 네, **그**는 노래를 잘합니다.　　是的，他很會唱歌。

例句中「그（他）」代指「철수（哲秀）」，因此屬於代名詞。

按照指示的對象是否為人，代名詞可以分為人稱代名詞和指示代名詞。

▶ 人稱代名詞：代指人的代名詞。

**範例單字**

| | | | | | | |
|---|---|---|---|---|---|---|
| **第一人稱** | 나 | na | 我 | 우리 | u ri | 我們 |
| **第二人稱** | 너 | neo | 你 | 너희 | neo hui | 你們 |
| **第三人稱** | 그 | geu | 他 | 그들 | geu deul | 他們 |

▶ 指示代名詞：代指事物或地點的代名詞。

| 代指事物 | 이것 | i geot | 這個 | 그것 | geu geot | 那個 |
|---|---|---|---|---|---|---|
| | 저것 | jeo geot | 那個 | | | |
| 代指地點 | 여기 | yeo gi | 這裡 | 거기 | geo gi | 那裡 |
| | 저기 | jeo gi | 那裡 | | | |

「이것」指離說話者近，離聽者遠的人或物；「그것」指離說話者遠，離聽者近的人或物；「저것」指離說話者與聽者都遠的人或物。

此外，還有一種代名詞叫作疑問代名詞。

▶ 疑問代名詞：指不知道指示內容的代名詞。

| 누구 | nu gu | 誰 | 어디 | eo di | 哪裡 |
|---|---|---|---|---|---|

### ③ 數詞

數詞是表示事物數量的單字。

例 바나나 하나를 먹었다. （我）吃了一根香蕉。

例句中「하나（一）」表示「바나나（香蕉）」的數量，因此屬於數詞。

從詞源上看，數詞可以分為漢字數詞和固有數詞。

▶ 漢字數詞：指用漢字語標記的數詞。

**範例單字**

| 일（一） | il | 1 | 이（二） | i | 2 |
|---|---|---|---|---|---|
| 삼（三） | sam | 3 | 사（四） | sa | 4 |
| 오（五） | o | 5 | 육（六） | yuk | 6 |
| 칠（七） | chil | 7 | 팔（八） | pal | 8 |
| 구（九） | gu | 9 | 십（十） | sip | 10 |

▶ 固有數詞：指用固有語標記的數詞。

**範例單字**

| 하나 | ha na | 1 | 둘 | dul | 2 |
|---|---|---|---|---|---|
| 셋 | set | 3 | 넷 | net | 4 |
| 다섯 | da seot | 5 | 여섯 | yeo seot | 6 |
| 일곱 | il gop | 7 | 여덟 | yeo deol | 8 |
| 아홉 | a hop | 9 | 열 | yeol | 10 |

## 2〉用言

用言包括動詞和形容詞。

### ① 動詞

動詞是表示動作過程的單字。

例 지은은 책을 읽는다. 智恩讀書。

最簡單的韓語發音

韓語簡介

母音・中聲

子音・初聲

子音・終聲

變音

最基礎的語法和句型

最常用的場景詞彙

最常用的日常會話

例句中「읽는다」是「讀」的意思，表示讀這一動作，這時讀的動作是一個動態的過程。

之所以強調動作過程，是因為韓語中還有像「독서」這樣的一類詞。「독서」表示「讀書」，但是屬於名詞。請看下面的例句。

例 독서는 책을 읽는다는 뜻이다. 「독서」是「讀書」的意思。

例句中「독서」做主詞，顯然是名詞。

根據動作與對象的關係，動詞可以分為自動詞（不及物動詞）和他動詞（及物動詞）。

▶ 自動詞：表示主體自身的動作、變化或狀態的動詞。

**範例單字**

| 가다 | ga da | 去 | 오다 | o da | 來 |
|------|-------|-----|------|------|-----|
| 울다 | ul da | 哭 | 웃다 | ut tta | 笑 |
| 서다 | seo da | 站 | 앉다 | an tta | 坐 |
| 눕다 | nup tta | 躺 | 일어나다 | i reo na da | 起身、起床 |
| 돌다 | dol da | 轉 | 되다 | doe da | 成為 |

▶ 他動詞：能夠對對象事物或者目的語產生影響、作用的動詞。

**範例單字**

| 먹다 | meok tta | 吃 | 마시다 | ma si da | 喝 |
|------|----------|-----|--------|----------|-----|
| 알다 | al da | 知道 | 모르다 | mo reo da | 不知道 |
| 사다 | sa da | 買 | 팔다 | pal da | 賣 |
| 심다 | sim da | 種 | 닦다 | dak tta | 擦 |
| 주다 | ju da | 給 | 막다 | mak tta | 堵 |

## ② 形容詞

形容詞是表示事物屬性或者狀態的單字。

例 소금이 매우 짜다. 鹽很鹹。

上句中「짜다」是「鹹」的意思，表示主詞「소금（鹽）」的性質屬性，是形容詞。

例 날씨가 밝다. 天氣晴朗。

上句中「밝다」是「晴朗」的意思，表示主詞

「날씨（天氣）」的狀態，是形容詞。

形容詞的分類方式有很多，根據是表示所指事物的性狀還是代指所指事物的性狀，可以將形容詞分為性狀形容詞和指示形容詞。

▶ 性狀形容詞：表示事物的性質狀態，即事物屬性和狀態的形容詞。

範例單字

| 맵다 | maep tta | 辣的 | 달다 | dal da | 甜的 |
|------|----------|------|------|--------|------|
| 크다 | keu da | 大的 | 작다 | jak tta | 小的 |
| 덥다 | deop tta | 熱的 | 춥다 | chup tta | 冷的 |
| 착하다 | cha ka da | 善良的 | 나쁘다 | na ppeu da | 壞的 |
| 예쁘다 | ye ppeu da | 漂亮的 | 귀엽다 | gwi yeop tta | 可愛的 |

▶ 指示形容詞：形式代指事物性質、狀態數量的形容詞。

範例單字

| 이러하다 | i reo ha da | 這樣的 |
|----------|-------------|--------|
| 그러하다 | geu reo ha da | 那樣的 |
| 어떠하다 | eo tteo ha da | 怎樣的、什麼樣 |
| 아무러하다 | a mu reo ha da | 不管怎樣（的）、無論如何（的） |

最簡單的韓語發音

韓語簡介

母音·中聲

子音·初聲

子音·終聲

變音

最基礎的語法和句型

最常用的場景詞彙

最常用的日常會話

## 3〉修飾言

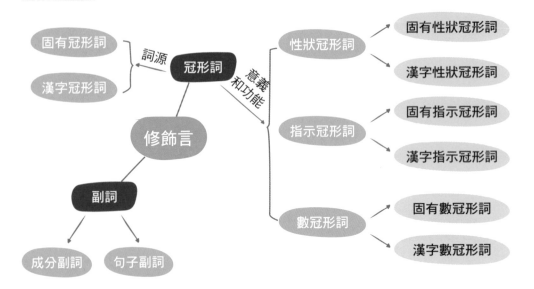

修飾言包括冠形詞和副詞。

### ① 冠形詞

冠形詞用於體言前面,是修飾或者限定體言的單字。

例 이것은 새 옷이다. 這是新衣服。

공자는 전 세계에서 유명한 사상가이다. 孔子是全世界有名的思想家。

上面例句中「새」是「新」的意思,用於體言「옷(衣服)」前面,修飾、限定體言「옷(衣服)」,表示「新衣服」;而「전」是「全」的意思,用於體言「세계(世界)」前面,修飾、限定體言「세계(世界)」,表示「全世界」。

首先,從詞源上看,冠形詞有固有冠形詞和漢字冠形詞。

▶ 固有冠形詞：指詞源是固有語的冠形詞。

範例單字

| 새 | sae | 新（的） | 헌 | heon | 舊（的） |
|---|---|---|---|---|---|
| 딴 | ttan | 別（的） | 몇 | myeot | 幾（個） |
| 옛 | yet | 以前（的）、過去（的） | 맨 | maen | 最……（的） |
| 한 | han | 一（個） | 두 | du | 兩（個） |
| 무슨 | mu seun | 什麼 | 어느 | eo neu | 哪個、某個、什麼 |

▶ 漢字冠形詞：指詞源是漢字語的冠形詞。

範例單字

| 전（全） | jeon | 全 | 대（大） | dae | 大（的） |
|---|---|---|---|---|---|
| 신（新） | sin | 新（的） | 구（舊） | gu | 舊（的） |
| 모（某） | mo | 某 | 현（現） | hyeon | 現 |
| 동（同） | dong | 同、該 | 본（本） | bon | 本 |
| 일이（一二） | i ri | 一兩（個） | 이삼（二三） | i sam | 兩三（個） |

另外，從意義和功能上看，冠形詞有性狀冠形詞、指示冠形詞和數冠形詞。

▶ 性狀冠形詞：指修飾、限定體言的屬性或者狀態的冠形詞。

範例單字

| 固有語性狀冠形詞 | 새　sae　新（的） | | |
|---|---|---|---|
| | 새 옷 新衣服 | 새 집 新房子 | 새 책 新書 |
| | 헌　heon　舊（的） | | |
| | 헌 옷 破衣 | 헌 집 破房 | 헌 책 舊書 |
| | 옛　yet　以前（的）、過去（的） | | |
| | 옛 집 古屋、舊房 | 옛 애기 陳年往事 | 옛 사랑 舊愛 |
| | 맨　maen　最……（的） | | |
| | 맨 처음 最開始 | 맨 꼭대기 最高峰 | 맨 구석자리 最角落 |

最簡單的韓語發音

韓語簡介

母音・中聲

子音・初聲

子音・終聲

變音

最基礎的語法和句型

最常用的場景詞彙

最常用的日常會話

| 漢字<br>詞性<br>狀冠<br>形詞 | 순（純） sun　純、純粹、淨 | | |
|---|---|---|---|
| | 순 한국식 純韓式 | 순 한국어 純韓語 | 순 이익 淨利 |
| | 주（主） ju　主、主要、重要 | | |
| | 주 원인 主要原因 | 주 고객 主要客群 | |

▶ 指示冠形詞：指指示體言的屬性或者狀態的冠形詞。

| 固有語<br>指示<br>冠形詞 | 어느 eo neu　哪個、某個、什麼 | | |
|---|---|---|---|
| | 어느 답 哪個答案 | 어느 마을 某個村莊 | 어느 만큼 什麼程度 |
| | 무슨 mu seun　什麼 | | |
| | 무슨 바람 什麼風 | 무슨 방법 什麼方法 | 무슨 냄새 什麼味道 |
| 漢字語<br>指示<br>冠形詞 | 귀（貴） gwi　貴 | | |
| | 귀 학교 貴校 | 귀 회사 貴公司 | 귀 신문사 貴報社 |
| | 본（本） bon　本 | | |
| | 본 학교 本校 | 본 회사 本公司 | 본 법정 本法庭 |
| | 전（全） jeon　全 | | |
| | 전 학기 全學期 | 전 과정 全過程 | 전 세계 全世界 |
| | 동（同） don　同、該 | | |
| | 동 학교 同校；該校 | 동 회사 同公司、該公司 | |
| | 전（前） jeon　前 | | |
| | 전 대통령 前總統 | 전 회장 前會長 | 전 여자친구 前女友 |
| | 현（現） hyeon　現 | | |
| | 현 대통령 現任總統 | 현 회장 現任會長 | 현 남자친구 現任男友 |

最簡單的韓語發音

韓語簡介

母音・中聲

子音・初聲

子音・終聲

變音

最基礎的語法和句型

最常用的場景詞彙

最常用的日常會話

▶ 數冠形詞：指修飾、限定體言的數量的冠形詞。

**範例單字**

| | | | |
|---|---|---|---|
| **固有語數冠形詞** | 한두　　han du　　一兩（個） | | |
| | 한두 가지 一兩種 | 한두 사람 一兩個人 | 한두 되 一兩升 |
| | 두세　　du se　　兩三（個） | | |
| | 두세 가지 兩三種 | 두세 사람 兩三個人 | 두세 되 兩三升 |
| | 서너　　seo neo　　三四（個） | | |
| | 서너 가지 三四種 | 서너 사람 三四個人 | 서너 되 三四升 |
| | 여러　　yeo reo　　數（個） | | |
| | 여러 가지 數種 | 여러 사람 數個人 | 여러 개 數個 |
| | 모든　　mo deun　　所有、全部 | | |
| | 모든 학생 所有學生 | 모든 노력 所有努力 | 모든 기쁨 所有喜悅 |
| | 온갖　　on gat　　各種、種種 | | |
| | 온갖 시련 各種考驗 | 온갖 어려움 種種困難 | 온갖 방법 各種方法 |
| **漢字語數冠形詞** | 반（半）　　ban　　半、一半 | | |
| | 반 정도 一半的程度 | 반 조각 半塊、半片 | 반 나절 半天 |

有時候會有幾個冠形詞一起使用的情況，這時修飾、限定的範圍大的冠形詞在前面，修飾、限定的範圍小的冠形詞在後面。一般情況下，指示冠形詞在最前面，然後是數冠形詞，最後是性狀冠形詞。請看下面的例句。

**例** 그들은 저 모든 헌 집을 허물고 있다. 他們正在拆毀那些所有的破房子。

上面的例句中，指示冠形詞「저（那）」在最前面，然後是數冠形詞「모든（所有的）」，最後是性狀冠形詞「헌（舊的）」。

## ② 副詞

副詞是用於用言前面，修飾或者限定用言的單字。

例 사과가 매우 빨갛다. 蘋果很紅。

上面例句中「매우」是「很、非常」的意思，修飾後面的「빨갛다（紅）」，屬於副詞。

根據修飾或者限定的內容，副詞可以分為成分副詞和句子副詞。

▶ 成分副詞：指修飾句子中的特定成分的副詞，位置相對固定，一般用於所修飾用言的前面。

例 나는 빨리 달린다. 我跑得快。

밖은 매우 춥다. 外面非常冷。

上面例句中「빨리（快）」和「매우（非常）」分別修飾用言「달리다（跑）」和「춥다（冷）」，屬於成分副詞。

這樣的副詞有很多，舉例如下。

範例單字

| 아주 | a ju | 很 | 너무 | neo mu | 非常 |
|---|---|---|---|---|---|
| 가장 | ga jang | 最 | 겨우 | gyeo u | 勉強 |
| 이리 | i ri | 這樣、這裡 | 그리 | geu ri | 那樣、那裡 |
| 저리 | jeo ri | 那樣、那裡 | 어찌 | eo jji | 怎麼 |
| 바로 | ba ro | 就 | 천천히 | cheon cheo ni | 慢慢地 |

▶ 句子副詞：指修飾整個句子的副詞，位置相對自由。

例 설마 전쟁이 일어나겠어요? 難道會發生戰爭嗎？

제발 내 말 좀 들어 주세요. 請務必聽一下我的話。

最簡單的韓語發音

韓語簡介

母音·中聲

子音·初聲

子音·終聲

變音

最基礎的語法和句型

最常用的場景詞彙

最常用的日常會話

　　上面例句中「설마（難道）」和「제발（務請）」不是修飾句子中的某一個成分，而是分別修飾句子「전쟁이 일어나겠어요？（會發生戰爭嗎？）」和「내 말 좀 들어 주세요.（請聽一下我的話。）」屬於句子副詞。

　　這樣的副詞有很多，舉例如下。

範例單字

| | | | | | |
|---|---|---|---|---|---|
| 실로 | sil ro | 實際上 | 만일 | ma nil | 萬一 |
| 설령 | seol ryeong | 縱然 | 물론 | mul ron | 當然 |
| 비록 | bi rok | 即使 | 부디 | bu di | 千萬、務必 |
| 드디어 | deu di eo | 終於 | 오히려 | o hi ryeo | 反而 |
| 그리고 | geu ri go | 然後 | 그러나 | geu reo na | 但是 |

## 4〉獨立言

獨立言 —— 感嘆詞

獨立言指的是感嘆詞。

感嘆詞獨立使用，不做句子成分，是表達情感的單字。

常見的感嘆詞有如下。

範例單字

| | | | | | |
|---|---|---|---|---|---|
| 아 | a | 啊 | 어 | eo | 哦 |
| 오 | o | 噢 | 와 | wa | 哇 |
| 어머 | eo meo | 媽呀 | 글쎄 | geul sse | 這個嘛 |
| 아니 | a ni | 不、不是 | 만세 | man se | 萬歲 |
| 아이구 | a i gu | 天啊 | 천만에 | cheon ma ne | 哪裡哪裡 |

## 5〉關係言

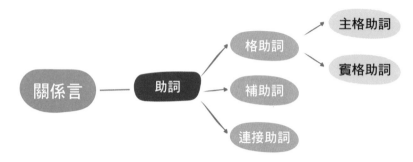

關係言指的是助詞。

　　助詞附著在其他詞彙、詞組或者句子上，表示某種語法意義或者添加某種特殊意義。

　　助詞主要有格助詞、連接助詞和補助詞。連接助詞會在介紹基本句型時具體講解，在這裡我們主要來看格助詞和補助詞。

### ① 格助詞

格助詞表示其附著的要素與其他句子成分的語法關係。

▶ 主格助詞：指表示主詞的助詞，主要指「이／가」。當主詞的最後一個音節沒有終聲時，用「가」；當主詞的最後一個音節有終聲時，用「이」。主格助詞「이／가」的尊待形是「께서」。

例 아이**가** 달려온다. 孩子跑過來。

　　벚꽃**이** 피었다. 櫻花開了。

　　할머니**께서** 전화하셨다. 奶奶打電話了。

138

▶ 賓格助詞：指表示目的語的助詞，主要指「을 / 를」。當目的語的最後一個音節有終聲時，用「을」；當目的語的最後一個音節沒有終聲時，用「를」。

例 지은은 밥을 먹는다. 智恩吃飯。

영희가 새 구두를 샀다. 英熙買了新皮鞋。

## ② 補助詞

補助詞為添加某種特殊的意義的助詞。例如「도」表示「亦同」、「類同」項目，即「……也……」之意。

例 고래도 포유류이다. 鯨魚也是哺乳類。

준호도 같이 가라. 俊浩也一起去吧。

## 2 構詞方法

根據結構特徵，韓語的單字可以分為單純詞和合成詞。單純詞指結構單一的單字，一般由一個語素構成；合成詞指結構複雜的單字，由兩個或兩個以上的語素構成。本節學習合成詞的構詞方法，根據造詞原理，合成詞的構詞方法可以分為複合法和衍生法。

最簡單的韓語發音

韓語簡介

母音・中聲

子音・初聲

子音・終聲

變音

最基礎的語法和句型

最常用的場景詞彙

最常用的日常會話

## 1〉複合法

由詞根和詞根合成單字的構詞方法叫作複合法，通過複合法合成的單字叫作複合詞。

| 範例單字 | |
|---|---|
| 쌀밥 | 쌀（米）＋밥（飯）→쌀밥（米飯） |
| 덮밥 | 덮－（덮다的語幹，蓋）＋밥（飯）→덮밥（蓋飯） |
| 코웃음 | 코（鼻子）＋웃음（笑）→코웃음（嗤笑、冷笑、嗤之以鼻） |
| 빛나다 | 빛（光）＋나다（出現）→빛나다（發光） |
| 배부르다 | 배（肚子）＋부르다（餓）→배부르다（肚子餓） |

上面構成複合詞的語素，自身都具有實際意義，是詞根和詞根的結合。

## 2〉衍生法

由詞根加詞綴合成單字的構詞方法叫作衍生法，通過衍生法合成的單字叫作衍生詞。

| 範例單字 | |
|---|---|
| 겁보 | 겁（膽怯）＋－보（後綴，表示有某種特性的人）→겁보（膽小鬼） |
| 풋고추 | 풋－（前綴，表示青或者嫩）＋고추（辣椒）→풋고추（青辣椒） |
| 헛수고 | 헛－（前綴，表示白白）＋수고（辛苦）→헛수고（白辛苦） |
| 어른답다 | 어른（成年人）＋－답다（後綴，表示像）→어른답다（像成年人） |
| 건강하다 | 건강（健康）＋－하다（後綴，將名詞派生為動詞或者形容詞）→건강하다（健康的） |

上面構成衍生詞的語素，包括詞綴和詞根。詞根表示詞彙的基本意義，詞綴附著在詞根上添加某種特定的意義，詞綴自身不能單獨使用。

# 3 語尾

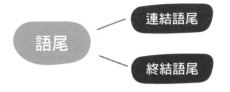

語尾是接在用言語幹後面、表示一定語法意義的功能素。

例 물고기를 잡으러 바다로 갈까？去海裡抓魚怎麼樣？

例句中「-으러（表目的）」和「-ㄹ까（表詢問）」分別附著在用言「잡다（抓）」和「가다（去）」的語幹「잡-」和「가-」後面，都屬於語尾。

按照所處的位置和所起的作用，語尾可以分為連結語尾和終結語尾。

## 1〉連結語尾

連結語尾：用於句子中間，連接前後單字、詞組或者句子的成分。

例 시간이 없으니 빨리 갑시다. 沒時間了，快走吧。

上面例句中，「-으니（表理由）」用於句子的中間，連接句子的前後兩個子句，屬於連結語尾。

## 2〉終結語尾

終結語尾：用於句子末尾，表示句子的終結。

例 날씨가 따뜻해서 기분이 좋아요. 天氣暖和，所以心情好。

上面例句中，「-아요（表陳述）」用於句子的末尾，表示句子的終結，屬於終結語尾。

最簡單的韓語發音

韓語簡介

母音・中聲

子音・初聲

子音・終聲

變音

最基礎的語法和句型

最常用的場景詞彙

最常用的日常會話

# 二、句法

## 1 句子類型

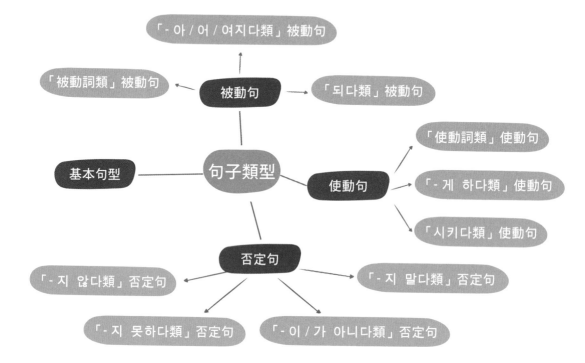

## 1〉基本句型

　　雖然我們無法儘數韓語的每一個句子，卻可以知道韓語一共有以下 5 種基本句型。

例 ● 무엇이 어떠하다. 什麼怎麼樣。

　　● 무엇이 어찌한다. 什麼做什麼。

- 무엇은 무엇이다. 什麼是什麼。

- 무엇은 무엇을 어찌한다. 什麼把什麼怎麼樣。

- 무엇은 무엇이 아니다. 什麼不是什麼。

  무엇은 무엇이 된다. 什麼成為什麼。

在以上 5 種基本句型的基礎上，可以衍生出韓語的其他各種句型，最常見的有被動句、使動句和否定句。

## 2〉被動句

充當句子主詞的人或者事物依靠其他人或者事物實現某種行為的現象叫作被動，表示被動現象的句子就叫被動句。

按照構成形式，韓語的被動句可以分為 3 類，即「被動詞類」被動句、「-아/어/여지다類」被動句和「되다類」被動句。

### ①「被動詞類」被動句

「被動詞類」被動句：利用被動詞表示被動的句子。被動詞是在他動詞語幹後添加被動意義的後綴「-이/히/리/기-」等派生而來的，在被動句中作動詞。

例 철수가 여자친구에게 차였다. 哲秀被女朋友甩了。

준호가 반장으로 뽑혔다. 俊浩被選為班長了。

上面例句中，「차이다」是「차다（踢、甩）」的被動詞，表示「被踢、甩」；「뽑히다」是「뽑다（選）」的被動詞，表示「被選（為）」。

最簡單的韓語發音

韓語簡介

母音・中聲

子音・初聲

子音・終聲

變音

最基礎的語法和句型

最常用的場景詞彙

最常用的日常會話

大部分被動詞由他動詞派生而來，舉例如下。

**範例單字**

| 他動詞 | | 被動詞 | |
|---|---|---|---|
| 쌓다 | 堆、砌 | 쌓이다 | 被堆、被砌 |
| 닫다 | 關 | 닫히다 | 被關 |
| 걸다 | 掛、搭 | 걸리다 | 被掛、花費 |
| 담다 | 裝 | 담기다 | 被裝（在） |
| 바꾸다 | 換 | 바뀌다 | 被換 |

### ② 「-아/어/여지다類」被動句

「-아/어/여지다類」被動句：在他動詞、自動詞和形容詞語幹的後面添加「-아/어/여지다」形成用言，以此作動詞表示被動的句子。

例 옷이 못에 걸려 찢어졌다. 衣服被釘子勾到撕破了。

커피가 바닥에 쏟아졌다. 咖啡灑到地上了。

上面例句中，「찢어지다」是在他動詞「찢다（撕）」的語幹後面添加「-아/어/여지다」形成的，表示被動，意思為「被撕裂」；「쏟아지다」是在他動詞「쏟다（灑）」的語幹後面添加「-아/어/여지다」形成的，表示被動，意思為「被灑出來」。

可以有這種變化的動詞或者形容詞很多，舉例如下。

**範例單字**

| 動詞或者形容詞 | | 被動詞 | |
|---|---|---|---|
| 깨다 | 打碎、摔碎 | 깨지다 | 被打碎、被摔碎 |
| 이루다 | 實現、完成 | 이뤄지다 | 被實現、被完成、形成 |
| 정하다 | 定、決定 | 정해지다 | 被定、被決定、既定 |
| 만들다 | 做、製造 | 만들어지다 | 被做、被製造 |
| 익숙하다 | 熟悉 | 익숙해지다 | 被熟悉 |

### ③「되다類」被動句

「되다類」被動句：利用「되다、받다、당하다」表示被動的句子。

例 나는 갑자기 그 일이 걱정된다. 我突然擔心那件事。

그 선생님은 학생들에게 존경받았다. 那位老師受到學生們的尊敬。

上面例句中，「걱정되다」表示「被擔心」，特別是與「걱정하다（擔心）」相比，被動的意思更加明顯；「존경받다」表示「受到尊敬」，跟「존경하다（尊敬）」相比，被動的意思更加明顯。

## 3〉使動句

使動主使被動主做出某種行為，或者處於某種狀態的現象叫作使動，表示使動現象的句子就叫使動句。

按照構成形式，韓語的使動句可以分為 3 類，即「使動詞類」使動句、「-게 하다類」使動句和「시키다類」使動句。

### ①「使動詞類」使動句

「使動詞類」使動句：指利用使動詞表示使動的句子。使動詞是在自動詞、形容詞和他動詞語幹後添加使動意義的後綴「-이/히/리/기-」或者「-우/구/추-」等派生而來的，在使動句中作動詞。

例 준호는 영어 성적을 높였다. 俊浩提高了英語成績。

나는 동생을 문 뒤에 숨겼다. 我把弟弟藏在門後了。

上面例句中，「높이다」是「높다（高）」的使動詞，表示「使……提高」；「숨기다」是「숨다（隱藏）」的使動詞，表示「使……隱藏」。

最簡單的韓語發音

韓語簡介

母音·中聲

子音·初聲

子音·終聲

變音

最基礎的語法和句型

最常用的場景詞彙

最常用的日常會話

這樣的使動詞有很多，舉例如下。

**範例單字**

| 動詞 | | 使動詞 | |
|---|---|---|---|
| 먹다 | 吃 | 먹이다 | 使（某人）吃、餵食、養 |
| 익다 | 熟 | 익히다 | 使成熟、催熟 |
| 알다 | 知道 | 알리다 | 使（人）知道、告訴 |
| 웃다 | 笑 | 웃기다 | 使（人）發笑、逗笑 |
| 끼다 | 插、塞 | 끼우다 | 使插、使塞 |
| 솟다 | 噴出、湧出、升起 | 솟구다 | 使噴出、使湧出、使升起 |
| 맞다 | 合適 | 맞추다 | 使合適、配合 |

### ②「-게 하다類」使動句

「-게 하다類」使動句：指在主動句的用言語幹後添加「-게 하다」表示使動的句子。

例 저를 집에 있게 해 주세요. 讓我在家裡吧。

영희가 철수에게 무거운 짐을 들게 하였다. 英熙讓哲秀提很重的行李。

上面例句中，分別在「있다」和「들다」的後面添加了「-게 하다」，意思從「在」和「提」變為「使在」和「使提」。

### ③「시키다類」使動句

「시키다類」使動句：指利用「시키다」表示使動的句子。「시키다」表示使動意義時，表示「使、令、讓、使喚、指示」。

例 아버지가 아이에게 공부를 시킨다. 爸爸讓孩子學習。

선생님이 학생에게 숙제를 시킨다. 老師叫學生做作業。

上面例句中，「시키다」代替「-게 하다」的「하다」，構成使動句。

## 4〉否定句

否定句子所述內容的句子叫作否定句。

根據構成形式，韓語的否定句可分為 4 類，即「-지 않다類」否定句、「-지 못하다類」否定句、「-이/가 아니다類」否定句和「-지 말다類」否定句。

### ① 「-지 않다類」否定句

「-지 않다」用於用言語幹的後面，表示否定，構成否定句。主要表示否定某一事實或者主體主觀上不想做某事，意思是「不」或者「沒」。

例 지은이 바나나를 좋아하지 않아요. 智恩不喜歡香蕉。

오늘 도서관에 가고 싶지 않아요. （我）今天不想去圖書館。

준호가 어제 출근하지 않았다. 俊浩昨天沒上班。

### ② 「-지 못하다類」否定句

「-지 못하다」用於用言語幹的後面，表示否定，構成否定句。主要表示否定能力或者因為客觀條件限制而無法做某事，意思是「不會」「不能」「沒能」。

例 나는 배운 적이 없어서 운전을 하지 못해요. 我沒學過，所以不會開車。

나는 술을 먹어서 운전하지 못해요. 我喝酒了，所以不能開車。

어제 비가 와서 소풍가지 못했어요. 昨天下雨了，所以沒能去郊遊。

### ③ 「-이/가 아니다類」否定句

「-이/가 아니다」用於體言後面，表示否定，構成否定體言的否定句，意思是「……不是……」。

最簡單的韓語發音

韓語簡介

母音中聲

子音初聲

子音終聲

變音

最基礎的語法和句型

最常用的場景詞彙

最常用的日常會話

例 나는 학생이 아니다. 我不是學生。

영희는 전학생이 아니다. 英熙不是轉學生。

준호는 중국 사람이 아니다. 俊浩不是中國人。

### ④ 「-지 말다類」否定句

「-지 말다」用於動詞語幹的後面，表示否定，構成否定句，意思是「勿…」、「不要……」或者「別……」。

例 근무 시간에 소리나는 음식을 먹지 말아요. 工作時間不要吃會發出聲音的食物。

복도에서 떠들지 마. 不要在走廊上喧嘩。

실내에 담배를 피우지 마세요. 請不要在室內抽菸。

## 2 時制

韓語的時制主要指過去時制和將來時制。

## 1〉過去時制

表示過去，在用言語幹後面添加「-았 / 었 / 였 -」構成。

當用言語幹末音節的母音是陽性母音時，後面加「-았 -」；當用言語幹末音節的母音是陰性母音時，後面加「-었 -」；當用言語幹末音節是「하 -」時，後面加「-였 -」，通常縮寫為「-했 -」；當用言是體言的用言形「-이 -」時，後面加「-었 -」，如果體言的最後一個音節沒有終聲，「-이 -」和「-었 -」可以縮寫成「-였 -」。

最簡單的韓語發音

韓語簡介

母音中聲

子音初聲

子音終聲

變音

最基礎的語法和句型

最常用的場景詞彙

最常用的日常會話

例 어제 날씨가 맑았어요. 昨天天氣晴朗。

지난달에 이 소설을 다 읽었다. 上個月把這本小說看完了。

어렸을 때 우유를 좋아했다. 小時候喜歡牛奶。

나는 옛날에 회사원이었다. 我以前是公司職員。

예전에 여기가 초등학교였다. 以前這裡是一所小學。

## 2〉 未來時制

表示將來，在用言語幹後添加「 - 겠 - 」構成。

例 나는 내일 이 일을 하겠다. 我明天要做這件事情。

## 3 話階

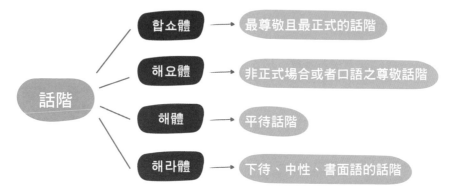

韓語中有非常嚴格的話階，常用的有 4 種，即「합쇼體」「해요體」「해體」和「해라體」。

## 1〉합쇼體

「합쇼體」是最尊待且最正式的話階，用於下級對上級或晚輩對長輩的情況、正式的場合或者初次見面的情形。

| 條件<br>句型 | 動詞語幹末音節無終聲 | 動詞語幹末音節有終聲 | 形容詞語幹末音節無終聲 | 形容詞語幹末音節有終聲 | 體言末音節無終聲 | 體言末音節有終聲 |
|---|---|---|---|---|---|---|
| 陳述句 | -ㅂ니다 | -습니다 | -ㅂ니다 | -습니다 | -입니다 | -입니다 |
| 疑問句 | -ㅂ니까 | -습니까 | -ㅂ니까 | -습니까 | -입니까 | -입니까 |
| 命令句 | -ㅂ시오 | -읍시오 | - | - | - | - |
| 勸誘句 | -ㅂ시다 | -읍시다 | - | - | - | - |

## 2〉해요體

「해요體」比「합쇼體」話階低，但是也屬於尊待語體，多用於非正式場合或者口語中。

| 條件<br>句型 | 用言語幹末音節的母音是陽性母音 | 用言語幹末音節的母音是陰性母音 | 用言語幹末音節是「하-」 | 體言末音節無終聲 | 體言末音節有終聲 |
|---|---|---|---|---|---|
| 陳述句 | -아요 | -어요 | -해요 | -예요 | -이에요 |
| 疑問句 | -아요 | -어요 | -해요 | -예요 | -이에요 |
| 命令句 | -아요 | -어요 | -해요 | - | - |
| 勸誘句 | -아요 | -어요 | -해요 | - | - |

注意，當動作的主體須要尊待時，可以在用言語幹後加「-(으)시-」，然後再加「-아/어/여요」，變成「-(으)세요」，這樣更顯尊敬。

## 3〉해體

「해體」是平待形式，用於上級對下級或長輩對晚輩的情況、朋友之間等非正式場合以及口語中。

| 句型 條件 | 用言語幹末音節的母音是陽性母音 | 用言語幹末音節的母音是陰性母音 | 用言語幹末音節是「하-」 | 體言末音節無終聲 | 體言末音節有終聲 |
|---|---|---|---|---|---|
| 陳述句 | -아 | -어 | -해 | -야 | -이야 |
| 疑問句 | -아 | -어 | -해 | -야 | -이야 |
| 命令句 | -아 | -어 | -해 | - | - |
| 勸誘句 | -아 | -어 | -해 | - | - |

## 4〉해라體

「해라體」是韓語書面語的話階，是韓語話階中的基本形式。在口語中用於上級對下級或長輩對晚輩或朋友之間。

| 句型 條件 | 動詞語幹末音節有終聲 | 動詞語幹末音節無終聲 | 形容詞語幹末音節有終聲 | 形容詞語幹末音節無終聲 | 體言末音節無終聲 | 體言末音節有終聲 |
|---|---|---|---|---|---|---|
| 陳述句 | -는다 | -ㄴ다 | -다 | -다 | -(이)다 | -이다 |
| 疑問句 | -느냐 | -느냐 | -으냐 | -냐 | -(이)냐 | -이냐 |
| 命令句 | -아/어/여라 | -아/어/여라 | - | - | - | - |
| 勸誘句 | -자 | -자 | - | - | - | - |

最簡單的韓語發音

韓語簡介

母音·中聲

子音·初聲

子音·終聲

變音

最基礎的語法和句型

最常用的場景詞彙

最常用的日常會話

# Unit
## 02 基本語法

## 一、表原因

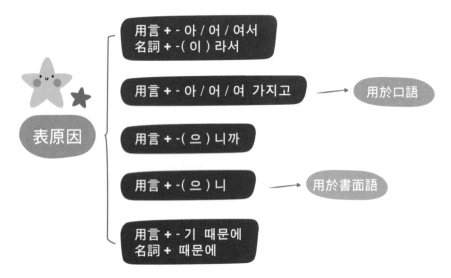

用言 + - 아 / 어 / 여서
名詞 + -( 이 ) 라서

用言 + - 아 / 어 / 여 가지고 → 用於口語

表原因

用言 + -( 으 ) 니까

用言 + -( 으 ) 니 → 用於書面語

用言 + - 기 때문에
名詞 + 때문에

　　韓語表原因的語法中常見的有「 - 아 / 어 / 여서 」、「 - 아 / 어 / 여 가지고 」、「 -( 으 ) 니까 」、「 -( 으 ) 니 」、「 - 기 때문에 」等。

### 1 　- 아 / 어 / 여서

　　用於用言語幹的後面，表示原因，意思是「因為 / 由於……，所以……」，後半句不能使用命令或勸誘語尾。注意當用言是體言的用言形時，使用「 -( 이 ) 라서 」的形式，且體言的最後一個音節沒有終聲時「 - 이 - 」可以省略。

例 날씨가 좋아서 기분이 좋다 . 因為天氣好，所以心情好。

　　봄이 와서 개나리가 피었다 . 因為春天來了，所以迎春花開了。

숙제가 많**아서** 쉴 시간이 없다. 因為作業多，所以沒有時間休息。

## 2 -아 / 어 / 여 가지고

意思和用法跟「-아 / 어 / 여서」一樣，主要用於口語中。

例 늦잠을 **자 가지고** 지각했다. 因為睡懶覺，所以遲到了。

비가 **와 가지고** 소풍을 가지 못했다. 因為下雨，所以沒能去郊遊。

날씨가 추**워 가지고** 감기에 걸렸다. 因為天氣冷，所以感冒了。

## 3 -(으)니까

用於用言語幹後，可以結合過去時制語尾「-았 / 었 / 였-」，表示原因，意思是「由於……，（所以）……」。後子句可以是命令、請求。

例 비가 오**니까** 나가지 마세요. 下雨了，別出去了。

지금 바쁘**니까** 나중에 얘기합시다. 現在忙，以後再說吧。

시간이 없**으니까** 빨리 갑시다. 沒時間了，趕緊走吧。

## 4 -(으)니

意思和用法跟「-(으)니까」一樣，後子句可以是命令、請求。主要用於書面語中。

例 급한 일**이니** 빨리 처리하세요. 因為是急事，所以請盡快處理。

눈이 많이 왔**으니** 야외 근무를 취소하겠습니다. 由於下大雪，外勤取消了。

계약서에 문제가 많**으니** 한번 더 수정하세요. 合約上有很多問題，請再修改一遍。

最簡單的韓語發音

韓語簡介

母音中聲

子音初聲

子音終聲

變音

最基礎的語法和句型

最常用的場景詞彙

最常用的日常會話

**5** -기 때문에

用於用言語幹、過去時制語尾「-았/었/였-」後面，表示原因，意思是「因為/由於……，（所以）……」。體言後使用「때문에」。

**例** 일이 많기 때문에 시간을 낼 수가 없다. 因為事情多，所以抽不出時間來。

그때는 젊었기 때문에 인기가 많았다. 因為那時候年輕，所以很受歡迎。

비행기가 날씨 때문에 연착되었다. 飛機因為天氣而誤點了。

# 二、表並列

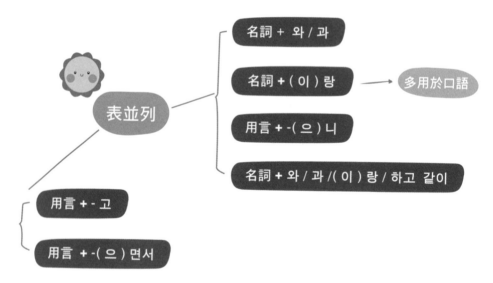

韓語表並列的語法中常見的有「와/과」、「(이)랑」、「하고」、「와/과 같이」、「(이)랑 같이」、「하고 같이」、「-고」、「-(으)면서」等。

## 1 와/과

用於體言和體言之間，表示並列，意思是「……和/與……」。當前面的體言最後一個音節沒有終聲時，用「와」；當前面的體言最後一個音節有終聲時，用「과」。

例 나와 영희는 좋은 친구다. 我和英熙是好朋友。

오늘 저녁에 삼겹살과 냉면을 먹었다. 今天晚上吃了五花肉和冷麵。

나는 아메리카노와 카페라떼를 좋아한다. 我喜歡美式咖啡和拿鐵。

## 2 (이)랑

意思和用法與「와/과」一樣。當前面的體言最後一個音節有終聲時，用「이랑」；當前面的體言最後一個音節沒有終聲時，用「랑」。多用於口語中。

例 아까 사과랑 딸기를 먹었다. 剛剛吃了蘋果和草莓。

아빠랑 엄마랑 나는 여행을 떠났다. 爸爸、媽媽和我去旅行了。

연필이랑 볼펜을 잊지 마세요. 別忘了鉛筆和原子筆。

## 3 하고

意思和用法與「와/과」一樣。不管前面的體言最後一個音節有沒有終聲，都用「하고」。

例 지은이 오후에 포도하고 바나나를 먹었다. 智恩下午吃了葡萄和香蕉。

영희는 귤하고 오렌지를 좋아한다. 英熙喜歡橘子和柳橙。

내가 어제 영희하고 지은을 만났다. 我昨天見了英熙和智恩。

最簡單的韓語發音

韓語簡介

母音‧中聲

子音‧初聲

子音‧終聲

變音

最基礎的語法和句型

最常用的場景詞彙

最常用的日常會話

## 4 와/과/(이)랑/하고 같이

用在體言後或者體言與體言之間，表示並列，意思是「……和/與……一起……」。

例 나는 엄마와 같이 슈퍼에 갔다./나와 엄마는 같이 슈퍼에 갔다. 我和媽媽一起去了超市。

지은이 준호랑 같이 공부한다./지은이랑 준호가 같이 공부한다. 智恩和俊浩一起學習。

나는 오빠하고 같이 영화를 봤다./나하고 오빠는 같이 영화를 봤다. 我和哥哥一起看了電影。

## 5 -고

用於用言語幹後，可以結合過去時制語尾「-았/었/였-」，表示並列，意思是「與此同時」「此時」「而」，也可以不翻譯。

例 지은은 노래를 부르고 준호는 춤을 춘다. 智恩唱歌，俊浩跳舞。

나는 커피를 마셨고 친구는 주스를 마셨다. 我喝了咖啡，朋友喝了果汁。

오빠는 녹차를 좋아하고 동생은 홍차를 좋아한다. 哥哥喜歡綠茶，妹妹喜歡紅茶。

## 6 -(으)면서

用於用言語幹後，表示並列，意思是兩個動作同時進行或者兩種狀態同時存在，為「一邊……，一邊……」。當前面用言語幹的最後一個音節有終聲時，用「-으면서」；當前面用言語幹的最後一個音節沒有終聲時，用「-면서」。注意前後兩個小節的主詞要一致。

例 지은이 노래를 부르면서 춤을 춘다. 智恩一邊唱歌，一邊跳舞。

그는 일을 하<mark>면서</mark> 학교를 다닌다. 他一面工作，一面上學。

준호가 음악을 들<mark>으면서</mark> 공부를 한다. 俊浩邊聽音樂邊讀書。

# 三、表轉折

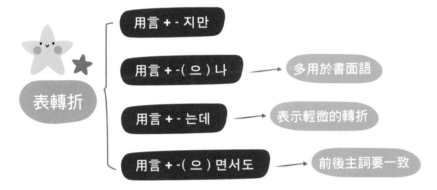

韓語表轉折的語法中常見的有「-지만」、「-(으)나」、「-는데」、「-(으)면서도」等。

## 1 -지만

用於用言語幹後，可以結合過去時制語尾「-았/었/였-」，表示轉折，意思是「雖然……，但是……」。

例 준호는 영어를 잘 못하<mark>지만</mark> 중국어를 엄청 잘한다. 俊浩雖然英語不好，但是漢語非常好。

그는 어렵게 살<mark>지만</mark> 얼굴에 그늘이 없다. 他雖然生活困難，但是臉上沒有憂鬱的神色。

집은 자그마하<mark>지만</mark> 젊은 부부는 아주 행복하다. 房子是小了一些，但是年輕的夫婦非常幸福。

最簡單的韓語發音

韓語簡介

母音・中聲

子音・初聲

子音・終聲

變音

最基礎的語法和句型

最常用的場景詞彙

最常用的日常會話

## 2 -(으)나

意思和用法與「-지만」相同，多用於書面語。

例 눈이 내리나 쌓이지는 않는다. 雖然下雪了，但是雪沒有堆積起來。

그는 가난하나 거짓말을 할 사람은 아니다. 他雖然貧窮，但不是會說謊的人。

시험이 어려웠으나 그는 통과했다. 雖然考試很難，但他考過了。


## 3 -는데

用於用言語幹後，可以結合過去時制語尾「-았/었/였-」，表示輕微的轉折，意思是「雖然……，但是……」、「雖然……，還是……」、「雖然……，不過……」、「儘管……，還是……」等。

例 결혼 십 년이 되었는데 그들은 아이가 없다. 雖然結婚10年了，但是他們沒有孩子。

열심히 공부를 했는데 성적이 좋지 않았다. 儘管努力念書了，成績還是不好。

비가 많이 오는데 나가고 싶다. 雖然下大雨，但我還是想出去。


## 4 -(으)면서도

用於用言語幹後，表示轉折，一般在前後兩個動作相互對立時使用，意思是「即使……，卻……」、「儘管……，卻……」、「明明……，卻……」等。注意前後兩個動作的主詞要一致。

例 그는 모르면서도 아는 척했다. 他明明不知道，卻裝作知道。

언니가 답을 알면서도 물었다. 姐姐儘管知道答案，卻還是問了。

지은과 준호는 서로 알면서도 모른 척했다. 智恩和俊浩明明相互認識，卻裝作不認識。

# 四、表先後

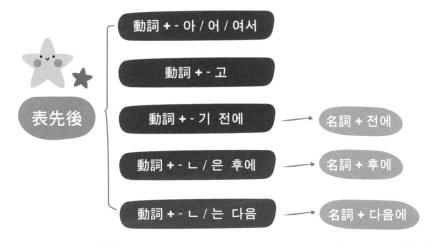

韓語表先後的語法中常見的有「-아/어/여서」、「-고」、「-기 전에」、「-ㄴ/은 후에」和「-ㄴ/는 다음에」等。

## 1 -아/어/여서

「-아/어/여서」不僅可以表示原因，還可以表示先後，意思是做完一件事情之後緊接著做另一件事情，一般前後兩件事情有一定的關係，為「……，然後……」之意。

例 그가 기자회견을 해서 결혼 소식을 발표했다. 他召開記者招待會，公佈了結婚的消息。

나는 쌀을 씻어서 전기밥솥에 넣었다. 我洗米然後放到電飯鍋裡。

사람들이 짐을 정리해서 차에 실었다. 人們整理行李，然後載到車上。

最簡單的韓語發音

韓語簡介

母音・中聲

子音・初聲

子音・終聲

變音

最基礎的語法和句型

最常用的場景詞彙

最常用的日常會話

## 2 -고

用於動詞語幹後，表示先後，意思是做完一件事情後做另一件事情，可以翻譯為「先……，再……」、「先……，然後……」、「做完……，然後……」等。

例 우리는 밥을 먹고 커피를 마셨다. 我們吃完飯，然後喝了咖啡。

지은이는 졸업하고 회사에 들어갔다. 智恩畢業後，去了公司上班。

준호는 숙제를 다 하고 영화를 봤다. 俊浩先做完作業，然後看了電影。

## 3 -기 전에

用於動詞語幹後，表示前後，意思是「……之前」。另外，「전에」用於部分名詞後，同樣可以表示先後。

例 밥 먹기 전에 손부터 씻어라. 吃飯之前先洗手。

결정하기 전에 잘 생각했다. 決定之前想好了。

출근 전에 일기예보를 봤다. 上班之前看了天氣預報。

## 4 -ㄴ/은 후에

用於動詞語幹後，表示前後，意思是「……之後」。當動詞語幹的最後一個音節有終聲時，用「-은 후에」；當動詞語幹的最後一個音節沒有終聲時，用「-ㄴ 후에」。名詞後直接加「후에」。

例 나는 퇴근한 후에 친구를 만났다. 我下班之後見了朋友。

오빠가 밥을 먹은 후에 산책하러 갔다. 哥哥吃完飯之後去散步了。

그들은 졸업 후에 서로 연락하지 않았다. 他們畢業之後沒有相互聯繫。

**5** -ㄴ/은 다음에

用於動詞語幹後，表示前後，意思是「……之後」。當動詞語幹的最後一個音節有終聲時，用「-은 다음에」；當動詞語幹的最後一個音節沒有終聲時，用「-ㄴ 다음에」。名詞後直接加「다음에」。

例 나는 시험이 끝난 다음에 친구랑 실컷 놀았다. 考完試之後，我和朋友盡情地玩樂。

수업이 끝난 다음에 편의점에 갔다. 下課之後我去了便利商店。

아침에 일어난 다음에 운동을 좀 했다.
我早上起床之後稍微運動了一下。

# 五、表假設、條件

表假設 ⟨ 用言 + -(으)면

用言 + -거든 ⟶ 後半句通常是命令句或者勸誘句

韓語表假設的語法中常見的有「-(으)면」和「-거든」。

**1** -(으)면

用於用言語幹後，表示假設，意思是「如果……，那麼……」、「如果……，就……」、「要是……就……」或者「……的話，就……」等。當用言語幹的最後一個音節有終聲時，用「-(으)면」；當用言語幹的最後一個音節沒有終聲時，用「-면」。

例 비가 오면 집에서 TV를 보자. 如果下雨的話，就在家看電視吧。

눈이 오**면** 데이트 하자. 如果下雪，我們就約會。

피곤하**면** 가서 쉬세요. 如果累的話，就去休息吧。

## 2 -거든

用於用言語幹後，表示假設，意思是「如果⋯⋯，那麼⋯⋯」、「如果⋯⋯，就⋯⋯」、「要是⋯⋯就⋯⋯」或者「⋯⋯的話，就⋯⋯」等。注意後半句通常是命令句或者勸誘句。

**例** 이 일을 끝내**거든** 놀러 가자. 如果做完這件事，我們就去玩吧。

힘들**거든** 하지 마. 如果累，就別做了。

맛있**거든** 많이 먹어라. 好吃的話，就多吃點。

# 六、表計畫

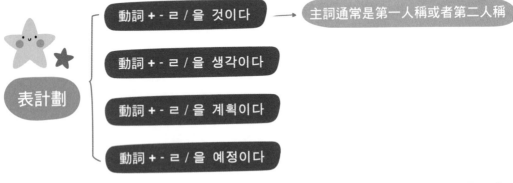

韓語表計畫的句型中常見的語法有「- ㄹ / 을 것이다」、「- ㄹ / 을 생각이다」、「- ㄹ / 을 계획이다」、「- ㄹ / 을 예정이다」等。

## 1 - ㄹ / 을 것이다

用於動詞語幹後，表示計畫，意思是「要（做）⋯⋯」、「計畫

（做）……」等，主詞通常是第一人稱或者第二人稱。當動詞語幹的最後一個音節有終聲時，用「-을 것이다」；當動詞語幹的最後一個音節沒有終聲時，用「-ㄹ 것이다」。

例 나는 내일 서울에 갈 것이다. 我明天要去首爾。

나는 이따가 도서관에 갈 것이다. 我等等要去圖書館。

우리 곧 이사갈 것이다. 我們馬上就要搬家了。


## 2 -ㄹ/을 생각이다

用於動詞語幹後，表示計畫，意思是「有……的想法」、「想……」、「要（做）……」、「計畫（做）……」等。當動詞語幹的最後一個音節有終聲時，用「-을 생각이다」；當動詞語幹的最後一個音節沒有終聲時，用「-ㄹ 생각이다」。

例 나는 이번 달에 그녀와 결혼할 생각이다. 我計畫這個月跟她結婚。

나는 앞으로 회사에서 일할 생각이다. 我以後想在公司工作。

지은이는 내년에 유학 갈 생각이다. 智恩計畫明年去留學。


## 3 -ㄹ/을 계획이다

用於動詞語幹後，表示計畫，意思是「有……的計畫」、「要（做）……」、「計畫（做）……」等。當動詞語幹的最後一個音節有終聲時，用「-을 계획이다」；當動詞語幹的最後一個音節沒有終聲時，用「-ㄹ 계획이다」。

例 나는 이따가 은행에 갈 계획이다. 我計畫待會去銀行。

나는 내년에 TOPIK 시험을 볼 계획이다. 我計畫明年考TOPIK。

준호는 졸업 여행을 해외로 갈 계획이다. 俊浩計畫去國外畢業旅行。

最簡單的韓語發音

韓語簡介

母音・中聲

子音・初聲

子音・終聲

變音

最基礎的語法和句型

最常用的場景詞彙

最常用的日常會話

**4** **- ㄹ/을 예정이다**

用於動詞語幹後，表示計畫，意思是「預計……」、「要（做）……」、「計劃（做）……」等。當動詞語幹的最後一個音節有終聲時，用「- 을 예정이다」；當動詞語幹的最後一個音節沒有終聲時，用「- ㄹ 예정이다」。

例 나는 올해 10월에 제주도에 갈 예정이다. 我預計今年10月去濟州島。

지은이는 이번 주말에 출장 갈 예정이다. 智恩這個週末要出差。

철수는 졸업하고 번역하는 일에 종사할 예정이다. 哲秀畢業之後計劃從事翻譯工作。

# 七、表打算

表打算 { 動詞 + -(으) 려고 하다

動詞 + - 고자 하다 → 多用於書面語或者比較正式的場合

韓語表打算的語法中常見的有「-(으) 려고 하다」和「- 고자 하다」。

**1** **-(으) 려고 하다**

用於動詞語幹後，表示打算，意思是「打算……」或者「想要……」等。當動詞語幹的最後一個音節有終聲時，用「-(으) 려고 하다」；當動詞語幹的最後一個音節沒有終聲時，用「- 려고 하다」。

例 준호는 훌륭한 경찰이 되려고 한다. 俊浩想要成為優秀的警察。

내가 내일 좋아하는 언니를 만나려고 한다. 我打算明天見喜歡的姐姐。

졸업하고 무슨 일을 하려고 하니? （你）畢業後想做什麼工作啊？

## 2 -고자 하다

用於動詞語幹後，表示打算，意思是「打算……」或者「想要……」等，多用於書面語或者比較正式的場合。

例 그는 고등교육을 받고자 한다. 他想要接受高等教育。

그들은 회의 끝나고 박물관에 가고자 한다. 他們打算會議結束後去博物館。

다음 주에 여행을 가고자 한다. （我）打算下周去旅行。

# 八、表能力

用言 + -ㄹ/을 수 있다

用言 + -ㄹ/을 수 없다

用言 + -ㄹ/을 줄 알다

用言 + -ㄹ/을 줄 모르다

表能力

韓語表能力的句型中常見的語法有「-ㄹ/을 수 있다」、「-ㄹ/을 수 없다」、「-ㄹ/을 줄 알다」、「-ㄹ/을 줄 모르다」等。

## 1 -ㄹ/을 수 있다

用於用言語幹的後面，表示有能力或者有可能性，意思是「能……」、「會……」、「可能（會）……」。當用言語幹的最後一個音節有終聲時，用「-을 수 있다」；當用言語幹的最後一個音節沒有終聲時，用「-ㄹ 수 있다」。

最簡單的韓語發音

韓語簡介

母音·中聲

子音·初聲

子音·終聲

變音

最基礎的語法和句型

最常用的場景詞彙

最常用的日常會話

例 나는 운전할 수 있다. 我會開車。/我能開車。

나는 백 미터를 십오 초에 뛸 수 있다. 我能15秒跑完百米。

그 약은 사람을 졸리게 만들 수 있다. 那個藥有可能讓人想睡覺。

### 2 -ㄹ/을 수 없다

用於用言語幹的後面，表示沒有能力或者沒有可能性，意思是「不能……」、「不會……」、「不可能……」。當用言語幹的最後一個音節是閉音節時，用「-을 수 없다」；當用言語幹的最後一個音節是開音節時，用「-ㄹ 수 없다」。

例 그는 운전할 수 없다. 他不會開車。/他不能開車。

이번에 질 수 없다. 這次不能輸。

그 농장은 자동차로 갈 수 없다. 那個農場車進不去。

### 3 -ㄹ/을 줄 알다

用於用言語幹的後面，表示有來自學習的能力或認知，意思是「懂、會……」或者「能……」。當用言語幹的最後一個音節是閉音節時，用「-을 줄 알다」；當用言語幹的最後一個音節是開音節時，用「-ㄹ 줄 알다」。

例 나는 이 노래를 할 줄 알아요. 我會唱這首歌。

그는 술을 마실 줄 알아요. 他會喝酒。

지은이는 피아노를 칠 줄 알아요. 智恩會彈鋼琴。

### 4 -ㄹ/을 줄 모르다

用於用言語幹的後面，表示沒有來自學習的能力或認知，意思是「不

最簡單的韓語發音

韓語簡介

母音‧中聲

子音‧初聲

子音‧終聲

變音

最基礎的語法和句型

最常用的場景詞彙

最常用的日常會話

會、不懂……」或者「不能……」。當用言語幹的最後一個音節是閉音節時，用「‐을 줄 모르다」；當用言語幹的最後一個音節是開音節時，用「‐ㄹ 줄 모르다」。

例 준호는 독일어를 할 줄 몰라요. 俊浩不會說德語。

그는 농사를 지을 줄 몰라요. 他不會做農務。

나는 요리를 할 줄 몰라요. 我不會做飯。

# 九、表意志

韓語表意志的語法中常見的有「‐겠‐」和「‐고 싶다」。

## 1 -겠-

用於用言語幹後、終結語尾前，表示意志，主詞通常是第一人稱或者第二人稱，意思是「要……」「想要……」等。

例 나는 이곳에 남겠다. 我要留在這裡。

나는 운동을 하겠다. 我要運動。

이 일을 하겠니？（你）要做這件事情嗎？

## 2 -고 싶다

用於用言語幹後，表示希望，意思是「想……」、「要……」、「想要……」等。注意主詞應是第一人稱或者第二人稱。若主詞是第三人稱時，用「‐고 싶어하다」。

例 이번 방학에 기타를 배우고 싶다. 這個假期（我）想學吉他。

이번 생일에 자전거를 받고 싶다. 這次生日（我）想收到自行車（作為禮物）。

아이가 집에 가고 싶어하니? 孩子想回家嗎？

# 十、表期盼

韓語表期盼的語法中常見的有「 - 기를 원하다」和「 - 기를 바라다」。

## 1 -기를 원하다

用於用言語幹後，表示期盼，意思是「希望……」、「要……」、「想……」、「祝願……」等。

例 사람들은 누구나 행복하기를 원한다. 人們不管是誰都希望幸福。

이번에 꼭 합격하기를 원한다. 希望這次一定要及格。/ 祝你這次一定會及格。

준호가 반장을 하기를 원한다. 俊浩想要當班長。

## 2 -기를 바라다

用於用言語幹後，表示希望，意思是「希望……」或者「祝願……」等。

最簡單的韓語發音

韓語簡介

母音・中聲

子音・初聲

子音・終聲

變音

最基礎的語法和句型

最常用的場景詞彙

最常用的日常會話

例 즐거운 하루를 보내**기를 바란다**. 希望你度過愉快的一天。

앞으로 하루하루가 행복하**기를 바란다**. 希望未來的每一天都幸福。

영원히 건강하**기를 바란다**. 祝你永遠健康。

## 十一、表義務

韓語表應該的語法中常見的有「- 아 / 어 / 여야 하다」、「- 아 / 어어 / 야 되다」、「- 아 / 어 / 여야겠다」等。

表義務

用言 + - 아 / 어 / 여야 하다

用言 + - 아 / 어 / 여야 되다

用言 + - 아 / 어 / 여야겠다 ⟶ 主詞一般是第一人稱或者第二人稱

### **1** -아 / 어 / 여야 하다

用於用言語幹的後面，表示義務，為「應該……」、「必須……」等之意。

例 수업하기 전에 예습**해야 한다**. 上課之前應該預習。

오늘 수업 끝나고 선생님을 만**나야 한다**. 今天下課後必須見一下老師。

내일이 되기 전에 책을 반납**해야 한다**. 明天之前必須還書。

### **2** -아 / 어 / 여 되다

用法和意思與「- 아 / 어 / 여야 하다」一樣。

例 수업 후에 복습**해야 된다**. 下課之後應該複習。

오늘 출근하기 전에 은행에 **가야 된다**. 今天上班之前必須去一趟銀行。

이번 달에 이 책을 다 읽**어야 된다**. 這個月必須讀完這本書。

169

**3** **-아 / 어 / 여야 하다**

用法和「-아 / 어 / 여야 하다」基本一樣，但是主詞一般是第一人稱或者第二人稱，表示強烈的必須事項，意思是「一定要⋯⋯」、「必須要⋯⋯」等。

例 나는 내일 가야겠다. 我明天一定要走。

빨리 시험을 준비해야겠다. 我必須趕緊準備考試。

이 일을 꼭 해야겠어요? 一定要做這件事嗎？

# 十二、表目的

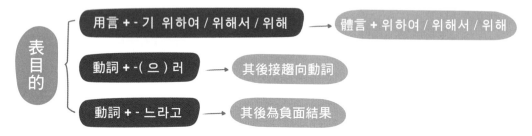

韓語表目的的語法中常見的有「-기 위하여 / 위해서 / 위해」、「-(으)러」、「-느라고」。

**1** **-기 위하여 / 위해서 / 위해**

用於用言語幹後，表示目的，意思是「為了⋯⋯」、「為⋯⋯」。體言後使用「위하여 / 위해서 / 위해」，此時體言是「위하다」的目的語，後面可以加目的格助詞「를 / 을」。

例 대학교에 들어가기 위하여 열심히 공부한다. 為了上大學努力念書。

남자친구를 만나기 위해서 다이어트를 한다. 為了見男朋友而減肥。

엄마를 위해 선물을 준비한다. 為媽媽準備禮物。

最簡單的韓語發音

韓語簡介

母音・中聲

子音・初聲

子音・終聲

變音

最基礎的語法和句型

最常用的場景詞彙

最常用的日常會話

**2** -(으)러

用於動詞語幹的後面，表示目的，意思是「為……」、「為了……」等。其後接趨向動詞。

例 공부하러 도서관에 간다. 為了念書去圖書館。→ 去圖書館念書。

수영하러 수영장에 간다. 為了游泳去游泳池。→ 去游泳池游泳。

뭘 하러 왔어요? 你來做什麼？／為何而來？／有何貴幹？

**3** -느라고

用於動詞語幹的後面，表示因某目的而導致後敘結果，為「為了……而」、「因為……而」等之意。後子句一般是負面結果。

例 점심을 먹느라고 늦었다. 因為吃午飯而遲到了。

나는 공부를 하느라고 자주 밤을 새운다. 我為了念書而經常熬夜。

지은이 눈물을 참느라고 많이 애썼다. 智恩為忍住淚水而費盡力氣。

# 十三、表嘗試

表嘗試 —— 動詞 + - 아 / 어 / 여 보다

韓語表嘗試的語法中常見的有「-아 / 어 / 여 보다」。

### -아 / 어 / 여 보다

　用於動詞語幹的後面，表示嘗試，意思是「試試……」、「試……」、「嘗試……」等。

　　例　지은아, 간이 맞는지 먹어 봐. 智恩，嘗嘗鹹淡。

　　　전통문화를 체험해 본다. 嘗試體驗傳統文化。

　　　지은이는 요가를 해 볼 생각이다. 智恩想要試試做瑜伽。


## 十四、表經歷

表經歷

用言 + -아 / 어 / 여 봤다

用言 + -아 / 어 / 여 봤다

用言 + -아 / 어 / 여 봤다

　韓語表經歷的語法中常見的有「-아 / 어 / 여 봤다」「-ㄴ / 은 적이 있다」和「-ㄴ / 은 적이 없다」等。


### 1　-아 / 어 / 여 봤다

　用於動詞語幹的後面，表示經歷，意思為「試過 / 了……」、「嘗試過 / 了……」、「做過 / 了……」、「經歷過 / 了……」等。

　　例　어제 처음으로 와인을 먹어 봤다. 昨天（我）第一次嘗試喝紅酒。

　　　나는 부산에 가 봤다. 我去過釜山。

　　　준호는 중국 소설을 읽어 봤다. 俊浩讀過中國小説。

最簡單的韓語發音

韓語簡介

母音·中聲

子音·初聲

子音·終聲

變音

最基礎的語法和句型

最常用的場景詞彙

最常用的日常會話

## 2 -ㄴ/은 적이 있다

　　用於動詞語幹的後面，적為때（時候）之意，亦即「有做某事的時候」。表示經歷，意思是「做過……」、「經歷過……」等。當動詞語幹的最後一個音節是閉音節時，用「-은 적이 있다」；當動詞語幹的最後一個音節是開音節時，用「-ㄴ 적이 있다」。

例 이 만화를 본 적이 있어요? 你看過這部漫畫嗎？

지은이는 중국어를 배운 적이 있다. 智恩學過漢語。

준호는 유학을 가 본 적이 있다. 俊浩留過學。

## 3 -ㄴ/은 적이 없다

　　用於動詞語幹的後面，表示沒經歷，意思是「沒做過……」、「沒經歷過……」等。當動詞語幹的最後一個音節是閉音節時，用「-은 적이 없다」；當動詞語幹的最後一個音節是開音節時，用「-ㄴ 적이 없다」。

例 빨간 지갑을 본 적이 없어요? 你沒看過紅色錢包嗎？

나는 술을 먹은 적이 없다. 我不曾喝過酒。

그는 많은 사람 앞에서 노래한 적이 없다. 他不曾在很多人面前唱歌。

# 十五、表讓步

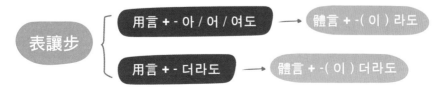

　　韓語表讓步的語法中常見的有「-아/어/여도」和「-더라도」。

## 1 -아/어/여도

用於用言語幹的後面，表示讓步。即使認定前事，但後事與之無關。意思是「即使（是）……，也……」、「就算（是）……，也……」、「……也……」等。注意體言的用言形後面用「-(이)라도」，當體言的最後一個音節是開音節時，「-이-」可以省略。

例 이 은혜는 죽어도 잊지 않겠다. 我即使死也不會忘記這份恩惠。

아무리 바빠도 운동을 꾸준히 해야 한다. 即使再忙，也要堅持運動。

오늘 잠을 안 자도 이 일을 끝낼 것이다. 今天不睡覺也要完成這項工作。

## 2 -더라도

用於用言語幹的後面，表示讓步，其假設性較 -아도 強，意思是「即使（是）……，也……」、「就算（是）……，也……」、「……也……」等。注意體言的用言後面用「-(이)더라도」，當體言的最後一個音節是開音節時，「-이-」可以省略。

例 무슨 일이 있더라도 올해 안으로 일을 마쳐야 한다. 即使有什麼事，今年也要完成這項工作。

가난하더라도 행복하게 살아야 한다. 就算貧窮，也應該幸福地生活。

그가 그렇게 말했더라도 영희는 화나지 않았다. 即便他那樣說，英熙也沒有生氣。

# 十六、表推測

表推測
- 用言 + - 겠 - → 主詞一般是第二人稱或者第三人稱
- 用言 + - ㄹ / 을 것이다
- 用言 + - ㄴ / 은 / 는 / ㄹ / 을 것 같다
- 用言 + - ㄴ가 / 은가 / 는가 보다
- 用言 + - 나 보다
- 用言 + - ㄴ / 은 / 는 / ㄹ / 을 모양이다

　　韓語表推測的語法中常見的有「- 겠 -」、「- ㄹ / 을 것이다」、「- ㄴ / 은 / 는 / ㄹ / 을 것 같다」、「- ㄴ가 / 은가 / 는가 보다」、「- 나 보다」、「- ㄴ / 은 / 는 / ㄹ / 을 모양이다」等。

## 1　- 겠 -

　　我們前面提到過「- 겠 -」表示第一人稱的意志，句子的主詞若是第二人稱或者第三人稱時表示推測，即「猜想是…」、「好像……」、「應該……」、「可能……」等之意。

例 정말 아프겠다. 應該很痛吧。

　　막 구운 빵은 정말 맛있겠다. 剛烤的麵包應該很好吃吧。

　　하늘을 보니까 비가 오겠다. 看天空，好像要下雨了。

最簡單的韓語發音

韓語簡介

母音·中聲

子音·初聲

子音·終聲

變音

最基礎的語法和句型

最常用的場景詞彙

最常用的日常會話

## 2 -ㄹ/을것이다

　　我們前面提到過「-ㄹ/을 것이다」可以表示計畫，但是除了表示計畫，「-ㄹ/을 것이다」還可以表示推測。「-ㄹ/을 것이다」表示推測時，句子的主詞一般是第三人稱，意思是「好像……」、「應該……」、「可能……」等。

例 곧 눈이 올 것이다. 好像要下雪了。

　　이제부터 바쁠 것이다. 從現在開始可能要忙起來了。

　　그도 너를 보고 싶어할 것이다. 他應該也很想你。

## 3 -ㄴ/은/는/ㄹ/을 것 같다

　　用於用言語幹後，表示推測，意思是「好像……」、「應該……」、「可能……」等。

例 영희가 미국에 간 것 같다. 英熙好像去美國了。

　　그는 무슨 일이 있는 것 같다. 他應該有什麼事情。

　　이번 주말에 시간이 없을 것 같다. 這個週末可能沒有時間。

## 4 -ㄴ가/은가/는가 보다

　　用於用言語幹後，可以與過去時制語尾結合，表示推測，意思是「看起來好像……」、「看起來應該……」、「看起來可能……」等。

例 영희가 어디 아픈가 봐요. 英熙看起來好像哪裡不舒服。

　　지은이 요즘에 많이 바쁜가 봐요. 智恩最近看起來好像很忙。

　　환하게 웃는 걸 보니 시험을 잘 봤는가 봐요. 看你笑得這麼開心，考試應該考得很好。

最簡單的韓語發音

韓語簡介

母音・中聲

子音・初聲

子音・終聲

變音

最基礎的語法和句型

最常用的場景詞彙

最常用的日常會話

**5** -나 보다

用於用言語幹後，可以與過去時制語尾結合，表示推測，意思與「-ㄴ가／은가／는가 보다」基本一樣。

例 비가 오나 보다. 好像下雨了。

준호가 전화를 안 받아. 벌써 자나 봐. 俊浩不接電話，他可能已經睡了。

답장이 없는 걸 보니 지은이 아직 퇴근 안 했나 봐요. 沒有回覆，智恩應該還沒有下班。

**6** -ㄴ／은／는／ㄹ／을 모양이다

用於用言語幹後，表示推測，意思是「好像……（的模樣）」、「應該……（的樣子）」、「可能……（的樣子）」等。

例 아주 자신이 있는 모양이다. 好像很有自信的樣子。

그 사람이 회사를 그만둔 모양이다. 他好像辭職了。

내일 날씨가 좋을 모양이다. 明天天氣可能很好。

# 十七、表建議

表建議 ⎰ 用言 + - 지 그래 ( 요 ) / 그랬어 ( 요 )
　　　 ⎱ 用言 + - 아 / 어 / 여야지 ( 요 )

韓語表建議的語法中常見的有「- 지 그래 ( 요 ) / 그랬어 ( 요 )」和「- 아 / 어 / 여야지 ( 요 )」。

**1** **-지 그래(요)/그랬어(요)**

用於用言語幹的後面，表示慫恿、勸說，就某情況給聽者建議、計策，意思是「那就……啊！」、「為什麼沒……呢？」

例 안 하고 싶으면 거절하지 그래(요). 不想做的話，那就拒絕啊。

같이 가지 그래(요). 那就一起去唄。

먼저 가지 그랬어(요). 那你就先走啊！

**2** **-아/어/여야지(요)**

用於用言語幹的後面，表示委婉表示勸說，命令聽者做事的建議，意思是「應該……才好」。

例 근무 시간에 성실하게 일해야지(요). 上班時間應該認真工作才好。

선배를 만나면 인사해야지(요). 見到前輩應該打招呼才好。

배 고프면 밥 먹어야지(요). 餓了的話應該吃飯啊。

# 十八、表比較

表比較
- 體言 + 에 비하다
- 體言 + 만 하다
- 體言 + 만 못하다
- 體言 + 보다
- 體言 + 만큼

韓語表比較的語法中常見的有「에 비하다」、「만 하다」、「만 못하다」、「보다」、「만큼」等。

## 1 에 비하다

用於體言的後面，表示比較，意思是「……比……（更）……」或者「相比……，……（更）……」等。

例 다른 작물에 비하면 보리는 생산비가 덜 든다. 相較於其他的作物，大麥所需生產費較少。

작년에 비해 올해 겨울은 정말 춥다. 和去年相比，今年冬天好冷。

그 회사는 우리 회사에 비해 조금 작다. 那家公司比我們公司小一點。

## 2 만 하다

用於體言的後面，表示類同的比較，意思是「……和……一樣……」。

例 사과가 주먹만 하다. 蘋果和拳頭一樣大。

수박이 머리만 하다. 西瓜和腦袋一樣大。

눈이 포도만 하다. 眼睛和葡萄一樣大。

## 3 만 못하다

「만 하다」的否定形式，意思是「……不如……」、「……比不上……」、「……趕不上……」等。

例 나는 오빠만 못하다. 我不如哥哥。

동생의 글씨는 형만 못하다. 弟弟的字比不上哥哥。

체력이 젊었을 때만 못하다. 體力不如年輕的時候。

最簡單的韓語發音

韓語簡介

母音・中聲

子音・初聲

子音・終聲

變音

最基礎的語法和句型

最常用的場景詞彙

最常用的日常會話

## **4** 보다

用於體言的後面，表示比較的對象，意思是「……比……（更）……」或者「相比……，……（更）……」等。

例 형은 동생**보다** 키가 크다. 哥哥個子比弟弟高。

영희는 준호**보다** 영어를 잘한다. 英熙比俊浩英語說得好。

내가 너**보다** 날씬하다. 我比你苗條。

## **5** 만큼

用於體言的後面，表示比較，意思是程度「和……一樣……」。

例 수박이 머리**만큼** 크다. 西瓜和頭一樣大。

집이 궁전**만큼** 화려하다. 家和宮殿一樣華麗。

동생이 언니**만큼** 예쁘다. 妹妹和姐姐一樣漂亮。

# 十九、表擔心

韓語表擔心的語法中常見的有「 - ㄹ / 을까 봐」。

### - ㄹ / 을까 봐

用於用言語幹的後面，表示擔心，意思是「擔心……」或者「害怕……」等。當用言語幹的最後一個音節有終聲時，用「 - 을까 봐」；當用言語幹的最後一個音節沒有終聲時，用「 - ㄹ까 봐」。

最簡單的韓語發音

韓語簡介

母音·中聲

子音·初聲

子音·終聲

變音

最基礎的語法和句型

最常用的場景詞彙

最常用的日常會話

例 지각할까 봐 택시 타고 왔다. 擔心遲到，（我）搭計乘車來的。

친구에게 무슨 일이 생길까 봐 걱정된다. 擔心朋友會發生什麼事。

버스가 없을까 봐 걱정된다. 擔心沒有公車。

## 二十、表無妨

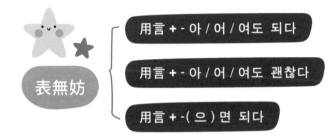

表無妨
- 用言 + - 아 / 어 / 여도 되다
- 用言 + - 아 / 어 / 여도 괜찮다
- 用言 + -(으)면 되다

韓語表無妨的語法中常見的語法有「- 아 / 어 / 여도 되다」、「- 아 / 어 / 여도 괜찮다」、「-(으)면 되다」等。

### 1 - 아 / 어 / 여도 되다

用於用言語幹的後面，表示無妨，意思是「做……也行」、「做……也可以」、「做……就行」、「做……就可以」等。

例 지금 놀아도 된다. 現在玩就行。

지금 공부 안 해도 된다. 現在不學習也行。

여기서 노래해도 된다. 在這裡唱歌也可以。

## 2 -아/어/여도 괜찮다

用於用言語幹的後面，表示無妨，意思是「做……也沒關係」、「做……也可以」、「做……也行」等。

例 우리 친구를 해도 괜찮다. 我們做朋友也可以。

져도 괜찮다. 輸了也沒關係。

지금 퇴근해도 괜찮다. 現在下班也行。

## 3 -(으)면 되다

用於用言語幹的後面，表示可行，意思是「……就行」或者「……就可以」等。當用言語幹的最後一個音節有終聲時，用「-(으)면 되다」；當用言語幹的最後一個音節沒有終聲時，用「-면 되다」。

例 지금 가면 돼요. 現在去就行。

선생님은 아이들만 잘 가르치면 돼요. 老師只要教好孩子就行。

학생은 공부만 열심히 하면 돼요. 學生只要努力學習就行。

# 二十一、表唯一

韓語表唯一的語法中常見的有「-ㄹ/을 뿐이다」和「밖에」。

最簡單的韓語發音

韓語簡介

母音·中聲

子音·初聲

子音·終聲

變音

最基礎的語法和句型

最常用的場景詞彙

最常用的日常會話

## 1 -ㄹ/을 뿐이다

用於用言語幹的後面，可以結合過去時制語尾「-았/었/였-」，表示唯一，意思是「只是……」、「僅僅……」、「僅僅是……」等。當用言語幹的最後一個音節有終聲時，用「-을 뿐이다」；當用言語幹的最後一個音節沒有終聲時，用「-ㄹ 뿐이다」。

例 그는 학교에 가고 싶을 뿐이다. 他只是想去學校而已。

직접 말했을 뿐이다. 我只是直說罷了。

이것은 나의 추측일 뿐이다. 這僅僅是我的推測而已。

## 2 밖에

用於體言的後面，表示唯一，後子句通常使用否定詞，整個句子表示肯定的意思，意思是「只（有）……」、「僅（有）……」、「除了……，沒有……」等。

例 그가 공부밖에 모르는 학생이다. 他是一個只知道讀書的學生。

그는 일밖에 모른다. 他只知道工作。

하나밖에 없다. 只有一個。

# 二十二、表持續

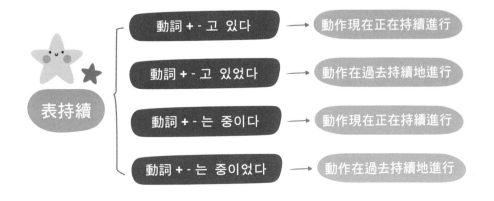

表持續

動詞 + -고 있다 → 動作現在正在持續進行

動詞 + -고 있었다 → 動作在過去持續地進行

動詞 + -는 중이다 → 動作現在正在持續進行

動詞 + -는 중이었다 → 動作在過去持續地進行

韓語表持續的語法中常見的有「-고 있다」、「-고 있었다」、「-는 중이다」、「-는 중이었다」等。

## 1 -고 있다

用於動詞語幹的後面，表示動作現在正在持續進行，為「（現在）正在做……」之意。

例 지금 전화하고 있다. 現在正在打電話。

지은이는 공부하고 있다. 智恩正在念書。

나는 쇼핑하고 있다. 我正在購物。

## 2 -고 있었다

用於動詞語幹後面，表示動作在過去持續地進行，即為「過去正在做……」或者「那時正在做……」等之意。

例 그때는 소설을 읽고 있었다. 那時候我正在看小說。

작년 이맘때 논문을 쓰고 있었다. 去年這個時候我正在寫論文。

어제 이 시간에 회의하고 있었다. 昨天這個時間正在開會。

## 3 -는 중이다

用於動詞語幹後面，表示動作現在正在持續進行，即為「正在做……中」或者「正在做……」等之意。動作性體言後使用「중이다」。

例 지금 수업하는 중이다. 現在正在上課。

지금 근무 중이다. 現在正在上班。

지금 일하는 중이니까 나중에 얘기합시다. 我現在正在工作，以後再聊吧。

最簡單的韓語發音

韓語簡介

母音・中聲

子音・初聲

子音・終聲

變音

最基礎的語法和句型

最常用的場景詞彙

最常用的日常會話

## 4 -는 중이었다

用於動詞語幹後面，表示動作過去在持續地進行，即為「過去 / 那時正在做……中」或者「過去 / 那時正在做……」等之意。動作性體言後使用「중이었다」。

例 어제 네가 전화했을 때 나는 희의하는 중이었다. 昨天你打電話的時候，我正在開會。

어제 이 시간에 지은이는 연설하는 중이었다. 昨天這個時間智恩正在演講。

아까 운전 중이었다. 我剛剛在開車。

# 二十三、表完成持續

表完成持續 ── 自動詞 + - 아 / 어 / 여 있다

韓語表完成持續的語法中常見的有「- 아 / 어 / 여 있다」。

## - 아 / 어 / 여 있다

多用於自動詞語幹的後面，表示動作的完成持續或維持完成後的動作狀態，意思是「……著」。

例 그는 거기에 서 있다. 他在那裡站著。

영희가 교실에 앉아 있다. 英熙在教室裡坐著。

그림이 벽에 걸려 있다. 畫在牆上掛著。

# 二十四、表轉換

表轉換 ── 用言 + -다가 ── 前後兩個動作或者狀態的主詞必須一致

韓語表轉換的語法中常見的有「-다가」。

## -다가

用於用言語幹的後面，表示動作或者狀態的轉換，意思是前面的動作或者狀態還沒有結束就轉換為後面的動作或者狀態，此時前後兩個動作或者狀態的主詞必須一致。

例 잠을 자다가 무서운 꿈을 꿨다. 睡覺中做了惡夢。

청소하다가 손을 다쳤다. 打掃時傷到手。

# 二十五、表結果

表結果 ⎰ 動詞 + -아 / 어 / 여 내다
       ⎱ 動詞 + -아 / 어 / 여 버리다

韓語表結果的語法中常見的有「- 아 / 어 / 여　내다」和「- 아 / 어 / 여
버리다」。

## 1　- 아 / 어 / 여　내다

用於他動詞語幹的後面，表示克服的，指經過一定的努力或者付出之後
最終完成了某事，意思是「（終於）完成……」「（終於）做成……」、
「（好不容易）完成……」等。

例　드디어 그 어려움을 이겨 냈다. 終於戰勝了那個困難。

내가 그 어려운 일을 해 냈다. 我完成了那項艱難的工作。

공격을 막아 냈다. 終於擋住了攻擊。

## 2　- 아 / 어 / 여　버리다

用於動詞語幹的後面，表示事與願違的結果，指某個動作完全結束，出
現了一個違願的結果，意思是「……完了」、「……掉了」、「……光了」
等。

例　지은이 지갑을 잃어 버렸어요. 智恩掉了錢包。

준호가 약속을 잊어 버렸어요. 俊浩忘掉了約會。

아이가 케이크를 다 먹어 버렸어요. 孩子把蛋糕都吃掉了。

# 二十六、表經常反覆

表經常反覆 ── 動詞 + - 곤　하다

韓語表經常反覆的語法中常見的有「- 곤　하다」。

最簡單的韓語發音

韓語簡介

母音・中聲

子音・初聲

子音・終聲

變音

最基礎的語法和句型

最常用的場景詞彙

最常用的日常會話

## -곤 하다

用於動詞語幹的後面，表示經常性的反覆，意思是一個動作反覆進行，即為「經常……」之意。

例 여동생이 일요일이면 나를 찾아오곤 하였다. 每到星期天，妹妹經常來找我。

스트레스가 많을 때 나는 달리기를 하곤 한다. 壓力大的時候，我經常跑步。

언니가 그리울 때 이메일을 보내곤 한다. 想念姐姐的時候，（我）經常給她發郵件。

# 二十七、表擬真

韓語表擬真的語法中常見的有「처럼」和「와 / 과 같다」。

## 1 처럼

用於體言的後面，表示好像類似，意思是「……像……（一樣）」、「……和……一樣」、「……跟……一樣」等。

例 피부가 눈처럼 하얗다. 皮膚像雪一樣白。

아이가 천사처럼 착하다. 孩子像天使一樣善良。

연습 때처럼 하면 된다. 像練習的時候那樣做就行。

## 2　와/과 같다

用於體言的後面，表示好像類似，意思是「……像……（一樣）……」、「……和……一樣……」、「……跟……一樣……」等。當體言的最後一個音節有終聲時，用「과」；當體言的最後一個音節沒有終聲時，用「와」。

例 아이의 성격이 엄마와 같다. 孩子的性格像媽媽。

내 눈은 아빠 눈과 같다. 我的眼睛和爸爸的眼睛一樣。

동생의 키는 형과 같다. 弟弟的身高跟哥哥一樣。

# 二十八、表彷彿

表彷彿 ── 用言 + -아/어/여 보이다

韓語表彷彿的語法中常見的有「-아/어/여 보이다」。

## -아/어/여 보이다

用於用言語幹的後面，表示彷彿，意思是「看起來……」或者「看上去……」等。

例 준호는 또래보다 어려 보여요. 俊浩看起來比同齡人小。

엄마는 나이에 비해 젊어 보여요. 媽媽看上去比實際年齡年輕。

오빠는 피곤해 보여요. 哥哥看起來很累。

最簡單的韓語發音

韓語簡介

母音·中聲

子音·初聲

子音·終聲

變音

最基礎的語法和句型

最常用的場景詞彙

最常用的日常會話

# 二十九、表詢問

表詢問 { 動詞 + - ㄹ / 을까 ( 요 )?
動詞 + - ㄹ / 을래 ( 요 )? }

韓語表詢問意見的語法中常見的有「 - ㄹ / 을까 ( 요 )?」和「 - ㄹ / 을래 ( 요 )?」

## 1 - ㄹ / 을까 ( 요 )?

用於動詞語幹的後面，表示委婉的詢問意見，意思是「……怎麼樣？」等。

例 점심 같이 먹을까요? 一起吃午飯怎麼樣？

커피 한잔 할까요? 喝杯咖啡怎麼樣？

산책하러 갈까요? 去散個步怎麼樣？

## 2 - ㄹ / 을래 ( 요 )?

用於動詞語幹的後面，表示委婉的詢問意向、意願，意思是「要……嗎？」或者「想……嗎？」等。

例 영화 보러 갈래요? 你要去看電影嗎？

나가서 걸어 볼래요? 你想出去走一走嗎？

술 한잔 하지 않을래요? 你不想喝一杯嗎？

# 三十、表轉化

最簡單的韓語發音

韓語簡介

母音·中聲

子音·初聲

子音·終聲

變音

最基礎的語法和句型

最常用的場景詞彙

最常用的日常會話

表轉化 —— 用言 + - 아 / 어 / 여지다

韓語表轉化的語法中常見的有「- 아 / 어 / 여지다」。

### - 아 / 어 / 여지다

用於形容詞語幹的後面，表示狀態的轉化，意思是「變……」或者「變得……」等。

例 날씨가 점점 추워졌어요. 天氣漸漸變冷了。

기분이 좋아졌어요. 心情變好了。

지은이 또 예뻐졌어요. 智恩又變漂亮了。

# 三十一、表奉呈

表奉呈 { 動詞 + - 아 / 어 / 여 주다

動詞 + - 아 / 어 / 여 드리다 }

韓語表奉呈的語法中常見的有「- 아 / 어 / 여 주다」和「- 아 / 어 / 여 드리다」。

## 1 -아/어/여 주다

用於動詞語幹的後面，表示為他人做事，意思是「給……做」「為……做」「幫……做」等。

例 커피 한잔 타 주세요. 請幫我泡杯咖啡。

언니가 아침을 준비해 줬어요. 姐姐為我準備了早餐。

영희가 준호에게 영어를 가르쳐 줘요. 英熙教俊浩英語。

## 2 -아/어/여 드리다

意思與「-아/어/여 주다」一樣，表為長輩的服務、呈獻之意。

例 저는 어머님께 선물을 준비해 드렸어요. 我給媽媽準備了禮物。

가족들이 할아버지께 생신을 축하해 드렸어요. 家人為爺爺慶祝了生日。

학생들이 선생님께 인사해 드려요. 學生給老師敬禮。

# 三十二、表關於

表關於 —— 體言、用言的體言形式 + 에 관하여 / 관해서 / 관해

韓語表關於的語法中常見的有「에 관하여 / 관해서 / 관해」。

## 에 관하여 / 관해서 / 관해

用於體言或者用言的體言形式後，表示對某事的關心態度，意思是「關於……」、「有關……」、「就……」等。

最簡單的韓語發音

韓語簡介

母音・中聲

子音・初聲

子音・終聲

變音

最基礎的語法和句型

最常用的場景詞彙

最常用的日常會話

例 그 점에 관해서 토론합시다. 就那一點一起討論吧。

실업 대책에 관하여 발표합니다. 就失業政策發言。

이 사건에 관하여 조사합니다. 就這一事件進行調查。

# 三十三、表針對

表針對 —— 體言、用言的體言形式 + 에 대하여 / 대해서 / 대해

韓語表對於的語法中常見的有「에 대하여 / 대해서 / 대해」。

## 에 대하여 / 대해서 / 대해

用於體言或者用言的體言形式後，表示針對某事的心理態度，意思是「對於……」、「對……」、「就……」。

例 이 일에 대하여 할 말이 없다.

對於這件事，（我）無話可說。

남동생이 미술에 대해서 관심이 많다.

弟弟對美術很感興趣。

선생님은 전통문화에 대해 할 말이 많다.

對於傳統文化，老師有很多話要說。

## 三十四、表始末

表始末
體言 + ……에서 ……까지
體言 + ……부터 ……까지

韓語表始末的語法中常見的有「……에서……까지」和「……부터 ……까지」。

### 1 ……에서 ……까지

用於表示時間或者地點的體言後，表示時間或者地點的起始與終點，意思是「從……到……」等。

例 9시에서 12시까지 영어 수업이에요. 從9點到12點上英語課。

집에서 회사까지 너무 멀어요. 從家裡到公司很遠。

청도에서 인천까지 비행기를 타면 1시간 정도 걸려요. 從青島到仁川，坐飛機需要1個小時左右。

### 2 ……부터 ……까지

意思和用法與「……에서 ……까지」一樣。

例 오후 3시부터 4시까지 운동해요. 下午從3點到4點運動。

회사부터 백화점까지 아주 가까워요. 從公司到百貨公司很近。

집부터 버스정류장까지 3분 걸려요. 從家裡到公車站需要3分鐘。

# 3

# 最常用的
# 場景詞彙

# Unit
## 01 常見蔬菜

048.mp3

**莖菜 경채**

파 [名] 蔥
냉이 [名] 薺菜
죽순 (竹筍) [名] 竹筍
미나리 [名] 水芹菜
샐러리 (celerly) [名] 西洋芹

**莖菜
경채**

**常見蔬菜
채소**

**花菜 꽃채소**

꽃양배추 [名] 白花椰菜
브로콜리 (broccoli) [名] 青花椰菜
원추리 [名] 金針花、萱草、忘憂草
동갓 [名] 芥藍

**花菜
꽃채소**

**菌菇 버섯**

느타리버섯 [名] 秀珍菇
표고버섯 [名] 香菇
팽이버섯 [名] 金針菇
송이버섯 [名] 松茸
새송이버섯 [名] 杏鮑菇

**菌菇
버섯**

## 葉菜 잎채소

**배추** [名] 白菜
**양배추** (洋--) [名] 高麗菜
**상추** [名] 生菜、萵苣
**양상추** [名] 萵苣
**청경채** (青梗菜) [名] 青江菜
**시금치** [名] 菠菜
**부추** [名] 韭菜

## 瓜菜 과채

**가지** [名] 茄子
**고추** [名] 辣椒
**오이** [名] 小黃瓜
**여주** [名] 苦瓜
**호박** (胡朴) [名] 南瓜
**토마토** (tomato)
[名] 牛蕃茄
**파프리카** (paprika)
[名] 紅甜椒

## 根菜 근채

**무** [名] 白蘿蔔
**당근** (唐根) [名] 紅蘿蔔
**연근** (蓮根) [名] 蓮藕
**감자** [名] 馬鈴薯
**고구마** [名] 地瓜
**양파** [名] 洋蔥

※注：括號（ ）內標識此韓語的來源，可能為外語或漢字，括號內有負號（－）表示該處字同
韓文。

最簡單的韓語發音

韓語簡介

母音‧中聲

子音‧初聲

子音‧終聲

變音

最基礎的語法和句型

最常用的場景詞彙

最常用的日常會話

049.mp3

### 紅色系　빨간색

**사과**（沙果）[名] 蘋果
**석류**（石榴）[名] 石榴
**용과**（龍果）[名] 火龍果
**복숭아** [名] 水蜜桃
**수박** [名] 西瓜
**딸기** [名] 草莓
**방울토마토** [名] 小蕃茄
**앵두**（櫻桃）[名] 櫻桃

### 味道　맛

**달다** [形] 甜的
**시다** [形] 酸的
**쓰다** [形] 苦的
**짜다** [形] 鹹的
**떫다** [形] 澀的
**달콤하다** [形] 甘甜的

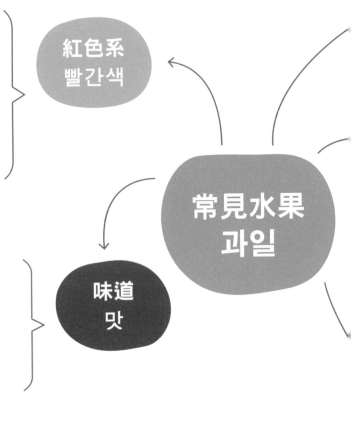

紅色系
빨간색

常見水果
과일

味道
맛

## 黃色系 노란색

배 [名] 梨子
비파 （枇杷）[名] 枇杷
파인애플 （pineapple）[名] 鳳梨
바나나 （banana）[名] 香蕉
망고 （mango）[名] 芒果
레몬 （lemon）[名] 檸檬
모과 （木瓜）[名] 木梨、榠楂
멜론 （melon）[名] 哈密瓜
참외 [名] 香瓜
살구 [名] 杏子

## 橙色系 오렌지색

감귤 （柑橘）[名] 柑橘
귤 （橘）[名] 橘子
오렌지 （orange）[名] 柳橙
제주감귤 （濟州柑橘）
[名] 濟州柑橘
한라봉 （漢拏-）[名] 濟州醜橘
자몽 [名] 葡萄柚

## 紫色系 보라색

매실 （梅實）[名] 梅子
자두 [名] 李子
포도 （葡萄）[名] 葡萄
블루베리 （blueberry）[名] 藍莓
체리 （cherry）[名] 櫻桃

最簡單的韓語發音

韓語簡介

母音・中聲

子音・初聲

子音・終聲

變音

最基礎的語法和句型

最常用的場景詞彙

最常用的日常會話

# Unit
## 03 零食飲料

050.mp3

### 麵包類 빵류

빵 [名] 麵包
팥빵 [名] 紅豆麵包
슈크림빵 (shou cream-)
[名] 奶油麵包
한과 (漢菓) [名] 韓菓子
초코파이 (chocopie)
[名] 巧克力派

**麵包類 빵류**

**零食飲料 간식 및 음료수**

### 其他飲料 기타 음료수

생수 (生水) [名] 礦泉水
냉수 (冷水) [名] 冷水
온수 (溫水) [名] 溫水
주스 (juice) [名] 果汁
핫초코 (hot chocolate)
[名] 熱巧克力
사이다 (cider) [名] 汽水

**其他飲料 기타 음료수**

### 酒類 주류

소주 (燒酒) [名] 燒酒
청주 (淸酒) [名] 淸酒
막걸리 [名] 瑪格利米酒、濁酒
위스키 (whisky) [名] 威士忌
포도주 (葡萄酒) [名] 葡萄酒
와인 (wine) [名] 紅酒

**酒類 주류**

## 茶 차

**과일차** (--茶) [名] 水果茶
**녹차** (綠茶) [名] 綠茶
**홍차** (紅茶) [名] 紅茶
**우롱차** (烏龍茶) [名] 烏龍茶
**옥수수차** (玉垂穗茶) [名] 玉米鬚茶
**밀크티** (milk tea) [名] 奶茶
**펄** (pearl) [名] 珍珠

### 茶 차

---

## 蛋糕 케이크

**치즈케이크** (cheese cake) [名] 起司蛋糕
**딸기케이크** (--cake) [名] 草莓蛋糕
**초콜릿 케이크** (chocolate
cake) [名] 巧克力蛋糕
**무스케이크** (mousse cake) [名] 慕斯蛋糕
**티라미수 케이크** (tiramisu
cake) [名] 提拉米蘇蛋糕
**도넛** (doughnut) [名] 甜甜圈

### 蛋糕 케이크

---

## 糖果類 사탕 과자류

**막대사탕** (--沙糖) [名] 棒棒糖
**엿** [名] 麥芽糖
**캔디** (candy) [名] 糖果
**우유사탕** (牛乳沙糖) [名] 牛奶糖
**솜사탕** (-沙糖) [名] 棉花糖
**껌** (gum) [名] 口香糖
**젤리** (jelly) [名] 軟糖

### 糖果類 사탕 과자류

---

## 牛奶與咖啡 우유와 커피

**우유** (牛乳) [名] 牛奶
**커피** (coffee) [名] 咖啡
**아이스커피** (ice coffee) [名] 冰咖啡
**아메리카노** (americano) [名] 美式咖啡
**카푸치노** (cappuccino) [名] 卡布奇諾

### 牛奶與咖啡 우유와 커피

最簡單的韓語發音
韓語簡介
母音・中聲
子音・初聲
子音・終聲
變音
最基礎的語法和句型
最常用的場景詞彙
最常用的日常會話

# Unit
## 04 日期時間

051.mp3

**季節** 계절

봄 [名] 春天
여름 [名] 夏天
가을 [名] 秋天
늦가을 [名] 深秋、晚秋
천고마비 (天高馬肥)
[名] 秋高氣爽
겨울 [名] 冬天
한겨울 [名] 嚴冬

**季節**
계절

**日期時間**
**날짜 및**
**시간**

**日期 1** 날짜 1

작년 (昨年) [名] 去年
올해 [名] 今年
내년 (來年) [名] 明年
그저께 [名] 前天
어제 [名] 昨天
오늘 [名] 今天
내일 (來日) [名] 明天
모레 [名] 後天

**日期 1**
날짜 1

**日期 2** 날짜 2

지금 [名] 現在
미래 (未來) [名] 未來
지난주 [名] 上週
지난달 [名] 上個月
이번 주 [名] 這周
이번 달 [名] 這個月
다음 주 [名] 下周
다음 달 [名] 下個月

**日期 2**
날짜 2

## 星期 요일

**월요일**（月曜日）[名]星期一
**화요일**（火曜日）[名]星期二
**수요일**（水曜日）[名]星期三
**목요일**（木曜日）[名]星期四
**금요일**（金曜日）[名]星期五
**토요일**（土曜日）[名]星期六
**일요일**（日曜日）[名]星期天

星期
요일

## 年月日 년 월 일

**년(年)** [名]年
**해** [名]年
**월**（月）[名]月
**달**[名]月
**하루**[名]一天
**이틀**[名]兩天
**사흘**[名]三天
**나흘**[名]四天
**닷새**[名]五天
**엿새**[名]六天

年月日
년 월 일

## 時段 시간대

**시**（時）[名]時、點
**분**（分）[名]分
**초**（秒）[名]秒
**아침**[名]早晨
**정오**[名]中午
**저녁**[名]傍晚
**밤**[名]夜晚

時段
시간대

最簡單的韓語發音

韓語簡介

母音・中聲

子音・初聲

子音・終聲

變音

最基礎的語法和句型

最常用的場景詞彙

最常用的日常會話

# Unit
## 05 數字概念

052.mp3

**漢字數詞 1** 한자 수사 1

영 (零) [數] 0
일 (一) [數] 1
이 (二) [數] 2
삼 (三) [數] 3
사 (四) [數] 4
오 (五) [數] 5
육 (六) [數] 6
칠 (七) [數] 7
팔 (八) [數] 8
구 (九) [數] 9
십 (十) [數] 10

**漢字數詞 1**
한자 수사 1

**數字概念**
**숫자**

**四則運算** 사칙계산

덧셈 [名] 加法
뺄셈 [名] 減法
곱셈 [名] 乘法
나눗셈 [名] 除法
소수 (小數) [名] 小數
분수 (分數) [名] 分數
분모 (分母) [名] 分母
분자 (分子) [名] 分子

**四則運算**
사칙계산

**漢字數詞 2** 한자 수사 2

백 (百) [數] 百
천 (千) [數] 千
만 (萬) [數] 萬
십만 (十萬) [數] 十萬
억 (億) [數] 億

**漢字數詞 2**
한자 수사 2

**固有數詞 1** 고유수사 1

固有數詞 1
고유수사 1

**固有數詞 1** 고유수사 1

공 [數] 0
하나 [數] 1
둘 [數] 2
셋 [數] 3
넷 [數] 4
다섯 [數] 5
여섯 [數] 6
일곱 [數] 7
여덟 [數] 8
아홉 [數] 9
열 [數] 10

漢字數詞 3
한자 수사 3

**漢字數詞 3** 한자 수사 3

십일 （十一）[數] 11
이십 （二十）[數] 20
삼십 （三十）[數] 30
사십 （四十）[數] 40
오십 （五十）[數] 50
육십 （六十）[數] 60
칠십 （七十）[數] 70
팔십 （八十）[數] 80
구십 （九十）[數] 90

固有數詞 2
고유수사 2

**固有數詞 2** 고유수사 2

열하나 [數] 11
열둘 [數] 12
스물 [數] 20
서른 [數] 30
마흔 [數] 40
쉰 [數] 50
예순 [數] 60
일흔 [數] 70
여든 [數] 80
아흔 [數] 90

最簡單的韓語發音

韓語簡介

母音・中聲

子音・初聲

子音・終聲

變音

最基礎的語法和句型

最常用的場景詞彙

最常用的日常會話

053.mp3

## 雨 비

**보슬비** [名] 毛毛雨
**봄비** [名] 春雨
**소나기** [名] 陣雨
**장마철** [名] 梅雨季
**이슬** [名] 露水

雨
비

## 氣候 기후

**대륙성** (大陸性)
[名] 大陸性
**지중해성** (地中海性)
[名] 地中海型
**계절풍** (季節風) [名] 季風
**열대** (熱帶) [名] 熱帶
**온대** (溫帶) [名] 溫帶
**한대** (寒帶) [名] 寒帶
**고온다습** (高溫多濕)
[名] 高溫濕熱

氣候
기후

天氣氣候
날씨 및
기후

## 形容天氣 날씨를 묘사하는 단어

**덥다** [形] 熱
**춥다** [形] 冷
**시원하다** [形] 涼爽
**쌀쌀하다** [形] 涼、冷
**화창하다** (和暢--) [形] 風和日麗
**따뜻하다** [形] 溫暖的
**맑다** [形] 晴朗
**흐리다** [形] 陰
**개다** [形] 放晴

形容天氣
날씨를 묘사
하는 단어

## 天空 하늘

**번개** [名] 閃電
**천둥** [名] 雷
**벼락** [名] 霹靂
**구름** [名] 雲
**안개** [名] 霧

**天空**
**하늘**

## 冰雪 얼음과 눈

**눈** [名] 雪
**우박**（雨雹）[名] 冰雹
**서리** [名] 霜
**눈보라** [名] 暴風雪
**폭설**（暴雪）[名] 暴雪
**함박눈** [名] 鵝毛大雪
**얼음** [名] 冰

**冰雪**
**얼음과 눈**

## 風 바람

**황사**（黃沙）[名] 沙塵、黃沙
**태풍**（颱風）[名] 颱風
**회오리** [名] 旋風
**사이클론**（cyclone）
[名] 颶風、龍捲風

**風**
**바람**

最簡單的韓語發音

韓語簡介

母音・中聲

子音・初聲

子音・終聲

變音

最基礎的語法和句型

最常用的場景詞彙

最常用的日常會話

054.mp3

**家養動物 가축**

고양이 [名] 貓
개 [名] 狗
강아지 [名] 小狗
소 [名] 牛
돼지 [名] 豬
오리 [名] 鴨子
닭 [名] 雞

家養動物
가축

**昆蟲 곤충**

무당벌레 [名] 瓢蟲
풍뎅이 [名] 金龜子
사마귀 [名] 螳螂
매미 [名] 蟬
잠자리 [名] 蜻蜓
전갈 [名] 蠍子
하늘소 [名] 天牛

昆蟲
곤충

各種動物
동물

**兩棲類 양서류**

거북이 [名] 烏龜
자라 [名] 鱉
악어 (鱷魚) [名] 鱷魚
두꺼비 [名] 蟾蜍
개구리 [名] 青蛙

兩棲類
양서류

## 鳥類 새

비둘기 [名] 鴿子
까치 [名] 喜鵲
까마귀 [名] 烏鴉
꾀꼬리 [名] 黃鸝
공작（孔雀）[名] 孔雀
앵무새 [名] 鸚鵡
참새 [名] 麻雀

**鳥類 새**

## 魚類 어류

잉어 [名] 鯉魚
붕어 [名] 鯽魚
연어（鰱魚）[名] 鮭魚
대구（大口）[名] 鱈魚
고등어 [名] 鯖魚
삼치 [名] 鰆魚
갈치 [名] 帶魚
홍어 [名] 魟魚

**魚類 어류**

## 野生動物 야생동물

캥거루（kangaroo）[名] 袋鼠
판다（panda）[名] 熊貓
기린（麒麟）[名] 長頸鹿
표범（豹-）[名] 豹
사자（獅子）[名] 獅子
호랑이 [名] 老虎
고릴라（gorilla）[名] 大猩猩
코끼리 [名] 大象
다람쥐 [名] 松鼠

**野生動物 야생동물**

最簡單的韓語發音

韓語簡介

母音‧中聲

子音‧初聲

子音‧終聲

變音

最基礎的語法和句型

最常用的場景詞彙

最常用的日常會話

055.mp3

## 白色的花 하얀색 꽃

**무궁화** (無窮花) [名] 木槿花
**백합** (百合) [名] 百合
**재스민** (jasmine) [名] 茉莉花
**벚꽃** [名] 櫻花
**치자꽃** (梔子-) [名] 梔子花
**안개꽃** [名] 滿天星
**수선화** (水仙花) [名] 水仙花

白色的花
하얀색 꽃

花草樹木
화초와
나무

## 草 풀

**강아지풀** [名] 狗尾巴草
**환삼덩굴** [名] 葎草
**쇠비름** [名] 馬齒莧
**개갓냉이** [名] 葶藶
**자귀풀** [名] 合萌
**함수초** (含羞草) [名] 含羞草
**잔디밭** [名] 草地
**풀숲** [名] 草叢

草
풀

## 黃色的花 노란색 꽃

**黃色的花 노란색 꽃**

**국화**（菊花）[名] 菊花
**개나리** [名] 迎春花
**데이지**（daisy）[名] 雛菊
**해바라기** [名] 向日葵
**민들레** [名] 蒲公英

## 粉紅色的花 분홍색 꽃

**粉紅色的花 분홍색 꽃**

**연꽃** [名] 蓮花
**매화**（梅花）[名] 梅花
**카네이션**（carnation）[名] 康乃馨
**튤립**（tulip）[名] 鬱金香
**장미**（薔薇）[名] 玫瑰
**진달래** [名] 杜鵑花
**모란**（牡丹）[名] 牡丹

## 樹 나무

**樹 나무**

**버드나무** [名] 柳樹
**은행나무**（銀杏--）[名] 銀杏樹
**소나무** [名] 松樹
**선인장**（仙人掌）[名] 仙人掌
**단풍나무**（丹楓--）[名] 楓樹
**오동나무**（梧桐--）[名] 梧桐樹
**느릅나무** [名] 榆樹
**자작나무** [名] 白樺樹

最簡單的韓語發音

韓語簡介

母音・中聲

子音・初聲

子音・終聲

變音

最基礎的語法和句型

最常用的場景詞彙

最常用的日常會話

# 自然風光

056.mp3

**山 산**

**산맥** （山脈）[名] 山脈
**꼭대기** [名] 山頂
**골짜기** [名] 山谷
**기슭** [名] 山麓
**화산** （火山）[名] 火山
**화산구** （火山口）[名] 火山口
**낭떠러지** [名] 懸崖
**설산** （雪山）[名] 雪山

**其他 기타**

**육지** （陸地）[名] 陸地
**습지** （濕地）[名] 濕地
**호수** （湖水）[名] 湖
**사막** （沙漠）[名] 沙漠
**초원** （草原）[名] 草原
**평야** （平野）[名] 平原

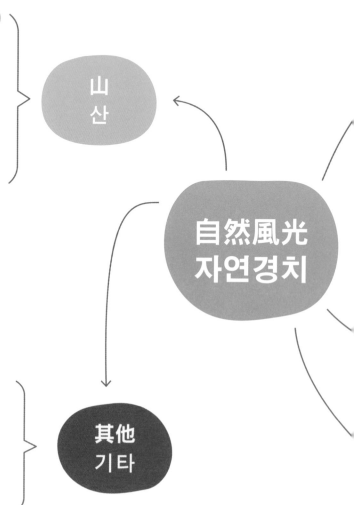

山
산

自然風光
자연경치

其他
기타

## 韓國的山 한국의 산

### 韓國的山 한국의 산

설악산 （雪嶽山）[名] 雪嶽山
북한산 （北漢山）[名] 北漢山
지리산 （智異山）[名] 智異山
한라산 （漢拏山）[名] 漢拏山
가야산 （伽倻山）[名] 伽倻山
내장산 （內藏山）[名] 內藏山

## 江海 강과 바다

### 江海 강과 바다

강물 （江-）[名] 江水
바다 [名] 大海
파도 （波濤）[名] 波浪
해안선 （海岸線）[名] 海岸線
해저 （海底）[名] 海底
민물 [名] 淡水
밀물 [名] 漲潮
썰물 [名] 退潮
갯벌 [名] 泥灘

## 島嶼 섬

### 島嶼 섬

무인도 （無人島）[名] 無人島
제주도 （濟州島）[名] 濟州島
독도 （獨島）[名] 獨島
제도 （諸島）[名] 諸島
군도 （群島）[名] 群島
열도 （列島）[名] 列島
고도 （孤島）[名] 孤島

最簡單的韓語發音

韓語簡介

母音・中聲

子音・初聲

子音・終聲

變音

最基礎的語法和句型

最常用的場景詞彙

最常用的日常會話

# Unit

## 10 交通工具

057.mp3

### 公路交通 1 도로 교통 1

**버스** (bus) [名] 公車
**마을버스** (--bus)
[名] 社區交車
**리무진** (limousine)
[名] 接駁巴士、豪華轎車
**관광버스** (觀光bus)
[名] 觀光巴士
**시내버스** (市內bus)
[名] 市區公車
**시외버스** (市外bus)
[名] 郊區巴士
**고속버스** (高速bus)
[名] 高速巴士

**公路交通 1**
**도로 교통 1**

**交通工具**
**교통수단**

### 水路 수로

**크루즈** (cruise) [名] 遊輪
**배** [名] 船
**요트** (yacht) [名] 快艇
**유람선** (遊覽船) [名] 遊船
**항구** (港口) [名] 港口
**어선** (漁船) [名] 漁船

**水路**
**수로**

## 公路交通 2 도로 교통 2

택시 (taxi) [名] 計程車
모범택시 (模範taxi) [名] 模範計程車
지하철 (地下鐵) [名] 地鐵
자동차 (自動車) [名] 汽車
트럭 (truck) [名] 貨車
오토바이 (auto bicycle) [名] 摩托車
자전거 (自轉車) [名] 自行車、腳踏車

## 鐵路 철도

기차 (汽車) [名] 火車
KTX열차 (－－－列車) [名] 韓國高鐵列車
무궁화호 (無窮花號) [名] 木槿花號
특급열차 (特急列車) [名] 特快列車
일반석 (一般席) [名] 一般座位
특석 (特席) [名] 專座、包廂
타다 [動] 乘坐
갈아타다 [動] 換乘、轉乘

## 航空 항공

비행기 (飛行機) [名] 飛機
항공권 (航空券) [名] 機票
항공편 (航空便) [名] 航班
헬리콥터 (helicopter) [名] 直升機
국내선 (國內線) [名] 國內航線
국제선 (國際線) [名] 國際航線

最簡單的韓語發音

韓語簡介

母音・中聲

子音・初聲

子音・終聲

變音

最基礎的語法和句型

最常用的場景詞彙

最常用的日常會話

# Unit
# 11 公共場所

058.mp3

## 銀行 은행

**국민은행** (國民銀行)
[名] 國民銀行
**우리은행** (--銀行)
[名] 友利銀行
**외환은행** (外換銀行)
[名] 外匯銀行
**통장** (通帳) [名] 存摺
**카드** (card) [名] 卡片
**개설하다** (開設--) [動] 開戶
**발급하다** (發給--) [動] 發行
**비밀번호** (祕密番號) [名] 密碼

### 銀行
### 은행

### 公共場所
### 공공장소

## 郵局 우체국

**우편물** (郵便物) [名] 郵件
**등기우편** (登記郵便) [名] 掛號郵件
**택배** (宅配) [名] 宅配
**국제특급우편** (國際特急郵便)
[名] 國際快捷郵件
**우표** (郵票) [名] 郵票
**포장** (包裝) [名] 包裝
**박스** (box) [名] 箱子

### 郵局
### 우체국

## 醫院 병원

**醫院 병원**

**소아과**（小兒科）[名]小兒科
**이비인후과**（耳鼻咽喉科）
[名]耳鼻喉科
**치과**（齒科）[名]牙科
**안과**（眼科）[名]眼科
**처방전**（處方箋）[名]處方箋
**입원하다**（入院--）[動]住院
**퇴원하다**（退院--）[動]出院
**완치하다**（完治--）[動]痊癒

## 學校 학교

**學校 학교**

**교실**（敎室）[名]教室
**식당**（食堂）[名]餐廳
**도서관**（圖書館）[名]圖書館
**운동장**（運動場）[名]運動場
**실험실**（實驗室）[名]實驗室
**졸업논문**（卒業論文）[名]畢業論文
**취직**（就職）[名]就業
**전공**（專攻）[名]專攻、主修

最簡單的韓語發音

韓語簡介

母音・中聲

子音・初聲

子音・終聲

變音

最基礎的語法和句型

最常用的場景詞彙

最常用的日常會話

## Unit
# 12 情感情緒

059.mp3

### 高興 기쁨

**환희** （歡喜）[名] 歡喜
**희열** （喜悅）[名] 喜悅
**기쁘다** [形] 高興的
**즐겁다** [形] 快樂的
**재미있다** [形] 有趣的
**행복하다** （幸福--）[形] 幸福的

**高興**
**기쁨**

**情感情緒**
**감정**

### 好聽話 고움

**곱다** [形] 漂亮的
**좋다** [形] 好的、喜愛的、上心的
**좋아하다** [動] 喜歡
**사랑하다** [動] 愛
**예뻐하다** [動] 疼愛、喜愛

**好聽話**
**고움**

### 厭惡 미움

**밉다** [形] 厭惡的
**싫다** [形] 討厭，不喜歡
**싫어하다** [動] 討厭、厭惡
**무시하다** （無視--）[動] 無視、不理會
**깔보다** [動] 看不起
**야단치다** [動] 訓斥

**厭惡**
**미움**

**悲傷 슬픔**

슬프다 [形] 悲傷的
처량하다（凄涼--）[形] 凄涼的
구슬프다 [形] 哀傷的
눈물 [名] 眼淚
통곡하다（痛哭--）[名] 痛哭

**擔心 걱정**

근심 [名] 擔心、牽掛
걱정하다 [動] 擔心
고민（苦悶）[名] 苦悶、煩惱
괴로움 [名] 痛苦、折磨、煎熬
고통스럽다（苦痛---）
[形] 痛苦的
불편하다（不便--）
[形] 不舒服的

**憤怒 분노**

화나다（火--）[動] 生氣
열받다（熱--）[動] 火大
격분하다（激忿--）[動] 激憤
원망하다（怨望--）[動] 埋怨
복수하다（復讐--）[動] 報仇

最簡單的韓語發音

韓語簡介

母音・中聲

子音・初聲

子音・終聲

變音

最基礎的語法和句型

最常用的場景詞彙

最常用的日常會話

# Unit 13 辦公用品

060.mp3

## 筆類 필기구

**연필** (鉛筆) [名] 鉛筆
**샤프** (sharp) [名] 自動鉛筆
**샤프심** (sharp心) [名] 自動鉛筆筆芯
**만년필** (萬年筆) [名] 鋼筆
**볼펜** (ballpen) [名] 原子筆
**형광펜** (螢光pen) [名] 螢光筆
**화이트보드용 펜**
 (whiteboard用 pen)
[名] 白板筆
**필통** (筆筒) [名] 鉛筆盒

**筆類
필기구**

**辦公用品
사무용품**

## 工具 도구

**공구함** (工具函) [名] 工具箱
**배터리** (battery) [名] 電池
**젤리 클리너** (jelly cleaner)
[名] 果凍清潔膠
**클립** (clip) [名] 迴紋針
**클립보드** (clipboard) [名] 書寫板
**펀치** (punch) [名] 打孔器
**호치키스** (hotchkiss) [名] 釘書機
**제침기** (除針器) [名] 拔釘器
**달력** (-曆) [名] 月曆
**계산기** (計算器) [名] 計算機
**알림판** (--板) [名] 公告板、告示板
**서류함** (書類函) [名] 文件盒、文件箱
**명함케이스** (名銜case) [名] 名片盒
**파일** (file) [名] 文件夾

**工具
도구**

## 紙類 종이

**노트** (note) [名] 筆記本
**공책** （空冊） [名] 筆記本
**일기장** （日記帳） [名] 日記本
**복사용지** （複寫用紙） [名] 影印紙
**메모** (memo) [名] 便條紙

**紙類**
**종이**

---

## 文具 문방구

**자** [名] 尺
**가위** [名] 剪刀
**가방** [名] 書包
**지우개** [名] 橡皮擦
**집게** [名] 夾子
**풀** [名] 膠水
**테이프** (tape) [名] 膠帶

**文具**
**문방구**

---

## 辦公類電器 사무용기구

**프린트** (print) [名] 影印機
**컴퓨터** (computer) [名] 電腦
**스캐너** (scanner) [名] 掃瞄器
**프로젝터** (projector) [名] 投影器
**노트북** (notebook) [名] 筆記型電腦
**문서 세단기** （文書細斷機） [名] 碎紙機

**辦公類電器**
**사무용기구**

最簡單的韓語發音

韓語簡介

母音・中聲

子音・初聲

子音・終聲

變音

最基礎的語法和句型

最常用的場景詞彙

最常用的日常會話

# Unit
## 14 居家住宅

061.mp3

### 客廳 거실

**소파** (sofa) [名] 沙發
**의자** (椅子) [名] 椅子
**테이블** (table) [名] 桌子
**꽃병** (-瓶) [名] 花瓶
**초대하다** (招待--) [動] 邀請
**대접하다** (待接--) [動] 招待

**客廳**
거실

**居家住宅**
집

### 家用電器 가전 용품

**냉장고** (冷藏庫) [名] 冰箱
**전자레인지** (電子range)
[名] 微波爐
**가스렌지** (gas range) [名] 瓦斯爐
**오븐** (oven) [名] 烤箱
**세탁기** (洗濯機) [名] 洗衣機
**믹서기** (mixer機) [名] 攪拌機
**에어컨** (air conditioner)
[名] 空調
**선풍기** (扇風機) [名] 電風扇
**공기청정기** (空氣清淨器)
[名] 空氣清淨機
**청소기** (清掃機) [名] 吸塵器

**家用電器**
가전 용품

## 洗手間 화장실

**거울** [名] 鏡子
**수건** (手巾) [名] 毛巾
**휴지** (休紙) [名] 衛生紙
**수도꼭지** (水道--) [名] 水龍頭
**샴푸** (shampoo) [名] 洗髮精
**린스** (rinse) [名] 潤髮乳
**양치하다** (養齒--) [動] 刷牙
**샤워하다** (shower--) [動] 淋浴
**목욕하다** (沐浴--) [動] 洗澡

## 廚房 주방

**부엌** [名] 廚房
**식탁** (食卓) [名] 餐桌
**젓가락** [名] 筷子
**숟가락** [名] 湯匙
**그릇** [名] 碗
**냄비** [名] 鍋子
**접시** [名] 碟子
**행주** [名] 抹布

## 臥室 침실

**침대** (寢臺) [名] 床
**옷장** (-帳) [名] 衣櫥
**옷걸이** [名] 衣架
**이불** [名] 被子
**베개** [名] 枕頭
**챙기다** [動] 收拾、整理

## 書房 서재

**책상** (冊床) [名] 書桌
**서랍** [名] 抽屜
**쓰레기통** (---桶) [名] 垃圾桶
**사전** (辭典) [名] 字典
**책꽂이** (冊--) [名] 書架

最簡單的韓語發音

韓語簡介

母音・中聲

子音・初聲

子音・終聲

變音

最基礎的語法和句型

最常用的場景詞彙

最常用的日常會話

# Unit
## 15 服飾打扮

062.mp3

**上衣 상의**

코트 (coat) [名] 大衣
외투 (外套) [名] 外套
스웨터 (sweater) [名] 毛衣
조끼 [名] 馬甲、背心
재킷 (jacket) [名] 夾克
셔츠 (shirt) [名] 襯衫
T셔츠 (T shirt) [名] T恤

上衣
상의

服飾打扮
복장 및
화장

**彩妝 메이크업**

파우더 (powder) [名] 蜜粉
블러셔 (blusher) [名] 腮紅
아이섀도 (eye shadow) [名] 眼影
립스틱 (lipstick) [名] 口紅
화장솜 (化粧-) [名] 化妝棉
매니큐어 (manicure) [名] 美甲
바르다 [動] 塗、抹

彩妝
메이크업

**護膚 스킨케어**

스킨 (skin) [名] 化妝水
로션 (lotion) [名] 乳液
토너 (toner) [名] 化妝水
크림 (cream) [名] 面霜
아이크림 (eye cream) [名] 眼霜
썬크림 (sun cream) [名] 防曬乳
핸드크림 (hand cream) [名] 護手霜
클렌징 (cleaning) [名] 洗面乳

護膚
스킨케어

## 服裝分類 복장 분류

**服裝分類 복장 분류**

**남성복** （男性服）［名］男裝
**여성복** （女性服）［名］女裝
**아동복** （兒童服）［名］童裝
**캐주얼** （casual）［名］休閒服
**유니폼** （uniform）［名］制服
**군복** （軍服）［名］軍裝
**정장** （正裝）［名］正裝

## 下衣 하의

**下衣 하의**

**바지** ［名］褲子
**반바지** （半－－）［名］短褲
**9부바지** ［名］9分褲
**청바지** （青－－）［名］牛仔褲
**치마** ［名］裙子
**원피스** （one-piece）［名］連身裙
**미니스커트** （miniskirt）［名］迷你裙
**스타킹** （stocking）［名］褲襪
**양말** （洋襪）［名］襪子

## 鞋子 신발

**鞋子 신발**

**구두** ［名］皮鞋
**하이힐** （high heeled shoes）［名］高跟鞋
**슬리퍼** （slipper）［名］拖鞋
**실내화** （室內靴）［名］室內拖鞋
**운동화** （運動靴）［名］運動鞋
**부츠** （boots）［名］長靴
**샌들** （sandal）［名］涼鞋

## 配飾 장식물

**配飾 장식물**

**넥타이** （neck tie）［名］領帶
**팔찌** ［名］手鏈
**목걸이** ［名］項鍊
**귀걸이** ［名］耳環
**반지** （半指）［名］戒指
**벨트** （belt）［名］皮帶
**손목시계** （－－時計）［名］手錶、腕錶

最簡單的韓語發音

韓語簡介

母音·中聲

子音·初聲

子音·終聲

變音

最基礎的語法和句型

最常用的場景詞彙

最常用的日常會話

063.mp3

## 紅色 빨간색

**빨간색** (--色) [名] 紅色
**적색** (赤色) [名] 赤色
**주홍색** (朱紅色) [名] 朱紅色
**핑크색** (pink色) [名] 粉紅色
**분홍색** (粉紅色) [名] 粉紅色
**자주색** (紫朱色) [名] 紫紅色
**빨갛다** [形] 紅色的

**紅色**
**빨간색**

**各種顏色**
**각종 색깔**

## 形容顏色 색깔을 묘사하는 단어

**진하다** (津--) [形] 濃的
**연하다** (軟--) [形] 淡的
**밝다** [形] 亮的
**어둡다** [形] 暗的
**순색** (純色) [名] 純色
**단색** (單色) [名] 單色
**다색** (多色) [名] 多種色彩

**形容顏色**
**색깔을 묘사**
**하는 단어**

## 藍色 파란색

**파란색** (--色) [名] 藍色
**푸른색** (--色) [名] 青色
**파랗다** [形] 藍色的
**남색** (藍色) [名] 藍色
**하늘색** (--色) [名] 天藍色

**藍色**
**파란색**

## 黑白色 검색과 흰색

**검정색** (--色) [名] 黑色
**까만색** (--色) [名] 黑色
**까맣다** [形] 黑的
**흑색** (黑色) [名] 黑色
**하얀색** (--色) [名] 白色
**흰색** (--色) [名] 白色
**하얗다** [形] 白的

### 黑白色
### 검색과 흰색

## 黃色 노란색

**노란색** (--色) [名] 黃色
**노랗다** [形] 黃的
**베이지** (beige) [名] 米色
**금색** (金色) [名] 金色
**주황색** (朱黃色) [名] 朱黃色
**황토색** (黃土色) [名] 土黃色

### 黃色
### 노란색

## 綠色 녹색

**녹색** (綠色) [名] 綠色
**초록색** (草綠色) [名] 草綠色
**연두색** (軟豆色) [名] 淡綠色

### 綠色
### 녹색

最簡單的韓語發音

韓語簡介

母音・中聲

子音・初聲

子音・終聲

變音

最基礎的語法和句型

最常用的場景詞彙

最常用的日常會話

# Unit
## 17 體育運動

064.mp3

**健身 헬스**

**헬스장** (health場)
[名] 健身房
**요가** (yoga) [名] 瑜伽
**유산소운동** (有酸素運動)
[名] 有氧運動
**러닝머신** (running machine)
[名] 跑步機
**스트레칭** (stretching)
[名] 伸展

**投擲 던지기**

**투척** (投擲) [名] 投擲
**포환던지기** (砲丸---)
[名] 擲鉛球
**원반던지기** (圓盤---)
[名] 擲鐵餅
**창던지기** (槍---) [名] 擲標槍
**해머던지기** (hammer---)
[名] 擲鏈球

**跑步 달리기**

**단거리** (短距離) [名] 短跑
**중거리** (中距離) [名] 中距離
**장거리** (長距離) [名] 長跑
**마라톤** (marathon) [名] 馬拉松
**허들** (hurdle) [名] 跨欄
**4x100m 계주** (繼走) [名] 400公尺接力
**필드하키** (field hockey)
[名] 陸上曲棍球

健身
헬스

體育運動
스포츠

投擲
던지기

跑步
달리기

228

## 球類運動 구기 종목

**축구** (蹴球) [名] 足球
**야구** (野球) [名] 棒球
**농구** (籠球) [名] 籃球
**배구** (排球) [名] 排球
**골프** (golf) [名] 高爾夫球
**테니스** (tennis) [名] 網球
**탁구** (卓球) [名] 乒乓球
**럭비** (rugby) [名] 橄欖球

球類運動
구기 종목

## 水上項目 수상경기

**다이빙** (diving) [名] 跳水
**수구** (水球) [名] 水球
**카약** (kayak) [名] 獨木舟
**싱크로나이즈드 스위밍**
(synchronized swimming)
[名] 水上芭蕾
**수영** (水泳) [名] 游泳
**돛단배** [名] 帆船

水上項目
수상경기

## 冰雪項目 빙상 설상 종목

**피겨** (figure) [名] 花式滑冰
**스케이팅** (skating) [名] 滑冰
**피겨스케이팅** (figure skating)
[名] 花式滑冰
**스피드스케이팅** (speed skating)
[名] 短道速滑
**페어스케이팅** (pair skating)
[名] 雙人花式滑冰
**컬링** (curling) [名] 冰壺
**스키점프** (ski jump)
[名] 跳台滑雪

冰雪項目
빙상
설상 종목

## 跳躍 뛰기

**멀리뛰기** [名] 跳遠
**세단뛰기** [名] 三級跳遠
**높이뛰기** [名] 跳高
**장대높이뛰기** (長-----) [名] 撐竿跳

跳躍
뛰기

最簡單的韓語發音

韓語
簡介

母音・
中聲

子音・
初聲

子音・
終聲

變音

最基礎的語法和句型

最常用的場景詞彙

最常用的日常會話

# Unit
## 18 身體部位

065.mp3

**下肢 하지**

다리 [名] 腿
발 [名] 腳
발목 [名] 腳腕
발등 [名] 腳背
허벅지 [名] 大腿
종아리 [名] 小腿

**感覺 감각**

시각 (視覺) [名] 視覺
미각 (味覺) [名] 味覺
청각 (聽覺) [名] 聽覺
후각 (嗅覺) [名] 嗅覺
촉각 (觸覺) [名] 觸覺

**臟器 장기**

간장 (肝臟) [名] 肝臟
폐 (肺) [名] 肺
심장 (心臟) [名] 心臟
맹장 (盲腸) [名] 盲腸
신장 (腎臟) [名] 腎臟
위 (胃) [名] 胃
비장 (脾臟) [名] 脾臟
췌장 (膵臟) [名] 胰臟
소장 (小腸) [名] 小腸
방광 (膀胱) [名] 膀胱

下肢
하지

感覺
감각

身體部位
신체 부위

臟器
장기

## 頭部 머리

**머리카락** [名] 頭髮
**이마** [名] 額頭
**귀** [名] 耳朵
**뺨** [名] 臉頰
**턱** [名] 下巴
**목** [名] 脖子

**頭部**
**머리**

## 臉部 얼굴

**눈** [名] 眼睛
**눈썹** [名] 眉毛
**눈동자** （-瞳子）[名] 眼球
**코** [名] 鼻子
**입** [名] 嘴巴
**입술** [名] 嘴唇
**이** [名] 牙齒
**혀** [名] 舌頭

**臉部**
**얼굴**

## 軀幹 신체

**가슴** [名] 胸部
**배** [名] 肚子
**근육** （筋肉）[名] 肌肉
**골격** （骨格）[名] 骨骼、骨架
**척추** （脊椎）[名] 脊椎
**골반** （骨盤）[名] 骨盆
**등** [名] 背
**엉덩이** [名] 屁股

**軀幹**
**신체**

## 上肢 상지

**팔** [名] 手臂
**팔뚝** [名] 前臂
**손** [名] 手
**손목** [名] 手腕
**손등** [名] 手背
**손가락** [名] 手指頭
**엄지손가락** [名] 大拇指
**어깨** [名] 肩膀

**上肢**
**상지**

最簡單的韓語發音

韓語簡介

母音・中聲

子音・初聲

子音・終聲

變音

最基礎的語法和句型

最常用的場景詞彙

最常用的日常會話

# Unit
## 19 人生階段

066.mp3

### 嬰兒 아기

**태아** (胎兒) [名] 胎兒
**신생아** (新生兒) [名] 新生兒
**아이** [名] 孩子
**기저귀** [名] 尿布
**젖병** (-瓶) [名] 奶瓶
**분유** (粉乳) [名] 奶粉
**보온병** (保溫瓶) [名] 保溫瓶
**물티슈** (-tissue) [名] 濕紙巾
**귀엽다** [形] 可愛的
**사랑스럽다** [形] 討人喜歡
**아장아장** [副] 搖搖晃晃

嬰兒
아기

人生階段
인생 단계

### 死亡 죽음

**생로병사** (生老病死)
[名] 生老病死
**죽다** [動] 死
**돌아가다** [動] 去世
**장례식** (葬禮式) [名] 葬禮
**조문하다** (弔問--) [動] 弔唁
**영결식** (永訣式) [名] 遺體告別儀式
**애도하다** (哀悼--) [動] 哀悼

死亡
죽음

## 青少年 청소년

**소녀** (少女) [名] 少女
**소년** (少年) [名] 少年
**사춘기** (思春期) [名] 青春期
**미성년** (未成年) [名] 未成年
**교복** (校服) [名] 校服
**수능** (修能) [名] 大學入學考試
**활기차다** (活氣--) [形] 充滿朝氣
**풋풋하다** [形] 青澀

## 成人 성인

**성인병** (成人病) [名] 成人病
**취직** (就職) [名] 就業
**결혼하다** (結婚--) [動] 結婚
**이혼하다** (離婚--) [動] 離婚
**출산하다** (出產--) [動] 生產
**졸업하다** (卒業--) [動] 畢業
**연애하다** (戀愛--) [動] 戀愛
**승진하다** (昇進--) [動] 升職、晉升
**스트레스** (stress) [名] 壓力

## 老人 노인

**노후** (老後) [名] 老後
**양로원** (養老院) [名] 養老院
**퇴직** (退職) [名] 退休
**퇴직금** (退職金) [名] 退休金
**앓다** [動] 得病
**노익장** (老益壯) [名] 老當益壯

最簡單的韓語發音

韓語簡介

母音・中聲

子音・初聲

子音・終聲

變音

最基礎的語法和句型

最常用的場景詞彙

最常用的日常會話

# 20 常見疾病

067.mp3

## 感冒 감기

**인플루엔자** (influenza)

[名] 流感

**독감** (毒感) [名] 流感、重感冒

**콧물** [名] 鼻涕

**기침** [名] 咳嗽

**기관지염** (氣管支炎)

[名] 氣管炎

**열나다** (熱--) [動] 發燒

### 感冒
감기

### 常見疾病
질병 관련

## 炎症 염증

**붓다** [動] 腫

**피부염** (皮膚炎) [名] 皮膚炎

**폐렴** (肺炎) [名] 肺炎

**항생제** (抗生劑) [名] 抗生素

### 炎症
염증

## 過敏 알레르기

**알레르기성 비염** (allergie性鼻炎)

[名] 過敏性鼻炎

**두드러기** [名] 皮疹、蕁蔴疹

**습진** (濕疹) [名] 濕疹

**천식** (喘息) [名] 氣喘

### 過敏
알레르기

## 外傷 외상

**외과** (外科) [名] 外科
**찰과상** (擦過傷) [名] 擦傷
**심하다** [形] 嚴重的
**멍** [名] 淤青
**골절** (骨折) [名] 骨折
**흉터** [名] 傷疤
**타박상** (打撲傷) [名] 跌打損傷
**동상** (凍傷) [名] 凍傷
**화상** (火傷) [名] 燙傷

外傷
외상

## 精神疾病 정신 질환

**정신과** (精神科) [名] 精神科
**트라우마** (trauma) [名] 心靈創傷
**신경질** (神經質) [名] 神經質
**우울증** (憂鬱症) [名] 憂鬱症
**불면증** (不眠症) [名] 失眠

精神疾病
정신 질환

## 疼痛 통증

**진통제** (鎮痛劑) [名] 止痛藥
**참다** [動] 忍受
**아픔** [名] 疼痛
**쑤시다** [動] 刺痛、痠痛
**신경통** (神經痛) [名] 神經痛

疼痛
통증

最簡單的韓語發音

韓語簡介

母音·中聲

子音·初聲

子音·終聲

變音

最基礎的語法和句型

最常用的場景詞彙

最常用的日常會話

068.mp3

**雙親** 부모

**아빠** [名] 爸爸
**아버지** [名] 父親
**엄마** [名] 媽媽
**어머니** [名] 母親

雙親
부모

家庭關係
가족 관계

**親戚** 친척

**큰아버지** [名] 大伯
**큰어머니** [名] 大伯母
**삼촌** (三寸) [名] 叔叔
**숙모** (叔母) [名] 嬸嬸
**외삼촌** (外三寸) [名] 舅舅
**외숙모** (外叔母) [名] 舅媽
**사촌** (四寸) [名] 表兄弟、表姊妹
**고모** (姑母) [名] 姑姑
**고모부** (姑母夫) [名] 姑丈
**이모** (姨母) [名] 姨媽
**이모부** (姨母夫) [名] 姨丈

親戚
친척

**姻親** 족친

**사돈** [名] 親家
**시어머니** (媤---) [名] 婆婆
**시아버지** (媤---) [名] 公公
**장인** (丈人) [名] 岳父
**장모** (丈母) [名] 岳母

姻親
족친

## 兄弟姊妹　형제자매

**형** （兄）[名] 哥哥（男子稱呼）
**오빠** [名] 哥哥（女子稱呼）
**누나** [名] 姐姐（男子稱呼）
**언니** [名] 姐姐（女子稱呼）
**남동생** （男同生）[名] 弟弟
**여동생** （女同生）[名] 妹妹

兄弟姊妹
형제자매

## 孩子　자식

**아들** [名] 兒子
**딸** [名] 女兒
**외아들** [名] 獨生子
**외동딸** [名] 獨生女
**며느리** [名] 兒媳婦
**사위** [名] 女婿
**손자** （孫子）[名] 孫子
**손녀** （孫女）[名] 孫女

孩子
자식

## 祖父母　조부모

**할아버지** [名] 爺爺
**할머니** [名] 奶奶
**외할아버지** [名] 外公
**외할머니** [名] 外婆
**조부** （祖父）[名] 祖父
**조상** （祖上）[名] 祖先

祖父母
조부모

最簡單的韓語發音

韓語簡介

母音・中聲

子音・初聲

子音・終聲

變音

最基礎的語法和句型

最常用的場景詞彙

最常用的日常會話

# Unit
## 22 休閒生活

069.mp3

**電影院** 영화관

**영화** (映畫) [名] 電影
**개봉하다** (開封--) [動] 首映
**상영하다** (上映--) [動] 上映
**감독** (監督) [名] 導演
**공포영화** (恐怖映畫)
[名] 恐怖電影
**코미디영화** (comedy 映畫)
[名] 喜劇電影
**로맨틱영화** (romantic 映畫)
[名] 浪漫愛情電影
**액션영화** (action 映畫)
[名] 動作片
**출현하다** (出現--) [動] 出現

電影院
영화관

休閒生活
여가 생활

**博物館** 박물관

**전시회** (展示會) [名] 展示會、展覽
**특별전** (特別展) [名] 特展
**국립박물관** (國立博物館)
[名] 國立博物館
**역사박물관** (歷史博物館)
[名] 歷史博物館
**해설자** (解說者) [名] 解說員

博物館
박물관

## 購物中心 쇼핑몰

**購物中心**
**쇼핑몰**

백화점 （百貨店）[名]百貨公司
시장 （市場）[名]市場
인터넷 쇼핑몰
　（internet shopping mall）
[名]網路商店
할인판매 （割引販賣）[名]打折促銷
아울렛 （outlet）[名]暢貨中心
구매하다 （購買--）[動]購買
사은품 （謝恩品）[名]贈品

## 劇場 극장

**劇場**
**극장**

무대 （舞臺）[名]舞台
조명 （照明）[名]燈光
무용 （舞踊）[名]舞蹈
음악 （音樂）[名]音樂
연주회 （演奏會）[名]演奏會
오페라 （opera）[名]歌劇
콘서트홀 （concert hall）[名]音樂廳
관객 （觀客）[名]觀眾
감상하다 （鑑賞--）[動]欣賞

## 遊戲 게임

**遊戲**
**게임**

네트워크 게임 （network game）
[名]網路遊戲
몬스터 （monster）[名]怪物、怪獸
라운드 （round）[名]局、回合
퍼즐 （puzzle）[名]拼圖遊戲
필살기 （必殺技）[名]必殺技
보드게임 （board game）[名]桌遊

最簡單的韓語發音

韓語簡介

母音・中聲

子音・初聲

子音・終聲

變音

最基礎的語法和句型

最常用的場景詞彙

最常用的日常會話

# Unit
## 23 校園生活

070.mp3

**教職員** 교직원

교사 (敎師) [名] 教師
교감 (校監) [名] 副校長
교장 (校長) [名] 校長
교수 (敎授) [名] 教授
학과장 (學科長) [名] 系主任
조교 (助敎) [名] 助教
총장 (總長) [名] 大學校長

**教職員**
교직원

**設施** 시설

도서관 (圖書館) [名] 圖書館
교실 (敎室) [名] 教室
교내 식당 (校內 食堂)
[名] 學生餐廳
멀티미디어실 (multimedia室)
[名] 多媒體室
체육관 (體育館) [名] 體育館
보건소 (保健所) [名] 保健中心

**設施**
시설

**校園生活**
학교 생활

**課程** 수업

청강 (聽講) [名] 聽課
강의 (講義) [名] 講課
온라인수업 (on-line授業) [名] 網課
시험 (試驗) [名] 考試
시험지 (試驗紙) [名] 試卷
중간시험 (中間試驗) [名] 期中考
기말고사 (期末考査) [名] 期末考

**課程**
수업

## 學生 학생

**반장** (班長) [名] 班長
**학생회장** (學生會館) [名] 學生會長
**초등학생** (初等學生) [名] 小學生
**중학생** (中學生) [名] 中學生
**대학생** (大學生) [名] 大學生
**대학원생** (大學院生) [名] 研究生
**학사** (學士) [名] 學士
**석사** (碩士) [名] 碩士
**박사** (博士) [名] 博士

學生
학생

## 文科學院 문과대학

**인문대학** (人文大學)
[名] 人文學院
**국어국문과** (國語國文科) [名] 國語國文系
**영어영문과** (英語英文科)
[名] 英語英文系
**사회과학대학** (社會科學大學)
[名] 社會科學學院
**정치외교학** (政治外交學) [名] 政治外交學
**신문방송학** (新聞放送學) [名] 新聞傳播學
**외국어대학** (外國語大學) [名] 外語學院

文科學院
문과대학

## 理工學院 이공대학

**자연과학대학** (自然科學大學)
[名] 自然科學學院
**생명과학** (生命科學) [名] 生命科學
**공과대학** (工科大學) [名] 工科學院
**전자공학** (電子工學) [名] 電子工學
**기계공학** (機械工學) [名] 機械工學
**경제학부** (經濟學部) [名] 經濟學院
**의과대학** (醫科大學) [名] 醫學院

理工學院
이공대학

最簡單的韓語發音

韓語簡介

母音·中聲

子音·初聲

子音·終聲

變音

最基礎的語法和句型

最常用的場景詞彙

最常用的日常會話

# 24 國家名稱

071.mp3

## 歐洲 유럽

**영국** (英國) [名]英國
**프랑스** (France) [名]法國
**독일** (獨逸) [名]德國
**이탈리아** (Italia) [名]義大利
**네덜란드** (Netherlands) [名]荷蘭
**노르웨이** (Norway) [名]挪威
**폴란드** (Poland) [名]波蘭
**러시아** (Russia) [名]俄羅斯
**체코** (Czech) [名]捷克
**헝가리** (Hungary) [名]匈牙利
**스위스** (Suisse) [名]瑞士
**덴마크** (Denmark) [名]丹麥
**포르투갈** (Portugal) [名]葡萄牙
**아이슬란드** (Iceland) [名]冰島

## 大洋洲 오세아니아

**뉴질랜드** (New Zealand) [名]紐西蘭
**투발루** (Tuvalu) [名]吐瓦魯
**오스트레일리아** (Australia)
[名]澳大利亞
**피지** (Fiji) [名]斐濟

## 非洲 아프리카

**우간다** (Uganda) [名]烏干達
**모로코** (Morocco) [名]摩洛哥
**이집트** (Egypt) [名]埃及
**남아프리카 공화국** (南Africa共和國)
[名]南非共和國
**리비아** (Libya) [名]利比亞
**케냐** (Kenya) [名]肯亞

歐洲
유럽

國家名稱
국가

大洋洲
오세아니아

非洲
아프리카

## 北美洲 북미

**미국** (美國) [名] 美國
**캐나다** (Canada) [名] 加拿大
**파나마** (Panama) [名] 巴拿馬
**쿠바** (Cuba) [名] 古巴
**멕시코** (Mexico) [名] 墨西哥

北美洲
북미

## 南美洲 남미

**페루** (Peru) [名] 秘魯
**아르헨티나** (Argentina) [名] 阿根廷
**칠레** (Chile) [名] 智利
**브라질** (Brazil) [名] 巴西
**콜롬비아** (Colombia) [名] 哥倫比亞

南美洲
남미

## 亞洲 아시아

**중국** (中國) [名] 中國
**한국** (韓國) [名] 韓國
**일본** (日本) [名] 日本
**인도** (印度) [名] 印度
**베트남** (Vietnam) [名] 越南
**몽골** (Mongolia) [名] 蒙古
**미얀마** (Myanmar) [名] 緬甸
**캄보디아** (Cambodia) [名] 柬埔寨
**파키스탄** (Pakistan) [名] 巴基斯坦
**싱가포르** (Singapore) [名] 新加坡
**태국** (泰國) [名] 泰國
**필리핀** (Philippines) [名] 菲律賓
**인도네시아** (Indonesia) [名] 印尼
**터키** (Turkey) [名] 土耳其

亞洲
아시아

最簡單的韓語發音

韓語簡介

母音・中聲

子音・初聲

子音・終聲

變音

最基礎的語法和句型

最常用的場景詞彙

最常用的日常會話

# Unit
## 25 環遊韓國

072.mp3

**大城市** 대도시

서울 [名] 首爾
인천（仁川）[名] 仁川
대구（大邱）[名] 大邱
춘천（春川）[名] 春川
부산（釜山）[名] 釜山
순천（順天）[名] 順天
경주（慶州）[名] 慶州

**大城市**
대도시

**環遊韓國**
**한국 투어**

**傳統藝術** 전통예술

판소리 [名] 板索里、説唱
탈춤 [名] 假面舞
사물놀이（四物--）[名] 四物農樂
부채춤 [名] 扇子舞
난타（亂打）[名] 亂打
연극（演劇）[名] 話劇
뮤지컬（musical）[名] 音樂劇

**傳統藝術**
전통예술

**韓國飲食** 한국음식

김치찌개 [名] 辛奇湯
된장찌개 [名] 大醬湯
갈비탕 [名] 排骨湯
삼겹살 구이 [名] 烤五花肉
김밥 [名] 紫菜飯捲
라면 [名] 泡麵
삼계탕（蔘雞湯）[名] 蔘雞湯

**韓國飲食**
한국음식

## 地區 지역

강원도 （江原道）[名]江原道
경기도 （京畿道）[名]京畿道
충청북도 （忠清北道）[名]忠清北道
충청남도 （忠清南道）[名]忠清南道
전라북도 （全羅北道）[名]全羅北道
전라남도 （全羅南道）[名]全羅南道
경상북도 （慶尚北道）[名]慶尚北道
경상남도 （慶尚南道）[名]慶尚南道
제주도 （濟州道）[名]濟州道

### 地區 지역

### 傳統建築 전통 건축물

경복궁 （景福宮）[名]景福宮
창덕궁 （昌德宮）[名]昌德宮
창경궁 （昌慶宮）[名]昌慶宮
첨성대 （瞻星臺）[名]瞻星台
불국사 （佛國寺）[名]佛國寺
석굴암 （石窟庵）[名]石窟庵

### 傳統建築 전통 건축물

### 現代建築 현대 건축물

청와대 （青瓦臺）[名]青瓦台
국회의사당 （國會議事堂）[名]國會議事堂
롯데월드 （Lotte world）[名]樂天世界
롯데월드타워 （Lotte world tower）
[名]樂天世界塔
남산타워 （南山 tower）[名]南山塔
63빌딩 （六三 building）[名]63大廈

### 現代建築 현대 건축물

最簡單的韓語發音

韓語簡介

母音·中聲

子音·初聲

子音·終聲

變音

最基礎的語法和句型

最常用的場景詞彙

最常用的日常會話

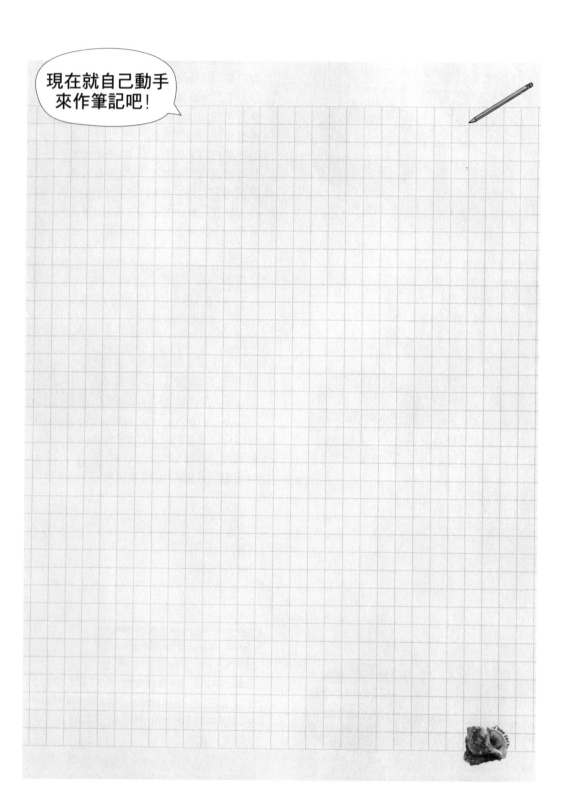

# 最常用的
# 日常會話

# Unit

## 01 寒暄介紹

073.mp3

 **最常用的場景短句**

### 1. 안녕. 你好。

\* 一般用於關係較為親密的朋友或者同輩之間，可以表示「你好」和「再見」。當用於見面打招呼時，表示「你好」；當用於離開打招呼時，表示「再見」。

### 2. 안녕하세요? 您好！

(答) 안녕 하세요? 您好！

\* 該表述用於表示尊敬的場合中。根據情況有時還會在後面加上「오랜만이에요.」表示「好久不見」。

### 3. 안녕하십니까? 您好！

(答) 안녕 하십니까? 您好！

\* 用於初次見面、對方比自己年長或者地位高的情況中，表示尊敬。

### 4. 만나서 반갑습니다. 很高興見到您。

(同) 만나뵙게 돼서 반갑습니다. 見到您很高興。

### 5. 처음 뵙겠습니다. 初次見面。

\* 처음 [副] 初次

248

## 6. 이밍입니다. （我）是李明。

* 「입니다」用在名詞後面，表示「是……」。

## 7. 저는 이밍이라고 합니다. 我叫李明。

* 「-(이)라고 하다」用在名詞後面，表示一個內容的引用，為「叫（作）……」、「稱為…」之意。名詞最後一個音節是開音節時，加「-라고하다」；最後一個音節是閉音節時，後面加「-이라고 하다」。

## 8. 중국에서 왔습니다. （我）來自中國。

（同）중국 사람입니다. （我）是中國人。

* 常見的國家名稱有：한국（韓國）、미국（美國）、일본（日本）、러시아（俄羅斯）、영국（英國）、독일（德國）、프랑스（法國）、스페인（西班牙）、이탈리아（義大利）、태국（泰國）、캐나다（加拿大）、오스트레일리아/호주（澳大利亞）、인도（印度）。

## 9. 앞으로 잘 부탁드립니다. 以後請多多關照。

（同）잘 부탁드립니다. 請多多關照。

* 「앞으로」中的「앞」本意是「前面」，這裡表示「以後、將來」。

## 10. 나중에 또 뵙겠습니다. 下次見。

（同）나중에 또 봐요. 改日再見。

* 「뵙다」和「뵈다」都是「보이다（見、見面）」的縮略語形，原意為「給你看」之意。表示「拜見、謁見」的意思。

안녕

最簡單的韓語發音

韓語簡介

母音·中聲

子音·初聲

子音·終聲

變音

最基礎的語法和句型

最常用的場景詞彙

最常用的日常會話

▶ **대화1 초면**

유리: 안녕하세요?

이밍: 안녕하세요?

유리: 저는 유리입니다.

이밍: 저는 이밍입니다. ------┐

> 也可以説「저는 이밍이라고 합니다.」表示「我叫李明」，兩句的意思基本一樣。平常説話時，有時會省略主詞「저」及助詞「는」。

유리: 만나서 반갑습니다. 중국에서 오셨습니까?

이밍: 네. 저는 중국 사람입니다. ---- 也可以説「저는 중국에서 왔습니다.」

▶ **對話 1 初次見面**

有莉：您好！

李明：您好！

有莉：我是有莉。

李明：我是李明。

有莉：很高興見到您。您來自中國嗎？

李明：是的，我是中國人。

---

**語法點播**

❶ - 에서

用在地點名詞後面，表示出發點，為「從……來/去/出發」之意。

例 유리는 한국에서 왔습니다. 有莉來自韓國。

　도서관에서 나왔습니다.（我）從圖書館裡出來了。

❷ -(으)러

用在動詞語幹之後，表示目的，後面多與「오다/가다」等表示方向的動詞搭配使用。

例 유리가 공부하러 도서관에 갔습니다. 有莉去圖書館念書了。

　이따가 친구를 만나러 카페에 가요. 我等等要去咖啡店見朋友。

最簡單的韓語發音

韓語簡介

母音·中聲

子音·初聲

子音·終聲

變音

最基礎的語法和句型

最常用的場景詞彙

最常用的日常會話

「제」是「저의」的縮略語，「저」表示「我」，「의」表示所屬。

▶ **대화2 친구 소개하기**

유리: 윤수 씨, 제 친구 이밍입니다. 인사하세요.

윤수: 안녕하세요? 저는 김윤수입니다.

　　　　　　　　　　　　　인사하다 [動] 打招呼

이밍: 안녕하세요? 저는 이밍입니다.

윤수: 만나서 반갑습니다. 앞으로 잘 부탁드립니다.

이밍: 만나서 반갑습니다. 앞으로 잘 부탁드립니다.

유리: 그럼, 우리 같이 식사하러 갈까요?

　같이 [副] 一起　　　　　　　식사하다 [動] 吃飯

▶ **對話 2 介紹朋友**

有莉：潤秀，（這是）我的朋友李明，打個招呼吧。

潤秀：您好，我是金潤秀。

李明：您好，我是李明。

潤秀：很高興見到您，以後請多多關照。

李明：很高興見到您，以後請多多關照。

有莉：那我們一起去吃飯吧？

---

**文化常識**

### 韓國人的禮儀文化

　　大家都知道韓國是個禮儀之邦，在語言的使用上有各種話階，體現地位的尊卑或對對方的尊敬與否。例如，「-ㅂ/습니다」就是用於正式場合或表示特別尊敬時使用的尊待法，有時還會在動詞前面加上輔助詞尾「-시-」表示尊待，「안녕하십니까?（您好）」就是代表性的例子。除了平時說話之外，韓國人對禮儀的重視還體現在行動上，比如與長輩、上級或初次見面的人打招呼時，要彎腰鞠躬，以示尊敬。另外，晚輩在長輩面前不能抽菸，喝酒的話要轉過身去，倒酒時手不能遮住酒的商標，酒沒有喝完不能倒酒等。以上這些都是我們應該瞭解的韓國禮儀文化。

# Unit

## 02 日常起居

074.mp3

### 1. 보통 몇 시에 일어나요? 你平時幾點起床？

(答) 보통 7시에 일어나요. 一般7點起床。

### 2. 아침 운동을 하세요? 你早上運動嗎？

(答) 매일 아침에 달리기를 해요. 我每天早上跑步。

### 3. 저녁은 보통 집에서 먹는 건가요? 晚飯通常在家裡吃嗎？

(答) 너무 귀찮아서 보통 외식이에요. 太麻煩了，通常都是在外面吃。

### 4. 밥을 할 줄 알아요? 你會做飯嗎？

(答) 네. 밥을 할 줄 알아요. 是，我會做飯。

아니오. 밥을 할 줄 몰라요. 不，我不會做飯。

* 「-(으)ㄹ 줄 알다」用在動詞語幹後面，表示「懂得……，會做……」。
「-(으)ㄹ 줄 모르다」用在動詞語幹後面，表示「不懂、不會做……」。

### 5. 하숙집 아주머니가 친절하세요? 寄宿家庭的阿姨親切嗎？

* 韓國大學的宿舍不多，很多學生在學校外面租房住，「하숙집」是其中一種形式，通常與屋主住在一起，由屋主提供房間和早晚兩餐飯，一般要交押金。

## 6. 보통 하숙집 보증금은 얼마인가요? 通常寄宿家庭的保證金是多少？

\* 「보증금」是「押金、保證金」的意思。

## 7. 하숙집에서 식사를 제공해 줘요? 寄宿家庭供餐嗎？

答 네, 그런데 저녁만 제공해요. 提供，但是只提供晚餐。

## 8. 세탁물을 세탁기에 넣으면 돼요. 把要洗的衣物放進洗衣機就可以。

\* 「-(으)면 되다」用於用言語幹後面，表示「……就可以」。

## 9. 전자레인지로 데우면 돼요. 可以放進微波爐熱一熱。

\* 名詞＋(으)로：表示手段、工具，為「用……、藉助……」之意。
\* 데우다 [動] 熱、熱一熱、加熱

## 10. 김치냉장고가 고장났나 봐요. 辛奇冰箱好像壞了。

\* 韓國具有獨特的辛奇文化，因此韓國家庭一般都會單獨備一個辛奇冰箱。
\* 고장나다 [動] 壞、故障

最簡單的韓語發音

韓語簡介

母音・中聲

子音・初聲

子音・終聲

變音

最基礎的語法和句型

最常用的場景詞彙

最常用的日常會話

▶ **대화1 가전제품 수리**

　　**유미:** 엄마, 이리 좀 와 봐.

　　**엄마:** 왜? 무슨 일인데?

　　　　　　　　　　　　　　　　　상하다 [動] 腐爛、壞

　　**유미:** 우리 집 냉장고가 고장났나 봐.

　　**엄마:** 그래? 어디 좀 보자. 아이구. 김치가 다 상했네.

　　**유미:** 어떡하지? 냉장고 수리센터의 전화번호 엄마가 알고 있지?

　　**엄마:** 여기 붙여 있어. 어서 전화해 봐.

붙이다 [動] 貼　　　　　「어서」可以替換為「얼른」，都表示「快點」的意思。

▶ **對話 1 家電維修**

　　**由美：** 媽，你快過來！

　　**媽媽：** 怎麼了？發生什麼事情了？

　　**由美：** 我們家的冰箱好像壞了。

　　**媽媽：** 是嗎？我看看。天啊！辛奇都壞了。

　　**由美：** 怎麼辦？媽媽你知道冰箱維修中心的聯繫方式吧？

　　**媽媽：** 貼在這裡呢，快打電話吧。

**語法點播**

❶ **-나 보다**

用在動詞語幹後面，表示依據事實推測，意為「看起來好像……」。

例 기쁜 걸 보니까 좋은 소식이 있나 봅니다. 他很高興，看來有好消息。

　　요새 김 대리가 실수를 많이 했나 봅니다. 最近金代理好像經常出錯。

❷ **-아 / 어 / 여 놓다**

用在動詞語幹之後，表示動作完成之後備用狀態。

例 밥을 해 놓았으니까 이따 챙겨먹어. 我做好飯了，等等記得吃。

　　그는 책을 펴 놓고 나서 그냥 멍하게 앉아 있다. 他書打開後，就只呆呆坐著。

最簡單的韓語發音

韓語簡介

母音・中聲

子音・初聲

子音・終聲

變音

最基礎的語法和句型

最常用的場景詞彙

最常用的日常會話

▶ **대화2 이삿짐 정리**

포장하다 [動] 包裝

이밍: 짐 정리 다 했어?

윤수: 거의 다 했어. 이제 유리잔만 포장하면 돼.

이밍: 포장해서 박스에 넣으면 되지?

조심하다 [動] 小心、注意

윤수: 그래. 조심해서 넣어.

이밍: 이삿짐센터가 몇 시에 온다고 했어?

윤수: 9시에 온다고 약속해 놨어.

「-ㄴ다고 하다」表示間接引用。

▶ **對話 2 收拾行李**

李明：行李都收拾好了嗎？

潤秀：差不多了，現在只要包一下玻璃杯就可以了。

李明：包完放進箱子裡就可以了吧？

潤秀：對，小心輕放。

李明：搬家公司說幾點過來？

潤秀：已經約好了 9 點過來。

---

**文化常識**

### 韓國人的家庭生活

　　韓國深受儒家傳統文化的影響，注重家庭關係，講究孝道。在工業化時代之前，好多家庭都是一個大家族生活在一起，祖父母在家裡擁有絕對地位，兒孫們要早晚向祖父母行禮，吃飯時也要由長輩先開始動碗筷，晚輩才可以開始吃飯。在傳統的家庭中，女性通常不外出工作，只在家做家務、照顧家人。進入工業化社會之後，三口、四口之家的小家庭成為主流，雙薪家庭增多。除此之外，因為就業、工作、經濟壓力，很多年輕人選擇不結婚，單人家庭也逐漸增多。有些年輕人即便結婚，也不生育子女，不生育子女的家庭也越來越多。可以說韓國人的家庭觀念在社會變遷中發生了較大的變化。

# Unit
## 03 拜託與感謝

075.mp3

最常用的場景短句

## 1. 실례합니다. 對不起，打擾一下。

* 也可以用「실례하지만」開頭，表示「不好意思，打擾一下」，然後再說明
自己的訴求或想法。

## 2. 죄송합니다. 抱歉。

* 「죄송합니다.」是正式的道歉用語，
回答時可說「괜찮습니다.（沒關係）」。

## 3. 미안합니다. 對不起。

* 「미안하다」多用於朋友與親人之間，正式場合道歉時一般用「죄송하
다」。

## 4. 실례하지만 뭘 여쭤 봐도 될까요? 打擾了，可以請教（您）一個
問題嗎？

* 「여쭈다」意為「請教」，是「물어보다」的敬語形態。

## 5. 감사합니다. 謝謝。

答 별 말씀을요. 不客氣。

## 6. 고맙습니다. 謝謝。

(同) 고마워요. 謝謝。

* 「감사합니다.」和「고맙습니다.」
都是敬語形態，但前者比後者更為正式。

## 7. 도와 주셔서 감사합니다. 謝謝您幫我。

* 用言語幹＋-(으)시-：表示對動作發出者的尊敬。

## 8. 도와주실 수 있어요? （您）可以幫我嗎？

(答) 말씀하세요. 請講。

* 「도와주세요」意為「請幫幫我」。

## 9. 부탁을 드려도 될까요? 可以拜託您幫忙嗎？

* 부탁 [名] 拜託、請求
* 此句也可說「제 부탁을 들어주실 수 있어요?」意為「您可以答應我的請
求嗎？」
* 「-ㄹ/을까요?」用於用言語幹之後，表示詢問對方意見，語氣較為委婉，
意為「可以……嗎？」

## 10. 부탁을 들어주셔서 감사합니다. 謝謝您答應我的請求。

* 들어주다 [動] 答應、聽取

最簡單的韓語發音

韓語簡介

母音・中聲

子音・初聲

子音・終聲

變音

最基礎的語法和句型

最常用的場景詞彙

最常用的日常會話

也可以說「지금 시간이 괜찮아요?」表示同樣的意思。

▶ **대화1 부탁**

미선: 현우 씨, 지금 시간이 있어요?

현우: 네. 있어요. 왜요?

「왜요?」本意為「為什麼?」這裡表示「怎麼了,有什麼事情嗎?」

미선: 그럼, 프린트기 좀 봐 주세요.

——프린트기를 본 후——

프린트기 [名] 印表機

현우: 아, 용지가 떨어졌네요. 용지를 넣으면 돼요.

미선: 제가 넣어 볼게요.

떨어지다 [動] 用光、掉落

현우: 자, 이제 잘 되지요?

▶ **對話 1 請求拜託**

美善:賢宇,你現在有時間嗎?

賢宇:是的,有時間。有什麼事嗎?

美善:那你幫忙看看我的印表機吧。

——看過印表機後——

賢宇:原來是影印紙用完了,放些影印紙就好了。

美善:那我來放吧。

賢宇:看,現在好了吧?

## 語法點播

**❶ -ㄹ/을게요**

用於第一人稱的陳述句中,用於動詞語幹之後,表示單純告知自己意志或表示對他人的承諾。

例 일이 있어서 먼저 갈게요. 我還有事,先走了。

　　지갑을 찾아 줄게요. 我來幫你找錢包。

**❷ -지요?**

用於用言語幹之後,表示確認詢問,意為「……吧?」

例 하루종일 버스를 타서 힘들지요? 坐了一天的巴士,很累吧?

　　날씨가 많이 추워졌지요? 天氣變得很冷對吧?

最簡單的韓語發音

韓語簡介

母音·中聲

子音·初聲

子音·終聲

變音

最基礎的語法和句型

最常用的場景詞彙

最常用的日常會話

▶ **대화2 감사**

> 這句話意同「不客氣」、「哪裡的話」，多用於回答別人的道謝。

유리: 덕분에 일이 잘 끝났어요. 정말 고마워요.

이밍: 별 말씀을요.

유리: 오늘 점심을 제가 살게요.

> 熟悉朋友間用「제가 쏠게요」表示「我來請客吧」。

이밍: 그래요? 그럼, 제가 감사를 드려야지요.

유리: 마라탕을 좋아하세요? 우리 마라탕을 먹으러 갈까요?

이밍: 엄청 좋아해요. 고마워요.

**마라탕** [名] 麻辣燙

**엄청** [副] 非常、很

▶ **對話 2 表示感謝**

有莉：多虧你，事情順利結束了。真的很感謝。

李明：不用客氣。

有莉：今天的午餐我請客吧。

李明：你請客？那就謝謝你了。

有莉：你喜歡吃麻辣燙嗎？我們去吃麻辣燙怎麼樣？

李明：我很喜歡，謝謝。

---

**文化常識**

### 韓國的中國美食

　　隨著韓劇的流行，韓國美食也傳入了中國，在中國擁有很高的人氣。無論是辛奇、烤肉，還是炸雞配啤酒，都是中國人耳熟能詳的韓國料理。那麼，你知道有什麼風靡韓國的中國美食嗎？首先，韓國大街小巷有很多的中餐館——中華料理店，中餐館裡有改良版（更適合韓國人口味）的炸醬麵、糖醋排骨、海鮮湯麵等。其次，最近風靡韓國的還有一種中國人特別愛吃的食物，那就是麻辣燙。在大學周圍、商業區開了不少麻辣燙店，有不少韓國人慕名而來，品嚐中國特色的小吃。

# Unit
## 04 電話交流

076.mp3

### 1. 여보세요? 喂？（你好。）

* 「여보세요？」是韓語中打電話時的問候語，表示「喂？」打電話的過程中，聽不清對方說話或不知道對方還在不在線時，也可使用這句話。

### 2. 여보세요? 저는 이밍입니다. 喂？（你好。）我是李明。

* 除親朋好友間通話外，韓國人打電話時，一般會首先告知對方姓名或所屬（公司、機關等）。

### 3. 김 과장님은 계신가요? 金課長在嗎？

* 「계시다」表示「在」，是「있다」的敬語形態。

### 4. 이 부장님은 자리에 계세요? 李部長在嗎？

* 「자리에 계시다」是固定搭配，字面是「在座位上」，即「在」之意。

### 5. 전화 좀 바꿔 주실 수 있을까요? 可以換（某人）接電話嗎？

答 네.잠시만요. 好的，請稍等。

네.자리에 계신지 확인할게요. 好的，我看一下他在不在。

最簡單的韓語發音

韓語簡介

母音‧中聲

子音‧初聲

子音‧終聲

變音

最基礎的語法和句型

最常用的場景詞彙

最常用的日常會話

## 6. 전화 바꿨습니다. 是我。（電話換過來了。）

\* 「전화 바꿨습니다」本意為「電話換過來了」，這裡不是指交換電話的意思，而是表示「換成了要接聽電話的人」。

## 7. 지금 자리에 안 계신데요. 現在不在。

\* 也可以說「지금 자리에 안 계신데 메시지 남기시겠어요?」意為「他現在不在，您要留言嗎？」

## 8. 전화 잘못 거셨습니다. 您打錯電話了。

\* 也可以說「잘못 거신 것 같아요」，意為「您好像打錯電話了」。

## 9. 누구시라고 전해 드릴까요? 我轉達的時候說您是誰呢？

\* 「전해 드리다」的動詞「전하다」意為「轉達」；「-아 / 어 / 여 드리다」表示為對方「做某事」。

## 10. 그럼, 나중에 다시 통화하겠습니다. 那之後我再打電話。

（同） 나중에 다시 연락하겠습니다. 之後再聯繫（您）。

▶ **대화1 업무 통화**

　　직원: 여보세요? 금성회사인데요.

　　이밍: 김 과장님은 계십니까?

> 也可以説「잠시만 기다려 주세요」，表示「請稍等」。

　　직원: 네. 잠시만요.

김과장: 전화 바꿨습니다.

　　이밍: 안녕하세요? 김 과장님, 이밍입니다.

　　　　　어제 보내 드린 이메일을 받으셨어요?

김과장: 네. 잘 받았습니다. 답장 확인해 보세요.

　　　　 받다 [動] 收到　　　확인하다 [動] 確認

▶ **對話 1 業務電話**

　　職員：您好，這裡是金星公司。

　　李明：請問金科長在嗎？

　　職員：在，請您稍等。

金科長：我是金科長。

　　李明：您好，金科長，我是李明。請問昨天發給您的郵件收到了嗎？

金科長：有收到了，請您確認一下回信。

### 語法點播

**❶ -는데요**

動詞語幹後接「-는데요」，形容詞語幹後接「-(으)ㄴ데요」，名詞後接「-(이)ㄴ데요」。是話者為表達自己的想法而向聽者提示其相關背景的連結語尾，其後接結論。若當終結語尾用時，表示仍有相關內容待說明。

例 돈이 모자라는데요. 錢不夠。

　　야구 경기에서 졌는데요. 在棒球比賽中輸了。

**❷ -고 나서**

用在動詞語幹之後，強調 -고 前後的兩個動作先後依序進行，意為「做完……之後」。

例 책을 읽고 나서 커피를 마셨습니다. 讀完書後，喝了杯咖啡。

　　결혼하고 나서 바빠졌어요. 結婚之後變得忙碌起來。

相當於「지금 어디에 있어요?」
表示「你現在在哪裡？」的意思。

▶ **대화2 친구 통화**

유리: 윤수 씨, 지금 어디예요?

윤수: 집에 있는데요.

유리: 저녁에 시간이 있으면 우리 영화 보러 갈까요?

윤수: 좋아요. 그럼 몇 시에 만날까요?

這裡的「그럼」可替換為「그러면」，都表示「那麼」。

유리: 표를 예매하고 나서 다시 전화할게요.

윤수: 네. 그럼, 이따 다시 통화해요.

「이따」是「이따가」的略語，表示「過一會兒，待一會兒，一會兒後」。

▶ **對話 2 朋友通話**

有莉：潤秀，你現在在哪兒？

潤秀：我在家。

有莉：晚上有時間的話，我們一起去看電影吧？

潤秀：好，那我們幾點見面呢？

有莉：我買好票再打電話給你。

潤秀：好，那等等再聯繫。

---

**文化常識**

### 在韓國如何上網或打電話

　　如果大家短期去韓國旅行，可以提前辦理好隨身wifi，這樣在韓國就可以隨時隨地上網。如果是長期出差或出國留學，則可以在韓國當地辦理sim卡。外國人辦理sim卡有兩種方式：一種是使用護照辦理，這種情況通常需要繳納一定數額的押金，採用預付的方式，開通手機服務後，即可接打電話、上網；另一種方式則是在獲得外國人登錄證後，使用該證件與銀行帳戶開通手機服務，這種方式支持先使用後付費的方式，通常是在當月月底結算費用，自動從銀行帳戶上扣除。韓國的手機運營商也提供包月包流量的套餐服務，可以根據需要自行選擇。另外，韓國很多公共場合提供免費wifi，非常方便。

最簡單的韓語發音

韓語簡介

母音‧中聲

子音‧初聲

子音‧終聲

變音

最基礎的語法和句型

最常用的場景詞彙

最常用的日常會話

# Unit
## 05 閒話聊天

077.mp3

**Step 1** 最常用的場景短句

### 1. 지금 시간 괜찮아요? 現在有時間嗎？

(同) 지금 시간이 있어요? 現在有時間嗎？

### 2. 어서 들어오세요. 快請進。

(同) 어서 오세요. 快請進。

\* 通常去飯店、商場、銀行等地時，服務員會說「어서 오세요」，表示「歡迎光臨」的意思。

### 3. 편히 앉으세요. 隨便坐。

\* 「편히」是指「舒服地、方便地」，即「隨意坐」之意。

### 4. 케이크를 사 왔어요. 我買了蛋糕。

\* 韓國人在去朋友家做客時，會帶蛋糕作為禮物，表示自己的心意。

### 5. 녹차 마실래요? 홍차 마실래요? （你）要喝綠茶，還是紅茶？

\* 「-(으)ㄹ래요」用在動詞語幹後面，用於詢問對方的意願，表示「要……嗎？」

最簡單的韓語發音

韓語簡介

母音・中聲

子音・初聲

子音・終聲

變音

最基礎的語法和句型

最常用的場景詞彙

最常用的日常會話

## 6. 요즘 잘 지내고 있어요? 最近還好嗎?

잘 지내고 있지요. 滿好的。（肯定回答）

그럭저럭요. 馬馬虎虎吧。（肯定回答）

그냥이요. 也就那樣。（肯定回答）

별로 안 좋았어요. 不怎麼好。（否定回答）

## 7. 요새 무슨 일을 하고 있어요? 最近在做什麼呢?

춤을 배우고 있어요. 在學跳舞。

\* 「-고 있다」用於動詞語幹後，表示持續中「正在……」之意。

## 8. 여자친구가 생겼어요? 你有女朋友了嗎?

\* 「-이/가 생기다」表示「產生、有了」，常見搭配有「일이 생기다（有事）」、「친구가 생기다（有朋友）」。

## 9. 언제 국수를 먹을까요? 什麼時候可以喝你的喜酒?

\* 該句是韓語中的一種習慣說法，字面是「什麼時候吃你的麵條?」之意。韓國的結婚請帖上經常會寫著「국수 먹는 날（吃麵條的日子）」，因為婚宴上經常請賀客吃麵條，所以「국수먹다」即「喝喜酒」之意。

## 10. 일은 잘 되나요? 事情還順利嗎?

答 그럼요. 當然。（肯定回答）

잘 되기는요. 別提了。（否定回答）

▶ 대화1 집 방문

　이밍: 어서 들어오세요.

　윤수: 케이크를 좀 사왔어요. 받으세요.

그냥 [副] 就那樣

　이밍: 고마워요. 그냥 오셔도 되는데.

韓國的咖啡文化發達，不僅街頭到處可見咖啡館，招待客人時也常常用咖啡。

　　　　편히 앉으세요. 커피 드실래요?

　윤수: 네. 아이스 커피 주세요.

　이밍: 우리 가족 사진 보실래요?

가족 사진 [名] 全家福

▶ **對話 1 家庭拜訪**

　李明：快請進。

　潤秀：我買了蛋糕，請收下。

　李明：謝謝，你直接來就行啊（還買什麼東西）。

　　　　隨便坐吧，要喝咖啡嗎？

　潤秀：好，請給我一杯冰咖啡。

　李明：你要不要看一下我們家的全家福？

**語法點播**

**❶ -아/어/여도**

用在用言語幹後，表示承認前事項，但後事項與之無關，意為讓步。表「即使……也……」。

例 아무리 바빠도 밥을 제대로 먹어야지. 即使再忙也要按時吃飯。

　　힘들어도 지각하면 안 됩니다. 即使再累也不能遲到。

**❷ -고말고**

用在動詞語幹後面，表示確定，意為「當然……」。

例 미선 생일파티에 가고말고요. 我當然去參加美善的生日聚會。

　　시장에 가고말고요. 我當然去市場。

**❸ -ㄹ/을 수 있다**

用在動詞語幹後面，表示有可能性「能做……、會做……」。

例 독일어를 할 수 있어요. （我）會說德語。

　　엄마는 한국음식을 할 수 있습니다. 媽媽會做韓國菜。

最簡單的韓語發音

韓語簡介

母音・中聲

子音・初聲

子音・終聲

變音

最基礎的語法和句型

最常用的場景詞彙

最常用的日常會話

▶ **대화2 잡담**

「요새」是「요사이」的縮略語，意思同「요즘」，意為「最近，這段時間」。

**이밍:** 요새 일은 잘 되어 가나요?

점점 [副]漸漸

**현우:** 네. 이제 점점 손에 잡혔어요.

**이밍:** 잘 됐네요. 여자친구도 잘 있지요?

「손에 잡히다」為固定搭配，「잡히다」是「被抓住」的意思，此短語本意為「被抓在手裡」，引申為「順手、熟練」的意思。

**현우:** 잘 있고말고요.

**이밍:** 그럼, 언제 국수를 먹을 수 있어요?

**현우:** 그건 아직 머네요.

▶ **對話 2 生活雜談**

李明：最近事情順利嗎？

賢宇：是的，現在越來越順手了。

李明：太好了，女朋友也好吧？

賢宇：（她）挺好的。

李明：那什麼時候能喝上你們的喜酒？

賢宇：還早著呢！

**文化常識**

### 去韓國人家拜訪時的禮儀

在韓國，如果應邀去別人家拜訪，通常在去之前要提前準備一份小禮物。禮物不必過於貴重，可以是具有自己國家特色的物品，也可以是蛋糕、花束等常見的禮物。另外，韓國人比較在意禮節與禮儀，所以禮物一般要有包裝。韓國的家庭通常採用地暖的形式，很多情況可能要席地而坐，因而要脫鞋後再進屋。在地板上就座時，還需要注意雙腿應盤起來坐，而不要伸展著坐下。

# Unit
## 06 餐館用餐

078.mp3

**Step 1** 最常用的場景短句

### 1. 메뉴 좀 보여 주세요. 請給我看一下菜單。

(答) 여기 있습니다. 給您。

### 2. 삼겹살 2인분 주세요. 請來2人份五花肉。

* 「인분」表示「人份」，即按人頭數計算份數，「3인분」就是「3人份」。

### 3. 아주머니, 판을 좀 갈아 주세요. 大嬸，請給我們換一下烤盤。

(同) 아주머니, 판을 좀 바꿔 주세요. 大嬸，請給我們換一下烤盤。

### 4. 여기요. 물 좀 주세요. 你好，請來點水。

* 「여기요」為慣用語，通常用於引起對方注意，意為「這兒」，可以引申為「你好、喂」等。

### 5. 따뜻한 물이 없어요? 有溫水嗎？

* 句中的「없다」意為「沒有」，在韓語的語言習慣中，常用否定形式提問。

## 6. 김치 좀 더 주실 수 있나요? 可以再給一些辛奇嗎？

(答) 셀프니까 스스로 받으시면 돼요. 辛奇是自助的，自行拿取就可以。

\* 韓餐店基本在客人入座後就先上幾碟小菜（有辛奇、豆芽、海帶等），每家店的小菜都各有特色，吃完可免費續添。

## 7. 이 집 불고기가 아주 맛있어요. 這家的烤肉很好吃。

\* 「맛있다」是「好吃」的意思，其反義詞是「맛없다（不好吃的）」。

## 8. 콜라 한 병 추가요. 請再給一瓶可樂。

(同) 콜라 한 병 더 주세요. 請再給一瓶可樂。

## 9. 이 집 뭐가 제일 맛있어요? 這家店什麼最好吃？

(答) 여기 불고기가 제일 맛있어요. 這家的烤肉最好吃。

## 10. 뭘 시킬까요? 我們點什麼吃呢？

(同) 뭘 먹을까요? 吃點什麼呢？

\* 點餐時，以上兩句話都可用於詢問對方的點餐意向，也可使用在自言自語想吃什麼時。

最簡單的韓語發音

韓語簡介

母音・中聲

子音・初聲

子音・終聲

變音

最基礎的語法和句型

最常用的場景詞彙

最常用的日常會話

## Step 2 最常用的場景對話

▶ **대화1 주문**

유리: 뭘 좀 먹을까요?

이밍: 이 집 뭐가 제일 맛있어요? ········ 맛있다 [形] 有味道的，好吃的

유리: 이 집 삼계탕이 가장 맛있다고 하는데 먹어 볼까요?

이밍: 전 삼계탕을 엄청 좋아해요.

　　　 이모, 여기 삼계탕 2인분 주세요.

아줌마: 우리집 전복삼계탕은 아주 맛있는데 드셔 보실래요?

이밍: 네. 좋습니다.

> 這裡的「엄청」與前文的「제일」「가장」都是程度副詞，表示「十分，很」。

▶ **對話 1 點餐**

有莉：我們吃點兒什麼呢？

李明：這家店什麼最好吃？

有莉：聽説這家的參雞湯最好吃，要嘗嘗嗎？

李明：我很喜歡參雞湯。阿姨，請給我們 2 人份參雞湯。

大媽：我們家的鮑魚參雞湯特別好吃，要不要嘗一嘗？

李明：好的。

---

### 語法點播

**❶ -다고 하다**

用於用言語幹後，表示間接引用，意為「據説……、聽説……」。

例 내일 비가 온다고 합니다. 據説明天會下雨。

　그녀가 2 년 전에 외국에 갔다고 합니다. 聽説她 2 年前出國了。

**❷ -다 드리다**

用在動詞語幹後面，表示前一個動作完成，其狀態保持中，接著進行下一個動作。

例 커피를 사다 드리겠습니다. 我去給您買咖啡。

　이사 선물을 갖다 드렸어요. 我給您帶了喬遷禮物。

最簡單的韓語發音

韓語簡介

母音·中聲

子音·初聲

子音·終聲

變音

最基礎的語法和句型

最常用的場景詞彙

最常用的日常會話

這裡也可以用「우리 맥주 두 병 더 시킬까요?」
表示「我們再點2瓶啤酒吧？」

▶ **대화2 기타 서비스**

　　　현우: 우리 맥주 두 병 추가할까요?

　　　윤수: 좋아요.

　　　현우: 아주머니, 여기 맥주 두 병 더 주세요.

　아주머니: 여기 있습니다. 다른 건 필요 없으세요?

　　　　　　　　　　　　　　　　　　　　　필요 [名] 需要

　　　현우: 삼겹살 1인분 더 추가해 주세요.

　아주머니: 잠시만요. 바로 갖다 드릴게요.

　　　　　　바로 [副] 馬上

▶ **對話 2 其他服務**

　賢宇：我們再點 2 瓶啤酒吧？

　潤秀：好。

　賢宇：大嬸，請再給我們 2 瓶啤酒。

　阿姨：這裡，不需要別的了嗎？

　賢宇：再要 1 人份五花肉。

　阿姨：稍等，馬上拿過來。

## 文化常識

### 韓國美食知多少？

　　除了辛奇、烤肉、啤酒、炸雞之外，你還知道韓國有什麼美食嗎？在韓國吃飯，必不可少的就是各種小菜。小菜種類豐富，既有當季的蔬菜，也有諸如小銀魚、鵪鶉蛋、火腿等各種食物，使餐桌顯得非常豐盛。從前人們一般都是在家裡製作各種小菜，現在隨著生活節奏的加快，也有專門的小菜加工工廠或者商店，非常方便。另外，韓國的湯類料理豐富，常見的有排骨湯、參雞湯、年糕湯、嫩豆腐湯、辛奇湯、大醬湯等，通常這些湯類食物都會配一碗米飯，搭配起來就是一餐。還有多種多樣的糕類食物，除了常見的炒年糕之外，還有條糕、鬆餅、紅豆糕等，每種糕都有自己獨特的風味。

271

# Unit
## 07 商場購物

079.mp3

---

## Step 1 最常用的場景短句

### 1. 뭘 도와 드릴까요? 有什麼可以幫您的嗎？

(答) 바지를 사고 싶은데요. （我）想買褲子。

### 2. 이건 프리 사이즈예요. 這是one size。

＊「프리 사이즈」是英文「free size」，意為「one size（單一尺寸）」。

### 3. 마음에 드신 것이 있으면 말씀해 주세요. 如果有喜歡的，請告訴我。

＊「마음에 들다」為固定搭配，表示「合心、滿意、喜歡」。

### 4. 이 신발은 어때요? 這雙鞋子怎麼樣？

(答) 딱 맞는 것 같아요. 好像很合適。

좀 작은 것 같아요. 더 큰 사이즈가 있어요? 好像有點小，有大一號的嗎？

### 5. 손님에게 어울리실 것 같아요. 好像很適合您。

＊「에게 어울리다」為固定搭配，表示「適合……」。

最簡單的韓語發音

韓語簡介

母音·中聲

子音·初聲

子音·終聲

變音

最基礎的語法和句型

最常用的場景詞彙

最常用的日常會話

## 6. 입어 봐도 될까요? 可以試穿嗎？

(答) 당연하지요. 피팅룸이 거기 있습니다. 當然可以，試衣間在那邊。

＊「試穿衣服」用「입어 보다」，「試穿鞋子」用「신어 보다」，「試戴帽子」用「써 보다」，「試戴戒指」用「끼워 보다」。

## 7. 더 큰 사이즈 없으세요? 還有再大一點的嗎？

(同) 더 작은 사이즈 없으세요? 有小一點的嗎？

## 8. 이런 스타일은 요새 가장 인기가 있어요. 最近這種風格最受歡迎。

＊「인기가 있다」表示「受歡迎、有人氣」，還可以用「인기가 많다」表示。「인기가 없다」表示「沒有人氣、不受歡迎」。

## 9. 저 시계 좀 보여 주세요. 請給我看看那塊手錶。

＊「-아/어/여 주다」意為「為某人做某事」。

＊「저」意為「那、那個」，為指示代名詞，所指事物離說話者和聽者都遠。還有指示代名詞「이」意為「這、這個」，所指事物離說話者近。指示代名詞「그」意為「那、那個」，所指事物離聽者近。

## 10. 어떤 색깔은 보여 드릴까요? 您要看什麼顏色的呢？

(答) 빨간색 보여 주세요. 請給我看一下紅色的。

▶ **대화1 옷 쇼핑**

> 「-고 싶다」用於動詞語幹後，表示「想……」。

**직원**: 어서 오세요. 뭘 도와드릴까요?

**유리**: 양복을 사고 싶은데요.

**직원**: 네. 이건 좀 어때요? 손님에게 어울리실 것 같아요.

**유리**: 무늬가 너무 밝은 것 같아요.

> 밝다 [形] 明亮的

**직원**: 그럼, 이 검정색 양복은 어떠세요? 입어 보셔도 돼요.

**유리**: 66 사이즈 주세요.

> 韓國的衣服尺碼一般用「55」、「66」、「77」表示，相當於我們常說的「S」、「M」、「L」號。

▶ **對話 1 購買衣服**

**職員**：歡迎光臨，請問您需要什麼？

**有莉**：我想買西裝。

**職員**：好，您看這件怎麼樣？好像很適合您。

**有莉**：花紋好像太亮了。

**職員**：那這件黑色的西裝怎麼樣？也可以試穿。

**有莉**：請給我一件 66 碼的。

---

**語法點播**

**❶ -ㄹ/을 것 같다**

用於用言語幹之後，表示推測，意為「看起來好像……」。用言語幹是開音節時，後面用「-ㄹ 것 같다」；用言語幹末音節是閉音節時，後面用「-을 것 같다」。

例 절차가 복잡할 것 같습니다. 步驟好像很複雜。

　　시간이 부족할 것 같아서 먼저 갈게. 時間好像不夠了，我先走一步。

**❷ -아/어/여서**

用於用言語幹之後，表示前後動作存在因果關係，意為「因為……，所以……」。

例 바빠서 회식에 못 가요. 太忙了所以沒法參加聚餐。

　　머리가 너무 아파서 못 자요. 頭太痛了，睡不著。

最簡單的韓語發音

韓語簡介

母音・中聲

子音・初聲

子音・終聲

變音

最基礎的語法和句型

最常用的場景詞彙

最常用的日常會話

영수증 [名] 發票

▶ **대화2 환불**

**현우:** 어제 신발을 샀는데 치수가 좀 커서요. 교환 가능하세요?

**직원:** 네. 영수증을 챙겨 오셨어요?

**현우:** 여기 있습니다. ---- 這句話的本意是「在這裡」,用在給別人東西的情況下,表示「給你/您」。

**현우:** 네. 그런데 이 신발은 다 매진되어서 어떡하지요?

**현우:** 그럼, 환불도 가능해요? ---- 매진되다 [動] 售罄

**직원:** 네. 가능합니다. 다른 스타일을 고르셔도 됩니다.

▶ **對話 2 換貨退貨**

賢宇:昨天買的鞋子尺碼有點大,請問可以換嗎?

職員:可以,您帶發票了嗎?

賢宇:給您。

職員:好的。但這款鞋子售罄了,怎麼辦?

賢宇:那可以退款嗎?

職員:是的,可以。您也可以挑選別的樣式。

---

**文化常識**

### 在韓國購物

　　大家如果是短期去韓國旅行的話,一般可以去各大百貨商場購物。知名的百貨商場有現代百貨、樂天百貨與新世界百貨,這些百貨商場裡一般都有免稅店,可以攜帶護照購買免稅產品。還可以去南大門市場、東大門市場購物,去廣藏市場品嚐街頭小吃,購買紀念品。如果是長期在韓國生活或留學,除了這些地方之外,還有e-market、homeplus、Lotte Mart等大型超市,也很適合購物。當然,網購也是韓國人不可或缺的購物方式之一,常用的購物網站有coupang、樂天購物(Lotte Homeshopping)等。這些購物網站都提供送貨上門服務,非常便捷。此外,一般社區附近的超市也提供送貨服務,超過一定購買額便可以享受免費送貨服務。

# Unit
# 08 道路出行

080.mp3

最常用的場景短句

### 1. 지하철을 타 볼까요? 我們坐地鐵，好嗎？

(答) 지금 이 시간에 사람이 많을 테니까 걸어가자. 現在這個時間人很多，我們走路去吧。

### 2. 지하철 몇 호선을 타고 가면 되지요? 要坐地鐵幾號線去呢？

(答) 2호선을 타고 가야 해요. 得坐2號線。

### 3. 시간이 없으니까 택시로 갑시다. 沒有時間了，坐計程車去吧。

### 4. 이 시간에 길이 많이 막힐 텐데요. 這個時間路上應該很塞。

* 「길이 막히다」與「차가 밀리다」都表示「路堵，交通堵塞」的意思。

### 5. 부산에 가는 KTX 일반석 한 장 주세요. 請給我一張去釜山的高鐵普通車票。

* 韓國的高鐵一般分為「일반석（一般席）」和「특석（特席，特等座）」兩種座位，有些座位設置的是與列車前進方向相同的方向，有些則是逆向的，在APP買票時要注意。

## 6. 일반석은 매진이 되었는데요. 普通車廂票賣完了。

(答) 그럼 특석으로 주세요. 那請給我特等座（票）。

## 7. 교통카드 안 챙겨 왔는데 어떡해요? 我忘了帶交通卡，怎麼辦？

(答) 일회용 카드를 사면 돼요. 可以買一次性交通卡。

## 8. 버스를 한 번 더 갈아타야 해요. 還得再轉乘一次公車。

* 「갈아타다」意為「轉乘」，同樣形式的詞還有「갈아입다」，意為「換衣服」。

## 9. 비행기표를 미리 예약해 두면 좋을 텐데요. 如果預訂機票的話就好了。

* 機票也可以說「항공권」。
* 「예약하다」是「預訂」的意思，訂票、訂酒店、訂座位等都可以用「예약하다」。

## 10. 왕복으로 사면 더 쌀 거예요. 買來回票會更便宜。

* 「왕복」表示「往返」，「單程」是「편도」。

最簡單的韓語發音

韓語簡介

母音・中聲

子音・初聲

子音・終聲

變音

最基礎的語法和句型

最常用的場景詞彙

最常用的日常會話

## Step 2 最常用的場景對話

▶ **대화1 기차표 사기**

**현우:** 대구행 KTX 표 두 장 주세요.

**직원:** 몇 시 표 드릴까요?

**현우:** 가장 빠른 건 몇 시예요?

**직원:** 3시 50분에 출발할 표 두 장 남아 있어요.

**현우:** 그럼, 그것으로 주세요.

**직원:** 67,800원입니다.

> 韓語中數詞和量詞的順序是「名詞＋數詞＋量詞」，例如「1個蘋果」的韓語表達方式為「사과 한 개（蘋果1個）」。

> 빠르다 [形] 快的

> 출발하다 [動] 出發

▶ **對話 1 購買火車票**

賢宇：請給我 2 張去大邱的高鐵票。

職員：您要買幾點的票呢？

賢宇：最早的車是幾點出發的？

職員：3 點 50 分出發的票還剩 2 張。

賢宇：那就給我這 2 張吧。

職員：一共 67,800 韓元。

## 語法點播

**❶ -아 / 어 / 여 있다**

用於動詞語幹後面，表示動作結束之後狀態的持續。

例 가운데 앉아 계시는 분이 누구십니까? 坐在中間的那位是誰?

　미련이 많이 남아 있습니다. 還很戀戀不捨。

**❷ -(으)면 되다 / 안 되다**

用在動詞語幹後面，表示若符合條件即可／不可，為「可以／不可以做……」之意。

例 서류를 여기 놓으면 돼요. 把文件放在這裡就好。

　학생들의 마음을 무시하면 안 됩니다. 忽視學生的心理的話是不妥的。

最簡單的韓語發音

韓語簡介

母音·中聲

子音·初聲

子音·終聲

變音

最基礎的語法和句型

最常用的場景詞彙

最常用的日常會話

「로」在這裡表示方向，意為「朝著哪兒去、去哪兒」。

▶ **대화2 길 막히다**

**유리**: 아저씨, 홍익대로 가 주세요.

**기사**: 네. 알겠습니다.

급하다 [形] 著急的

**유리**: 아저씨, 더 빨리 가 주세요. 급한 일이 있어서요.

**기사**: 차가 많이 밀려서 어떡하지요?

**유리**: 다른 길로 가 주시면 안 돼요?

**기사**: 아이구. 지금 이 시간에 어디든 다 복잡한데요.

「-든」是「-든지」的縮略語，用於用言語幹和體言用言形後，表示「不論、不管」。

▶ **對話 2 堵車**

**有莉**：大叔，請帶我去弘益大學。

**司機**：好，知道了。

**有莉**：大叔，請快點，我有急事。

**司機**：塞車嚴重，怎麼辦？

**有莉**：可以走別的路嗎？

**司機**：哎呀，現在這個時間，到處都很塞。

**文化常識**

### 首爾的地鐵

　　大家去首爾旅行或者在首爾生活，不可避免地要乘坐首爾的地鐵。在首爾坐地鐵出行是最方便的，相對於坐計乘車來說，不僅價格便宜，而且地鐵四通八達，非常便捷。首爾地鐵現有19條線路，涉及地區不僅包括首爾，還可以乘坐地鐵前往京畿道、仁川、忠清道、江原道等地。基礎票價一般為1 250韓幣（約合台幣36元）左右，根據乘坐的距離，價格有所變動。乘坐地鐵，既可以選擇在車站購買一次性車票，也可以購買首爾交通卡。使用交通卡可以在地鐵和公車之間換乘，且30分鐘內換乘無須再次支付費用，更加便利。

# Unit
## 09 韓國遊覽

081.mp3

### Step 1 最常用的場景短句

**1. 설악산에 가 보고 싶어요.** 我想去雪岳山走走。

答 지금은 설악산 가면 딱 좋다. 現在去雪岳山剛好合適。

**2. 제주도에는 구경할 만한 곳이 많아요?** 濟州島有很多值得遊覽的地方嗎？

答 네, 구경할 만한 곳이 많이 있어요. 한라산, 성산일출봉, 우도 등 다가 볼 만해요. 是的，值得一遊的地方有很多。漢拏山、城山日出峰、牛島等，都值得一去。

**3. 우도 자전거 여행 정말 재미있어요.** 在牛島騎自行車旅行真的很有趣。

\* 牛島是緊挨著濟州島主島的一個小島，需要乘船前往，島上風景秀麗，可租借自行車遊覽。

**4. 경주는 옛 신라의 수도였어요.** 慶州是古代新羅的首都。

同 옛 신라의 수도는 경주였어요. 古代新羅的首都是慶州。

**5. 서울 시내 투어를 해 보고 싶어요.** 我想在首爾市區觀光。

\* 「-고 싶다」用在動詞語幹後面，表示「希望……」。

**6. 창경궁 비원은 미리 예약해야 구경할 수 있어요.** 昌慶宮秘苑要預約才可以參觀。

\* 「-아/어/여야……」用在句中，表示「只有……才……」的意思。

**7. 서울 7047은 요새 인기 있는 관광지예요.** 首爾7047是最近很受歡迎的觀光勝地。

答 시간 괜찮으면 언제 한 번 같이 가요. 什麼時候有空一起去吧。

**8. 안동 하회마을 가 볼 만해요?** 安東河回村值得一去嗎？

答 꼭 한 번 가 볼 만한 곳인데요. 那是很值得一去的地方。

**9. 부산 해운대에서 바라보는 바다가 정말 아름다워요.** 從釜山海雲台遙望大海，真的很美。

\* 釜山是韓國的觀光勝地，除「해운대（海雲台）」之外，還有「태종대（太宗台）」、「감천문화마을（甘川文化村）」等景點。

**10. 거제도는 한국에서 두 번째로 큰 섬입니다.** 巨濟島是韓國第二大島。

\* 「두 번째」表示「第二」，「第一」是「첫 번째」，第三是「세 번째」。

最簡單的韓語發音

韓語簡介

母音·中聲

子音·初聲

子音·終聲

變音

最基礎的語法和句型

最常用的場景詞彙

最常用的日常會話

▶ **대화1 제주도 여행**

「(으)로 정하다」是一種慣用表達方式，表示「定為、指定」。

이밍: 제주도 여행은 며칠로 정하면 좋을까요?

유미: 3박4일로 하면 충분히 구경할 수 있을 텐데요.

이밍: 가 볼만한 곳을 좀 추천해 주세요. — — — — — — 충분히 [副] 充分

유미: 한라산, 성산일출봉, 우도 다 가 볼 만해요.

이밍: 숙박은 어떻게 하면 좋아요?

유미: 호텔도 좋고 특색 있는 민박도 좋아요.

　　아, 참, 제주도 흑돼지 꼭 드셔 보세요. — — — — — 특색 [名] 特色

▶ **對話 1 濟州島旅行**

李明：濟州島旅行，去幾天比較好呢？

由美：去 4 天 3 夜應該可以玩得很盡興。

李明：給我推薦一些值得去的地方吧。

由美：漢拏山、城山日出峰、牛島都值得一去。

李明：住宿要訂什麼樣的比較好呢？

由美：酒店和有特色的民宿都不錯。啊，對了，請一定要嘗嘗濟州島的
　　黑豬肉。

**語法點播**

**❶ -ㄹ/을 텐데**

用於用言語幹之後，表示推測性的原因、理由，意為「可能……」，句尾通常
使用命令句和建議句。

例 부모님이 밖에 기다리실 텐데 빨리 가. 父母可能在外面等著，你快去吧。

　　내일 가면 좋을 텐데 내일 같이 가자. 明天去可能更好，明天一起去吧。

**❷ -ㄹ/을 만하다**

用在動詞語幹之後，表示在命題後添加「有價值」之意，為「可以……、值
得……」。

例 그 주제는 토론할 만해요. 那個主題值得討論。

　　볼만한 영화를 추천해 주세요. 請給我推薦值得一看的電影。

282

「만」是補助詞，可接在名詞、助詞後面，表示「僅僅、只有」。

▶ **대화2 서울관광**

윤수: 서울은 다 구경해 봤지요?

이밍: 아니요. 경복궁에만 가 봤어요.

윤수: 그럼, 오늘 제가 서울 구경시켜 드릴까요? 익선동은 어때요?

이밍: 거기 어떤 곳인데요? ──────── 맛집 [名]美食店

윤수: 한옥 거리인데 맛집도 많고요.

이밍: 좋아요. 거기서 옛 서울의 아름다움을 느낄 수 있을 것 같아요.

느끼다 [動]感受

▶ **對話 2 首爾觀光**

潤秀：首爾你都逛得差不多了吧？

李明：沒有，我只去了景福宮。

潤秀：那我今天帶你逛逛首爾吧？去益善洞怎麼樣？

李明：那是什麼地方？

潤秀：那是一條韓屋街，那裡也有很多美食店。

李明：好，好像可以在那裡感受到傳統首爾的魅力。

---

**文化常識**

### 韓國的交通

　　如果想在韓國自助遊，首先要關注的就是出遊方式。韓國城市之間的交通比較發達，可以在網站上查詢火車或客運的運行時間，然後到指定的車站坐車即可。以首爾為例，首爾的火車站有首爾站、龍山站、清涼里站等，客運站有綜合客運站、南部客運站等車站，車票可現場購買，也可以在網上購買，兒童可購買打折票。城市內部的交通工具一般有地鐵、市區公車、市外公車、計乘車等，遊客可購買交通卡，也可以直接使用現金上車買票，計程車也可使用交通卡支付。需要注意的是，很多城市的市外公車一天可能只有一兩班，務必確定好出遊時間。

# Unit
## 10 酒店住宿

082.mp3

### 1. 인터넷으로 호텔 예약하면 돼요. 在網上預訂酒店就可以。

* 「(으)로」是助詞，用於名詞之後，有很多的用法，在這裡表示「方式、方法」，為「用……」、「以……」之意。

### 2. 이건 최저가예요. 這是最低價。

* 「최저가」意為「最低價格」，其反義詞為「최고가（最高價格）」。

### 3. 체크인해 주세요. 請幫我辦理入住。

* 「체크인」〈check in〉為「入住」的意思，與之對應的「체크아웃（check out）」為退房之意。

### 4. 전망이 좋은 방을 예약해 주세요. 請幫我預訂一間視野好的房間。

* 「전망이 좋다」是「視野好、風景好」的意思，也可以說「산이/바다가 보이는 방」，意為「山景房/海景房」。

### 5. 방에 물이 안 나오는데 좀 봐 주세요. 房間裡沒有水，請過來看一下吧。

* 「물이 나오다」為慣用搭配，表示「有水、出水」，其否定形式是「물이 안 나오다（沒有水，不出水）」，在動詞「나오다」的前面加否定詞「안」。

### 6. 조식 제공 되나요? 提供早餐嗎？

答 네. 우유와 빵만 제공합니다. 有的，只提供牛奶和麵包。

### 7. 호텔 안에 카페가 있어요? 酒店裡有咖啡館嗎？

答 네, 호텔 2층에 있어요. 有，在酒店2樓。

### 8. 이틀로 예약해 주세요. 請幫我預訂2天。

答 네. 6월 11일부터 12일까지 이틀로 예약해 드렸습니다. 好的，6月11號到12號，幫您預訂了2天。

### 9. 두 시 전에 체크아웃 해 주시면 돼요. 下午2點之前退房就可以。

* 「時間名詞＋전에」表示在某個時間之前。

### 10. 무료로 취소 가능해요? 可以免費取消嗎？

당연히 가능해요. 當然可以。

* 也可以回答「입주 전날 말씀해 주시면 취소해 드릴게요」，意為「入住前1天告知便可取消」。

最簡單的韓語發音

韓語簡介

母音‧中聲

子音‧初聲

子音‧終聲

變音

最基礎的語法和句型

最常用的場景詞彙

最常用的日常會話

▶ **대화1 호텔 예약**

**직원**: 안녕하세요? 제주 한라호텔이에요.

**유미**: 네. 3월 15일에 입주 가능하세요?

**직원**: 잠시만요. 방 몇 개 필요하세요?

> 常見的房間類型有「더블/트윈（雙人房）」「스위트룸（豪華套房）」「패밀리룸（家庭房）」等。

**유미**: 방 하나만 필요해요. 성인 두 명 입주할 거예요.

> 성인 [名] 成人，大人

**직원**: 며칠 묵으실 건가요?

**유미**: 이틀로 예약해 주세요.

> 묵다 [動] 住宿

▶ **對話 1 預訂酒店**

**職員**：您好，這裡是濟州漢拏酒店。

**由美**：您好，請問 3 月 15 日可以入住嗎？

**職員**：稍等，請問您需要幾間房？

**由美**：只需要 1 間房，2 個大人入住。

**職員**：您要住多久？

**由美**：請幫我預訂 2 天。

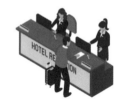

---

**語法點播**

**❶ -ㄴ/은/는가요?**

用於用言語幹後，表示疑問，語氣較為委婉。形容詞閉音節和體言＋이다後用「ㄴ가요?」形容詞開音節後用「은가요?」動詞語幹和時制詞尾後用「는가요?」

例 교수님이 사무실에 계신 건가요? 教授在辦公室嗎？

　 이번 주말에 바쁜가요? 這個週末（你）忙嗎？

**❷ 「-아/어/여 주다」與「-아/어/여 드리다」**

都用於動詞語幹之後，表示「為別人做某事」。當對方是比自己地位高或年長的人時，通常用「-아/어/여 드리다」，表示謙恭。

例 좀 도와 주세요. 請幫我一下。

　 뭘 도와 드릴 거 없어요? 沒有什麼需要我幫忙的嗎？

카운터 [名] 櫃台、收銀台

▶ **대화2 룸 서비스**

직원: 제주호텔 카운터입니다. 뭘 도와 드릴까요?

생수 [名] 礦泉水

현우: 여기 705호인데 생수 두 병 갖다 주실 수 있어요?

직원: 네. 바로 갖다 드리겠습니다. 다른 건 필요없으세요?

현우: 아, 에어컨 소리가 너무 커서 좀 봐 주세요.

직원: 알겠습니다. 손님 방으로 직원을 바로 보내 드리겠습니다.

현우: 네. 감사합니다.

바로 [副] 立刻、馬上

▶ **對話 2 客房服務**

職員：這裡是濟州酒店櫃台，請問有什麼可以幫您的嗎？

賢宇：這裡是 705 號房間，可以給我拿 2 瓶礦泉水嗎？

職員：好，馬上拿給您，還需要其他的嗎？

賢宇：還有，空調聲音太大了，麻煩來看一下。

職員：好的，馬上派工作人員去您的房間。

賢宇：好，謝謝。

**文化常識**

### 在韓住宿相關事項

　　在韓國旅行時，不可避免地要預訂住處。一般可選擇的住處有高級酒店（호텔）、民宿（민박）、韓屋（한옥）、旅館（여관）等。高級酒店的設施完備，還有健身房、咖啡館等配套設施。民宿大多各有特色，簡樸方便，但一般不提供一次性洗漱用品和拖鞋等，早餐也須頭一天預約。韓屋則頗具韓國特色，很多房間採用傳統的暖炕，可以體驗韓國傳統風情。旅館設施通常較為簡陋，預算不高的話可以選擇入住。一般的酒店可以在相關旅行網站、韓國網站上提前預訂，或者通過電話預訂。

最簡單的韓語發音

韓語簡介

母音‧中聲

子音‧初聲

子音‧終聲

變音

最基礎的語法和句型

最常用的場景詞彙

最常用的日常會話

# Unit
# 11 就醫問診

083.mp3

最常用的場景短句

## 1. 어떻게 오셨어요? 您哪裡不舒服？

(答) 열이 난 것 같아요. 我好像發燒了。

＊注意這句話的意思不是說「您怎麼來的」，
根據語境可能是「您為什麼而來」或
「您有什麼事？」之意。

## 2. 언제부터 아프기 시작하셨어요? 什麼時候開始痛的？

(答) 어제 밤부터 좀 아팠어요. 從昨天晚上開始就有點痛。

## 3. 두통이 심해요. 我頭痛嚴重。

(同) 머리가 너무 아파요. 我頭很痛。

## 4. 급성장염이신 것 같아요. 好像是急性腸胃炎。

＊「‐ㄴ 것 같다」用於用言語幹和名詞＋이다後，表示話者向對方陳述自己
的想法、意見，語氣委婉謙遜。此外，也可以表示推測。

## 5. 평상시에 알레르기 증상이 있으신가요? 平時有過敏症狀嗎？

평상시에는 없어요. 平時沒有。

아니요. 없는 것 같아요. 沒有，好像沒有過敏過。

最簡單的韓語發音

韓語簡介

母音·中聲

子音·初聲

子音·終聲

變音

最基礎的語法和句型

最常用的場景詞彙

最常用的日常會話

**6. 방치하면 합병증이 발생할 수도 있어요.** 如果置之不理，可能會有併發症。

\* 「합병증」是漢字語「合併症」，為「併發症」之意。

**7. 일단 CT를 예약하시고 결과가 나오면 말씀드릴게요.** 先預約拍 CT，結果出來之後再和您詳談。

\* 「결과가 나오다」是慣用搭配，表示「出結果」。

**8. 별 문제가 없어 보여요.** 看起來沒有什麼問題。

\* 「별」用於名詞前，多與否定表達方式連用，例如「별 문제 아니다/없다」表示「不算什麼問題」。

**9. 이제 완치되었어요.** 現在痊癒了。

(同) 이제 다 나았어요. 現在都好了。

**10. 내일 퇴원하셔도 됩니다.** 明天就可以出院。

(同) 내일 입원하실 수 있을 것 같습니다. 明天應該就可以住院。

▶ **대화1 진료 받기**

붓다 [動] 腫

> 「어디 좀 봅시다」是慣用語，表示「我來看一下」，也可以用在給別人提供幫助時。

유미: 전 어제부터 입이 부었어요.

의사: 어디 좀 봅시다.

　　　알레르기 증상인가 봐요.

증상 [名] 症狀

유미: 그래요? 전 평상시에 그런 증상이 없는데요.

의사: 어제 무슨 특별한 음식을 드셨어요?

유미: 저녁에 해산물을 먹었는데……

특별하다 [形] 特別的

의사: 일단 검사를 해 보세요. 결과가 나오면 약을 지어 드릴게요.

> 「약을 짓다」為固定搭配，意為「開處方、開藥」。

▶ **對話 1 就醫問診**

由美：我從昨天開始嘴巴就腫了。

醫生：我看看，好像是過敏。

由美：是嗎？但我平時沒有那些症狀。

醫生：昨天吃了什麼特別的食物嗎？

由美：晚飯吃了海鮮……

醫生：請先做一遍檢查，出來結果之後再給您開藥。

### 語法點播

**❶ -부터**

用在名詞後面，表示優先項目，為「從……開始、先……」之意。

例 숙제부터 하자. 先做作業吧。

　　이제부터 돈을 열심히 벌어요. 從現在開始我要努力賺錢。

**❷ -ㄴ / 은 / 는가 보다**

表示有根據的推測，意為「看起來好像……」。形容詞閉音節和體言用言形後用「ㄴ가 보다」，形容詞開音節後用「은가 보다」，動詞語幹和時制詞尾後用「는가 보다」。

例 아이가 계속 우는 걸 보니까 아픈가 봐요. 孩子一直哭，好像生病了。

　　졸리는 걸 보니까 어제 너무 늦게 잤는가 봐요. 你一直打瞌睡，看來昨天很晚才睡。

처방전 [名] 處方

▶ **대화2 약국에서 약을 사기**

약사: 처방전 좀 보여 주세요.

이밍: 여기 있습니다.

약사: 항생제 3일치예요.

> 「3일치」是由「3일（3天）」和詞綴「-치」構成的，表示「3天的量」。

아침, 저녁 각 한 알만 드시면 돼요.

이밍: 네. 알겠습니다.

약사: 보험 가입하셨지요? 그럼, 7,200원 결제해 드릴게요.

이밍: 네. 카드 여기 있습니다.

결제하다 [動] 結賬

▶ **對話 2 藥房買藥**

藥劑師：讓我看看您的處方箋。

李明：這裡。

藥劑師：這是 3 天份的抗生素，早晚各吃 1 粒就可以。

李明：好，知道了。

藥劑師：您有保險吧？一共 7,200 韓元。

李明：好的，給您信用卡。

**文化常識**

### 韓國的醫院與藥店

　　在韓國看病，一般先不去綜合性醫院，而是先在社區附近的各種專科醫院問診。專科醫院有兒科、婦產科、耳鼻喉科、眼科、骨科等，都可以使用保險，這樣避免了去大醫院長時間排隊等待的麻煩，較為便利。如果需要進一步診療，可以由專科醫院的醫生開轉診單，然後前往大醫院做進一步檢查和治療。藥局買藥要分清處方藥和非處方藥，藥局無權任意出售處方藥。一般的感冒藥、消化劑等無須處方即可購買。另外，韓國的一些超市或小賣店，也會銷售一些絕對安全的常用藥物。

韓語簡介

母音・中聲

子音・初聲

子音・終聲

變音

最基礎的語法和句型

最常用的場景詞囊

最常用的日常會話

# Unit
## 12 銀行業務

084.mp3

### Step 1 最常用的場景短句

**1. 은행 업무 시간을 알려 주세요. 請告訴我銀行的營業時間。**

答 아침 9시부터 오후 5시예요. 從早上9點到下午5點。

**2. 돈을 저축하러 왔는데요. 我來存錢。**

\* 「-(으)러」用於動詞語幹之後，表示目的，意為「為……而來」，後面常接趨向動詞「오다、가다、다니다」等。

**3. 체크카드와 통장을 만들고 싶은데요. 我想辦理信用金融卡和存摺。**

\* 在韓國辦理提款卡時，通常需要先辦理存摺，然後開通與存摺相對應的提款卡。在ATM機上也可以使用存摺取錢。

**4. 통장 개설하려면 어떻게 해야 해요? 怎樣才可以辦理存摺？**

\* 「-(으)려면」用在動詞語幹後面，表示「如果打算做……的話」。

**5. 본인 신분증 가지고 오셨어요? 您帶本人的身分證來了嗎？**

同 본인 신분증 챙겨 오셨어요? 您帶本人的身分證來了嗎？

## 6. 카드 정지되었습니다. 卡片已停用。

(同) 카드 개설되었습니다. 卡片已辦理完成。

카드 발급 완료됐습니다. 卡片已辦理完成。

## 7. 비밀번호 4자리 입력해 주세요. 請輸入4位數密碼。

* 「設置密碼」可以說「비밀번호를 설정하다」。

## 8. 카드를 잃어버렸는데 재발급 신청하려고 해요. 卡片丟了，我想重新申請一張。

(答) 카드 분실 신고는 했습니까? 您把卡掛失了嗎？

* 재발급 [名] 重新發放

## 9. 이 카드는 후불교통카드로 사용할 수 있어요? 這張卡可以用作後付費交通卡嗎？

(答) 아니요. 선불이에요. 不可以，需要先付錢。

## 10. 신용카드가 발급이 되었습니다. 您的信用卡已核卡。

(同) 신용카드 발급 완성되었습니다. 您的信用卡已核卡。

最簡單的韓語發音

韓語簡介

母音・中聲

子音・初聲

子音・終聲

變音

最基礎的語法和句型

最常用的場景詞彙

最常用的日常會話

▶ **대화1 저축 업무**

　직원: 어서 오세요. 뭘 도와 드릴까요?

　이밍: 통장을 개설하려고 왔는데요.

> 개설하다 [動] 開立、開辦

　직원: 외국인등록증을 가지고 오셨어요?

　이밍: 네. 여기 있습니다. 체크카드도 개설해 주세요.

　직원: 여기 빈칸에 개인 정보를 채워 주시고 사인하세요.

　이밍: 알겠습니다.

> 채우다 [動] 填滿

▶ **對話 1 存款業務**

　職員：歡迎光臨，有什麼可以幫您的嗎？

　李明：我想辦理開戶。

　職員：您帶外國人登錄證了嗎？

　李明：帶了，給您。也請幫我辦理信用金融卡。

　職員：請在空格處填寫您的個人資料並簽名。

　李明：好的。

---

### 語法點播

**❶ -(으)려고**

用在動詞語幹後面，表示意向，為「打算做……」之意。

例 이따 도서관에 가려고 합니다. 一會我要去圖書館。

　방학 동안 춤을 배우려고 합니다. 假期我想學跳舞。

**❷ -ㄴ/은 후**

用在動詞語幹後面，表示做某事之後。強調一個動作結束之後再進行下一個動作。

例 밥을 먹은 후에 산책 갔어요. 吃完飯去散步。

　시험 본 후에 친구집에 갔어요. 考完試去了朋友家。

最簡單的韓語發音

韓語簡介

母音·中聲

子音·初聲

子音·終聲

變音

最基礎的語法和句型

最常用的場景詞彙

最常用的日常會話

▶ **대화2 카드 분실 신고 및 재발급**

> 정지하다 [動] 停止、凍結 ┄┄┄┐

**현우**: 카드를 잃어버렸는데 어떡하지요?

**직원**: 주민등록증 가지고 오셨어요? 정보를 확인해 본 후 정지해 드
　　　 릴게요.

**현우**: 감사합니다. 그럼, 바로 재발급 가능한가요?

**직원**: 가능합니다. 4자리 비밀번호를 입력해 주세요.

**현우**: 됐습니다.

> └─────── 입력하다 [動] 輸入

**직원**: 여기에 사인하시면 돼요.

▶ **對話 2 銀行卡掛失及補辦**

**賢宇**：我的卡丟了，怎麼辦？

**職員**：您帶身分證了嗎？確認資料後可以幫您辦理掛失。

**賢宇**：謝謝，那可以馬上再辦一張新卡嗎？

**職員**：可以，請輸入 4 位數密碼。

**賢宇**：好了。

**職員**：在這裡簽名就可以了。

**文化常識**

### 外國人如何在韓國辦理銀行業務

　　如果在韓國長期居住，避免不了去銀行辦理業務。現在在韓國的銀行辦理業務，一般都需要在獲得外國人登錄證之後才可以辦理相關業務，因為銀行業務通常要求有以本人名義辦理的手機門號。而韓國的sim卡也需要實名制，需要在辦理外國人登錄證之後才能辦理。韓國的主要銀行有國民銀行（국민은행）、友利銀行（우리은행）、新韓銀行（신한은행）、韓亞銀行（하나은행）等。出國時，可直接使用國內有跨國提款功能的提款卡就可以領錢。還有一點需要注意的是，韓國提款卡的密碼是4位數，付款時低於5萬韓幣通常不須簽名。

# 13 學校生活

085.mp3

## Step 1 最常用的場景短句

### 1. 저는 한국대학교 3학년 재학생 김현우입니다. 我是韓國大學大三的學生金賢宇。

\* 「재학생」是「在學生」的意思,相關單字有「복학생(復學生)」、「전학생(轉學生)」、「졸업생(畢業生)」等。

### 2. 무엇을 전공하세요? 你學什麼專業?

(同) 전공은 뭐예요? 你的主修是什麼?

### 3. 학교 셔틀버스 어디서 타야 돼요? 校內接駁車應該去哪裡搭?

(答) 본관 옆에 가서 타면 돼요. 去本館旁邊搭就可以。

### 4. 은행은 학생회관 건물 안에 있어요. 銀行在學生會館裡面。

\* 「학생회관(學生會館)」是學校內學生吃飯、休息的場所。

### 5. 우체국도 있어요? 也有郵局嗎?

(答) 네, 기숙사 일층에 있어요. 有,就在宿舍樓1樓。

**6. 학생카드 없으면 도서관 출입이 안 돼요.** 如果沒有學生證，就不能進出圖書館。

(同) 도서관 출입하면 학생카드가 필요해요. 出入圖書館須要學生卡。

**7. 학교 식당은 교내 구성원들에게 가격이 저렴한 식단을 제공합니다.** 學校餐廳向校內人員提供價格優惠的菜單。

＊「저렴하다」是「便宜的」的意思。同義詞是「싸다（便宜的）」；反義詞是「비싸다（貴的）」。

**8. 오늘 몇 교시 수업이 있어요?** 你今天第幾節有課？

(答) 3교시 수업만 있어요. 只有第3節有課。

**9. 지금 이 시간에 교수님은 사무실에 계시겠지요?** 現在這個時間教授應該在辦公室吧？

(答) 아마 계실 거예요. 可能在。

＊「에」用於時間名詞之後，表示「在某一時間」；「에」用在地點名詞之後，表示「在某處」。

**10. 성적표 출력은 조교 선생님께 좀 물어보세요.** 印成績單的事，你去問一下助教吧。

最簡單的韓語發音

韓語簡介

母音・中聲

子音・初聲

子音・終聲

變音

最基礎的語法和句型

最常用的場景詞彙

最常用的日常會話

▶ **대화1 학교 건물**

유미: 여기는 바로 도서관이야.

이밍: 어. 야간 자습실도 있어?

유미: 지금 방학이라서 야간 운영 중단되었어.

이밍: 그럼, 여기는 학생회관인가?

유미: 아니. 여기는 학교 본관이야. 그리고 셔틀버스는 바로 이 건물 옆에 있어.

이밍: 학생카드만 있으면 무료로 탈 수 있지?

유미: 당연하지.

> 방학 [名] 放假
> 韓國學校也有暑假和寒假，假期也是在夏季和冬季，跟台灣這邊差不多，時間稍長一些。

▶ **對話 1 學校建築**

由美：這裡就是圖書館。

李明：嗯，也有晚自習室嗎？

由美：現在是放假期間，所以晚上沒有開。

李明：那這裡是學生會館嗎？

由美：不，這裡是學校的本館，然後接駁車就在這棟樓的旁邊。

李明：憑學生證就可以免費搭乘吧？

由美：當然。

## 語法點播

**❶ -(이)라서**

為이라고 해서之意，只接於名詞後，表示原因。

例 연휴라서 고향으로 갔습니다. 因為放假，所以回老家了。

특수 기간이라서 마스크를 쓰고 나가야 합니다. 因為是特殊時期，所以要戴口罩出門。

**❷ -아/어/여지다**

用在動詞語幹後，表示動作自然演變的被動；用在形容詞語幹後，表示狀態的轉化「變得如何」。

例 산 정상으로 가면 시야가 넓어집니다. 往山頂爬，視野就變得開闊。

배터리가 나가서 전화기가 끊어졌어요. 電池沒電，電話關機了。

▶ **대화2 학교 생활**

윤수: 이제 학교 생활에 익숙해졌지?

이밍: 응. 적응이 많이 됐어.

「적응이 되다」是慣用搭配，表示「適應」。

윤수: 불편한 데가 없어?

이밍: 공부해야 할 게 너무 많은 걸 빼고는, 별 어려움이 없어.

윤수: 식당 음식도 입에 맞아?

이밍: 어. 난 한국음식을 워낙 잘 먹어서 괜찮아.

「입에 맞다」是慣用搭配，表示「合口味」。

▶ **對話 2 學校生活**

潤秀：現在適應校園生活了吧？

李明：對，適應了很多。

潤秀：有什麼不方便的嗎？

李明：除了要學的東西太多，其他沒有什麼困難。

潤秀：餐廳的餐點還合胃口嗎？

李明：嗯，我本來就愛吃韓國菜，所以還不錯。

---

**文化常識**

### 韓國的大學

　　韓國的四年制大學約有200所，三年制的專科大學也有100多所。這些大學分為公立與私立兩種。公立大學包括國立、道立、市立，由政府撥款支持，私立大學則主要由財團支持。韓國排名前三的大學是國立首爾大學、延世大學、高麗大學。雖然韓國大學眾多，但入學考試競爭還是較為激烈，大家都想考入知名大學，以便為就業打好基礎。韓國大學的學費是按照學期繳納的，私立大學的學費遠高於公立大學。學校也為學生提供獎學金、助教崗位或兼職職位。通常韓國大學的學生宿舍不多，大部分學生須要在學校周圍租房居住。

最簡單的韓語發音

韓語簡介

母音‧中聲

子音‧初聲

子音‧終聲

變音

最基礎的語法和句型

最常用的場景詞彙

最常用的日常會話

# Unit
## 14 職場生活

086.mp3

## Step 1 最常用的場景短句

### 1. 직장 생활은 어때요? 你的職場生活如何?

答 생각보다 재미있어요. 比想像中有趣。

너무 힘들어요. 그만두고 싶어요. 太累了，我想辭職。

### 2. 김 대리, 이 서류 2부 복사해 줘. 金代理，這份文件幫我影印2份。

＊「부」表示「份數」。

### 3. 내일까지 보고서를 제출하세요. 請於明天之前交報告。

＊「까지」用於時間名詞之後，表示「結束的時間」，即「到……為止」。

### 4. 요새 야근을 많이 해서 피곤해요. 最近一直加班，很累。

＊「요새」是「最近」的意思，可替換為「요즘」。

### 5.오늘 지각해서 부장님께 야단맞았어요. 今天遲到，被部長訓了一頓。

＊「야단맞다」表示「挨訓」，還可以用「혼나다」來表示同樣的意思。

**6. 중국에서 손님이 오셨는데 통역하실 수 있어요?** 有來自中國的客人，你可以幫忙翻譯嗎？

(答) 네, 통역할 수 있어요. 好的，（我）可以翻譯。

\* 「통역」一般指「口譯」，「筆譯」一般用「번역」表示。

**7. 저는 요즘 회계사무실에서 인턴을 하고 있습니다.** 我最近在會計事務所實習。

\* 「인턴 (intern) 意為「實習」。

**8. 사무실 분위기가 어때요?** 辦公室的氛圍怎麼樣？

(答) 다들 친구처럼 같이 일하니까 좋아요. 大家像朋友一樣相處，氣氛很好。

**9. 제 능력을 인정해 주셔서 감사합니다.** 感謝您認可我的能力。

\* 인정하다 [動] 承認、認可

**10. 우리 회사는 주로 중국, 일본과 무역 거래를 하고 있어요.** 我們公司主要和中國、日本有貿易往來。

▶ **대화1 회사 생활**

담당하다 [動] 負責

윤수: 인턴은 잘 하고 있어?

유미: 처음이라서 좀 힘들지만 할 만해.

윤수: 주로 무슨 일을 담당하고 있어?

바이어 [名] 客戶、買家

유미: 우리 회사는 무역회사야. 나는 지금 주로 해외 바이어를 발굴하는 일을 하고 있어.

발굴하다 [動] 發掘

윤수: 너 영어도 잘하고 비즈니스를 전공해서 너한테 맞는 일인 것 같아.

這裡的「맞다」也可以用「어울리다」替換，都表示「合適」的意思。

유미: 그렇기는 하지만 배워야 할 게 많아.

▶ **對話 1 公司生活**

潤秀：實習還順利嗎？

由美：第一次實習，雖然累，但是還做得來。

潤秀：你主要負責什麼工作？

由美：我們公司是貿易公司，我現在主要負責發掘海外客戶。

潤秀：你英語好，又主修企管，這份工作好像很適合你。

由美：話是這樣說，但還有很多需要學習的地方。

---

**語法點播**

**❶ -고 있다**

用在動詞語幹之後，表示動作正在持續中，意為「正在做……」。

例 둘은 멜로디영화를 보고 있습니다. 他們兩個人正在看愛情電影。

그 귀여운 아이가 그림을 그리고 있습니다. 那個可愛的孩子正在畫畫。

**❷ -아 / 어 / 여야 하다**

用在用言語幹之後，表示義務，為「應該……、應當……、必須……」之意。

例 사람들이 교통규칙을 지켜야 합니다. 大家應該遵守交通規則。

도서관에서 공부할 때 조용해야 합니다. 在圖書館念書的時候應該要保持安靜。

最簡單的韓語發音

韓語簡介

母音・中聲

子音・初聲

子音・終聲

變音

最基礎的語法和句型

最常用的場景詞彙

最常用的日常會話

▶ **대화2 업무 왕래**

유미: 안녕하세요? 금성회사의 이유미입니다.

마단: 안녕하세요? 저는 중국 천화회사에서 온 마단입니다.

유미: 만나서 반갑습니다. 이번에 무슨 일로 서울에 오셨습니까?

마단: 신제품 주문하러 왔습니다.

　　　　　　　　　　　　該句中的「로」表示原因。

유미: 우선 신제품 리스트를 보십시오.

마단: 네. 좋습니다.　　리스트 [名] 清單

▶ **對話 2 業務往來**

由美：您好，我是金星公司的李由美。

馬丹：您好，我是中國天華公司的馬丹。

由美：很高興見到您，您這次來首爾有什麼事？

馬丹：我來訂購新產品。

由美：您先看看新產品清單。

馬丹：好的。

---

**文化常識**

### 韓國的職場文化

　　一般韓國的公司職位分為正職（即長期職位）、約聘職（即臨時工）和實習生。其中，正職與約聘之間的待遇差距比較大，實習生要想轉成正式工須經過嚴格的考核。韓國公司中的階級分明，下級要服從上級的指示和命令。通常上級沒有下班，下級不能提前離開公司。韓國公司的聚會文化也比較盛行，一般職場新人都要參加這類聚會，一方面是為了更好地融入公司，另一方面也是受階級制度的影響，希望自己能給上司留下好印象。另外，韓國調查機構的調查結果顯示，一般同級別的男性職員薪資高於女性職員。之前爆紅的電影《82年生的金智英》及其同名小說就集中反映了女性的職場經歷。

# Unit
## 15 休閒娛樂

087.mp3

**Step 1** 最常用的場景短句

---

**1. 요새 코인노래방 인기가 있어요.** 最近電話亭KTV很受歡迎。

＊「코인노래방」直譯為「投幣練歌房」，即我們所說的「電話亭KTV」。

---

**2. 보통 주말에 등산을 가요.** 一般週末的時候去爬山。

(答) 나도 등산을 좋아해서 주말에 같이 가요. 我也喜歡爬山，週末一起去吧。

---

**3. 취미가 뭐예요?** 你的興趣是什麼？

(答) 운동을 좋아해요. 我喜歡運動。

---

**4. 난 낚시를 좋아해요.** 我喜歡釣魚。

(同) 난 낚시가 좋아요. 我喜歡釣魚。

＊「名詞＋을/를 좋아하다」與「名詞＋이/가 좋다」都表示「喜歡……」。後者只用在第一人稱自述。

---

**5. 한국 사람들이 산을 좋아한다고 들었어요.** 聽說韓國人喜歡爬山。

＊韓國人喜歡登山，人們通常會選擇在週末或節假日爬山放鬆，還有各種「등산 동호회（登山社團）」。

最簡單的韓語發音

韓語簡介

母音·中聲

子音·初聲

子音·終聲

變音

最基礎的語法和句型

最常用的場景詞彙

最常用的日常會話

### 6. 보통 어떤 음악을 들으세요? 你通常聽什麼樣的音樂？

答 리듬이 강한 음악을 자주 들어요. （我）經常聽節奏感強的音樂。

### 7. 시간이 있을 때 산책을 하거나 집에서 책을 읽어요. 有時間的時候會去散步或者在家裡讀書。

＊「-거나」用在動詞語幹後面，表示多者選擇，意為「……或者……」。

### 8. 난 공포영화를 좋아해요. 我喜歡恐怖電影。

＊「愛情電影」「科幻電影」分別是「메로디/로맨스 영화」「공상 과학 영화」。

### 9. 난 야구를 좋아하기 때문에 아내랑 잠실 운동장에 자주 가요. 因為我喜歡棒球，所以經常和妻子去蠶室運動場。

＊蠶室運動場是1988年首爾奧運會的主體育場，在40多萬平方公尺的場地內設有多個運動會場，現仍被使用。運動場內有7萬多個座位，可容納10萬名觀眾，韓國很多人氣偶像、藝人多次在這裡舉行公演、演唱會，因此運動場作為韓流名勝被人們所熟知。

### 10. 그림 그리는 것을 좋아해요. 我喜歡畫畫。

＊「그림」是名詞，意思是「畫、圖畫」。「그리다」是動詞，是「畫畫」的意思。

▶ **대화1 취미**

윤수: 취미가 뭐야?

이밍: 난 야구를 좋아해.

> 「도」用於名詞後，表示「……也……」。

윤수: 그래? 나도 야구를 좋아하는데.

이밍: 잘 됐네. 주말에 우리 야구 구경하러 갈까? 난 표가 두 장 있는데.

> 벌써 [副] 已經

윤수: 정말? 좋아. 신한 팀과 국먼 팀의 경기 맞지?

이밍: 맞아. 벌써부터 기대되네.

> 기대되다 [動] 期待

▶ **對話 1 興趣愛好**

潤秀：你的興趣是什麼？

李明：我喜歡棒球。

潤秀：是嗎？我也喜歡棒球呢。

李明：太好了。週末我們去看棒球比賽吧？我有 2 張票。

潤秀：真的嗎？好啊，是新韓隊和國民隊的比賽，對吧？

李明：對，我現在已經開始期待了！

---

**語法點播**

❶ -네

用在句尾，用於對知道的新事實或自己親身經歷的事實表示感嘆、驚訝，用於口語。

例 세월이 참 빠르네! 時間過得真快！

　가을이 점점 다가오네. 秋天越來越近了。

❷ -ㄴ/은 적이 있다/없다

用在動詞語幹後面，表示「經歷過/沒經歷過……、做過/沒做過……」。

例 외국 여행 가 본 적이 없다. 我沒有去國外旅行過。

　실패를 맛본 적이 있는 사람만이 인생을 안다. 只有經歷過失敗的人才懂得人生。

最簡單的韓語發音

韓語簡介

母音·中聲

子音·初聲

子音·終聲

變音

最基礎的語法和句型

最常用的場景詞彙

最常用的日常會話

▶ **대화2 연휴 계획**

**이밍**: 이번 연휴에 뭘 할 거야?

**유미**: 난 고향에 내려갈 계획이야.

**이밍**: 그래. 유미 고향은 어디야?

**유미**: 부산이야. 가 본 적이 있어? 시간이 있으면 나랑 같이 가도 돼.

**이밍**: 진짜? 마침 잘 됐네. 난 부산에 한번도 가 보지 못했는데.

**유미**: 그럼, 내일 저녁 표 예약해 놓을게.

> 在韓語中，表達從首都到地方或者從城市到鄉下時，用動詞「내려가다（下去）」，反之則用動詞「올라오다（上去）」。

마침 [副] 正好

▶ **對話 2 連假安排**

**李明**：這個連假你要幹嘛？

**由美**：我打算下鄉一趟。

**李明**：嗯，由美，你的老家是哪裡？

**由美**：釜山。你去過嗎？有時間的話可以和我一起去。

**李明**：真的嗎？那正好，我從沒去過釜山。

**由美**：那我來訂明天晚上的票。

## 文化常識

### 熱愛登山的韓國人

韓國人最喜歡的休閒娛樂活動當屬登山。無論是哪個季節，無論天氣如何，總有登山客在韓國的各座山峰上攀登。韓國人之所以喜歡登山，與韓國境內山峰眾多有著密切關聯。韓國土地面積的百分之六七十都是山地，境內星羅棋佈地分佈著大大小小的數十座山峰，其中著名的有雪岳山、金剛山、智異山、漢拏山等。漢拏山是韓國第一高峰，海拔1950米，是一座火山，風景秀麗，吸引很多遊客前往。韓國人在登山時，無論是專業人士，還是一般人，都會選擇專業設備，所以韓國的戶外服裝產業發達。另外，韓國人還喜歡在登山時攜帶食物、瑪格利米酒或咖啡，在山頂享受美味也是一種別樣的體驗。

# Unit
## 16 緊急情況

088.mp3

最常用的場景短句

**1. 어머. 불이 났어. 빨리 119 불러야지.** 天啊！失火了，快打119。

\* 「-아/어/여야지」用在動詞語幹後面，表示「應該……」。

**2. 가방을 잃어버렸는데 어떡해?** 包包丟了，怎麼辦？

(答) 어디 놓고 갔는지 잘 생각해 봐. 好好想想你把包包放在哪了。

**3. 지갑을 지하철에 놓고 내렸어.** 我把錢包忘在地鐵上了。

\* 「놓고 내리다」為固定搭配，表示「把……放在……而下」，可替換為「두고 내리다」。

**4. 비상구는 어디야?** 緊急出口在哪？

(同) 비상출구가 어디에 있어? 緊急出口在哪？

(答) 1층 복도 맨 끝에 있어. 在1樓走廊盡頭。

**5. 식중독인가 봐요. 빨리 병원에 가 봐요.** 好像是食物中毒了，快去醫院看看吧。

(同) 식중독인 것 같아요. 얼른 병원에 가 보는 게 좋아요. 好像是食物中毒了。最好快點去醫院看看。

最簡單的韓語發音

韓語簡介

母音・中聲

子音・初聲

子音・終聲

變音

最基礎的語法和句型

最常用的場景詞彙

最常用的日常會話

**6. 허리를 다쳐서 움직일 수가 없게 됐어.** 我腰受傷了，不能動。

＊「‐게 되다」用於動詞語幹後，表示轉變為某種新情況或達到某種結果，是尤其他非主觀原因造成的。

**7. 배터리가 나가서 휴대폰 전화 빌려줄 수 있어?** 手機電池沒電了，可以借用一下你的手機嗎？

＊這裡的「나가다」不是「出去」的意思，而是「用光」的意思，因此這裡的「배터리가 나가다」為固定搭配，意為「電池沒電」。

**8. 여권을 잃어버렸는데 어디에 신고해야 돼요?** 我護照丟了，要去哪裡申報呢？

(答) 빨리 경찰소에 가야지요. 應該快點去警局。

**9. 도둑을 맞아서 집 열쇠가 없어졌어.** 遇上了小偷，家裡的鑰匙不見了。

＊「도둑을 맞다」是固定搭配，表示「遭遇小偷」。

**10. 넘어져서 발이 삤어.** 我摔倒了，扭到腳了。

(答) 많이 다쳤어? 당분간 쉬어야 할 것 같아. 傷得很嚴重嗎？看來要休息一段時間了。

▶ 대화1 물품 분실

직원: 뭘 도와 드릴까요?

유미: 노트북을 비행기에 놓고 내려왔는데 어떡하지요?

직원: 항공권과 신분증을 보여 주세요. 확인해 드리겠습니다.

유미: 여기 있습니다.

직원: 손님, 공항 분실물 센터에 가셔서 받으시면 됩니다.

유미: 감사합니다. ┄┄┄┄┄┄┄┄┄┄┄▶ 분실물 [名] 遺失物

▶ **對話 1 物品丟失**

職員：有什麼可以幫您的嗎？

由美：我的筆電忘在飛機上了，怎麼辦？

職員：請出示一下您的機票與身分證，我馬上幫您確認。

由美：給您。

職員：客人，您去機場失物招領處領取就可以了。

由美：謝謝。

## 語法點播

**❶ -ㄹ/을까요?**

用於用言語幹之後，表示詢問對方意見，語氣較為委婉，意為「可以……嗎？」

例 다음 주말에 여행갈까요? 下週末去旅行好嗎？

어느 것이 더 좋을까요? 哪一個更好呢？

**❷ -지 말다**

用在動詞語幹之後，表示禁止，為「不要做……」之意。也可以在名詞後面直接加「말다」。

例 늦게 일어나지 말고 아침 운동이나 하자. 不要睡懶覺，早上去運動吧。

공공장소에서 담배를 피우지 마요. 請勿往公共場所吸菸。

말도 마요. 오늘 진짜 피곤해 죽겠어요. 別提了，今天快累死了。

最簡單的韓語發音

韓語簡介

母音・中聲

子音・初聲

子音・終聲

變音

最基礎的語法和句型

最常用的場景詞彙

最常用的日常會話

▶ **대화2 도둑 맞기**

유미: 얼굴은 왜 이래? 무슨 일이 있어?

이밍: 말도 마. 아까 도둑 맞았어.

> 「말도 하지 마」可省略動詞,變成「말도 마」,意為「別提了」。

유미: 어머! 어디 다치지 않았어?

> 「어머」是口語中常用的感嘆詞,表示「天啊」。

이밍: 크게 다치지 않았는데 가방이 도둑 맞았어.

　　　가방 안에 여권이 들어 있어.

유미: 아이구. 빨리 경찰소에 신고해.

이밍: 응. 찾을 수 있으면 좋겠어.

> 「-(으)면 좋겠다」常用於動詞語幹後,表示「希望、願望」。

▶ **對話 2 遭遇小偷**

由美：你的臉怎麼了？發生什麼事了？

李明：別提了，剛才遇到小偷了。

由美：天啊！哪裡受傷了嗎？

李明：沒有大礙，就是包包被偷了，包包裡還有護照。

由美：天啊！快報警吧。

李明：好，希望可以找回來。

**文化常識**

### 韓國緊急電話號碼

　　在韓國旅行或留學，難免會碰到一些突發事件。當遭遇突發事件時，我們應該知道哪些電話號碼，以便及時獲得幫助呢？

　　遭遇小偷時，可以撥打「112」；碰到火災或須急救時，應該撥打「119」。當在公共交通中遺失物品時，可以撥打「82-2-120」。如果是長期居留要辦理外國人登錄證，應撥打「1345」，該電話可提供漢語服務。

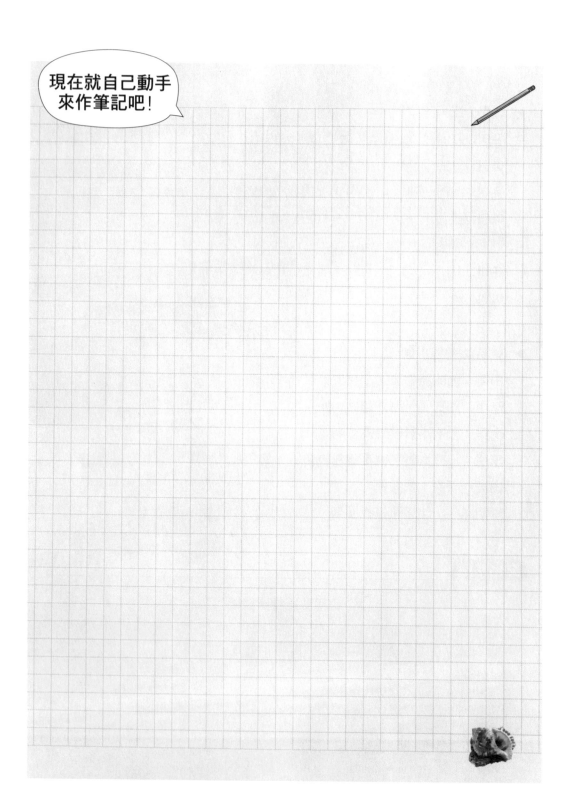

# 最豐富的韓語學習、教學教材
## 跟著國際學村走就對了！

作者／權容璿
★ QR 碼行動學習版＋ MP3

作者／吳承恩
★ QR 碼行動學習版

作者／吳承恩
★ QR 碼行動學習版

作者／安辰明、李炅雅、韓厚英
★ QR 碼行動學習版

作者／安辰明、閔珍英
★ QR 碼行動學習版

作者／安辰明、宣恩姬
★ QR 碼行動學習版

作者／吳美南、金源卿

作者／朴壽美

作者／李英熙
★附 QR 碼線上音檔

# 最專業的韓語學習書

韓語學習者必備用書，最專業、最完善的學習教材
教學可按照學生的需求給予針對性的教材
自學可依照目前的學習狀況挑選最合適自己的書籍！

作者／今井久美雄

作者／李昌圭、黃種德

作者／LEE YO CHIEH
★附 MP3

## 延伸閱讀，精進韓語實力

作者／趙才嬉、吳美南
★附 QR 碼下載音檔

作者／閔珍英、余純旻、韓周景

作者／金志珉、尹信愛、李殷珠
★附 QR 碼線上音檔

# TOPIK 韓檢學習推薦

短期衝刺、長期準備皆適用！

國際學村精選韓語檢定應考書籍，精準剖析 TOPIK 考試所有題型！

不管你準備時間夠不夠，都可以從中挑一本最適合自己的書準備考試！

作者／金勛、金美貞、金承玉、
LIM RIRA、張志連、趙仁化
★ 附考試專用作答紙、聽力測驗 MP3

作者／李太煥
★ 雙書裝、附 QR 碼線上音檔

作者／金周伩、文仙美、劉載善、
李知恩、崔裕河

作者／元銀榮、李侑美

國際學村  LA PRESS 語研學院 Language Academy Press

# 語言學習 NO.1

**學英文**

翻轉人生的
勵志英文
抄寫魔法

**學韓語**

最多韓語老師指定教材
我的第一本
韓語課本
適用完全初學，從零開始的韓文學習者！
全新・初級篇
KOREAN
made easy for beginners!

**學日語**

自學、教學都通用
我的第一本
日語課本
QR碼行動學習版
適用完全初學、從零開始的日文學習者！
JAPANESE
MADE EASY！

**第二外語**

新開始
學西班牙語
SPANISH FOR EVERYONE

**考多益**

HACKERS × 國際學村
新制多益
全新！TOEIC
聽力＋閱讀
第一次考多益就高分
全方位指南

**考日檢**

N5-N1
新日檢
單字大全
精選出題頻率最高的考用單字，
全級數一次通過！
適合任何級別的日檢考生

**考韓檢**

NEW
TOPIK
新韓檢 中高級
應考祕笈
KOREAN
Test Guide High-Intermediate

**考英檢**

全民英檢
全新！GEPT
單字大全
Vocabulary
備考全民英檢唯一推薦單字書
初＆中級

想獲得最新最快的
語言學習情報嗎？

歡迎加入
國際學村&語研學院粉絲團

**台灣廣廈** 國際出版集團
Taiwan Mansion International Group

國家圖書館出版品預行編目（CIP）資料

全新!自學韓語看完這本就能說/吳玉嬌,韓曉著.
-- 新北市 : 語研學院出版社, 2023.09
面；　公分
ISBN 978-626-97565-3-7(平裝)
1.CST: 韓語 2.CST: 讀本

803.28　　　　　　　　　　　　　　　　112011199

# 全新!自學韓語看完這本就能說

| | |
|---|---|
| 作　　者／吳玉嬌、韓曉 | 編輯中心編輯長／伍峻宏 |
| 審　　定／楊人從 | 編輯／邱麗儒 |
| | 封面設計／林珈伃・內頁排版／菩薩蠻數位文化有限公司 |
| | 製版・印刷・裝訂／東豪・弼聖・紘億・秉成 |

行企研發中心總監／陳冠蒨　　　線上學習中心總監／陳冠蒨
媒體公關組／陳柔彣　　　　　　數位營運組／顏佑婷
綜合業務組／何欣穎　　　　　　企製開發組／江季珊

發　行　人／江媛珍
法律顧問／第一國際法律事務所 余淑杏律師・北辰著作權事務所 蕭雄淋律師
出　　版／語研學院
發　　行／台灣廣廈有聲圖書有限公司
　　　　　地址：新北市235中和區中山路二段359巷7號2樓
　　　　　電話：（886）2-2225-5777・傳真：（886）2-2225-8052
讀者服務信箱／cs@booknews.com.tw

代理印務・全球總經銷／知遠文化事業有限公司
　　　　　地址：新北市222深坑區北深路三段155巷25號5樓
　　　　　電話：（886）2-2664-8800・傳真：（886）2-2664-8801
郵政劃撥／劃撥帳號：18836722
　　　　　劃撥戶名：知遠文化事業有限公司（※單次購書金額未達1000元，請另付70元郵資。）

■出版日期：2023年09月　　　ISBN：978-626-97565-3-7
　　　　　　2024年09月3刷　　版權所有，未經同意不得重製、轉載、翻印。

本書中文繁體版經四川一覽文化傳播廣告有限公司代理，由中國宇航出版有限責任公司授權出版